カフカ・コレクション

# 失踪者

カフカ

池内紀＝訳



白水uブックス

Franz Kafka
*Der Verschollen*
Kritische Ausgabe
herausgegeben von Jost Schillemeit


Published by arrangement with Schocken Books,
a division of Random House, Inc.
through The English Agency (Japan) Ltd., Tokyo

# 失踪者

# 目次

断片

# I　火夫

女中に誘惑され、その女中に子供ができてしまった。そこで十七歳のカール・ロスマンは貧しい両親の手でアメリカへやられた。速度を落としてニューヨーク港に入っていく船の甲板に立ち、おりから急に輝きはじめた陽光をあびながら、彼はじっと自由の女神像を見つめていた。剣をもった女神が、やおら腕を胸もとにかざしたような気がした。像のまわりに爽やかな風が吹いていた。

「ずいぶん大きいんだな」

誰にいうともなくつぶやいた。荷物をもった人々がわくように現われ、長い列をつくってそばを通っていく。しだいに船べりの方へ押しやられた。

「もっと乗っていたいのか」

航海中に顔なじみになった青年が、通りすがりに声をかけてきた。

「支度はできていますとも」

カールは笑いながら半ばおどけて、それに力がありあまっているせいもあって、トランクを肩にかついでみせた。青年はステッキを打ちふり、まわりの連中と話しながら歩いていく。カールはふと、下の船室に傘を忘れてきたことに気がついた。あわてて青年を追いかけて、迷惑顔の相手にトランクの番をたのみこみ、もどってくるときの心覚えに急いで左右を見まわしてから、小走りに船室へと降りていった。だが下にきてみると、船客をひとりのこらず下船させるための必要からだろうが、手近な通路が閉ざされていた。やむなく、いくつもの小さな船室や、つぎつぎ現われる小階段や、たえず脇へとそれていく廊下や、書き物机がポツンと放置されている空き部屋を巡り歩かなくてはならなかった。そんなところはこれまで一度か二度、それも何人かといっしょのときに通ったことがあるだけだったので、やがて自分がどこにいるのか、まるで見当がつかなくなった。カールは途方にくれて立ちどまった。頭上では、切れ目なく長い列をつくって歩いていく人々の足音がするというのに、下にはひとっこひとりいないのである。停止した機関の最後のうめきを思わせる吐息のようなものを耳にしたとたん、彼はおもわず手近のドアをめったやたらにたたきはじめた。

「あいている」

中から声がした。カールはほっとしてドアを押した。

「なぜそう、むやみにたたくのだ」

大柄な男が、ほとんど顔も上げずに声をかけてきた。どこかに天窓でもあるらしく、上方から洩れてくる弱い明かりが差し落ちていた。みすぼらしい船室で、ベッドと戸棚と椅子が一つずつ、それに当の男が窮屈そうに居並んでいた。

「迷ってしまったのです」

カール・ロスマンは言った。

「航海中は、こんなに大きな船だとは夢にも思いませんでした」

「そうとも」

少し得意そうに男が言った。両手でなんども小型トランクを押さえつけて、鍵がかかるのをためしている。

「そんなところに突っ立ってないで、とにかくなかへ入んな」

「お邪魔じゃないんですか」

「全然」

「ドイツのかたですね」

カールは確かめたかった。アメリカにくる新参者を悪いやつらが待ち受けている、とくにアイルランド人はたちが悪いといったことを、なんども聞かされてきた。

「そうとも、ドイツ人だ」

と、男は言った。カールはまだためらっていた。男はやにわにドアの取っ手をつかむと、カールを船室に引きこむようにして勢いよくドアを閉めた。

「通路からのぞかれるのがいやなんだ」

またもやトランクをいじりながら男が言った。

「通りすがりにちょいとのぞきこむ。いらいらするぜ。我慢ならない」

「でも通路には誰もいませんよ」

ベッドの足もとは身動きもままならない。窮屈そうに立ったままカールが言った。

「いまはいない」

と、男は答えた。

(いまが問題なのに)

と、カールは思った。

(この人、気むずかしい人かもしれない)

「ベッドに上がって足をのばすといい。そのほうが楽だ」

カールはいそいそと這いのぼった。その際、ベッドに跳びのりそこねた乗船最初の日のことを思い出して、声をたてて笑った。ベッドに上がったとたん、大声で言った。

「あっ、しまった、トランクを忘れていた!」

「どこに置いてきた」

「上のデッキです。顔みしりの人に番をたのんできたのです。なんて名前の人だったかな」

母親が出発の前、服の裏に縫いつけてくれた秘密のポケットから名刺をとり出した。

「ブッターバウム、フランツ・ブッターバウムという人です」

「そのトランクは、ぜひともいるのか?」

「もちろんです」

「そうだとしたら、どうして他人に預けたりしたのだ?」

「傘を忘れたことに気がついたんです。取りに下りるのに、荷物を引きずっていきたくなかったものですから。下におりてきて迷ってしまったのです」

「ひとり旅かね、誰といっしょでもないのだな」

「ええ、ひとりです」

（いい友人がみつかるまで、この人をたよりにするのはどうだろう）

そんな思いが頭をかすめた。

「傘はむろんのこと、トランクもなくしたというわけか」

いまようやく興味がわいたとでもいうように、男は椅子に腰を下ろした。

「なくしたとは決まっていませんよ」

「信じる者は幸いなるかな、というからな」

男は短く刈りこんだ濃い黒髪をごしごし掻いている。

「船の作法ってやつは港ごとに変わるもんだ。きみのブッターバウム君とやらは、ハンブルクではちゃんと見張りをしてくれた。しかし、ここではとっくに、トランクもろとも姿を消しているだろうぜ」

「すぐに見てこなくちゃあ」

カールは腰を上げかけた。

「じっとしてな」

男は片手でカールの胸もとをドンと突いて、ベッドに押しもどした。

「どうしてですか」

「無駄だからだ」

と、男は言った。

「もう少ししたらおれも行く。いっしょに行こう。トランクが盗まれていたら、いまさらあわててもはじまらない。その男がうっちゃっといていったのなら、船はもうすぐ空っぽになるんだから、あとのほうが見つけやすい。傘だってそうだ」

カールは疑わしそうに相手を見た。人がいなくなったほうが荷物は見つけやすいとは、もっともな意見ながら、そのままうのみにはできないと思った。

「船にくわしいんですか」

「火夫だもの」

と、男は言った。

「そうなんですか!」

カールはうれしそうに声をあげ、両肘をついて、まじまじと相手を見た。

「ぼくはスロヴァキアの人と相部屋でした。船室にのぞき穴がありましてね、そこから機関室が見えたんです」

「おれはそこで働いていたんだ」

カールは聞いていなかった。

「小さいときから、ぼくは機械いじりが大好きでした。アメリカにくるなんてことにさえならなければ、いずれきっと技術者になっていたと思います」

「どうしてアメリカにくることになったのだ?」

「ばかげたことがありましてね!」

カールは事のなりゆき一切を追い払うかのように手を振った。そして話すのは勘弁してほしいとでもいうふうにほほえんだ。

「誰にも事情ってものがあらあな」

その事情を話せというのか、それとも聞きたくもないというのか、どちらともとれる口ぶりだった。

「船のかま焚《た》きになってもいいんです」

と、カールが言った。

「何になろうと、父も母も、もう何も言わないでしょうから」

「一つ空きができる。おれがやめるからな」

それを身振りで示すかのように、火夫は両手をポケットにつっこむと、やおら両足をベッドにのせた。革製らしい、しわだらけの黒っぽいズボンをはいている。カールは壁ぎわに小さくなった。

「船を降りるんですか？」

「そうとも、今日にも降りてやる」

「どうしてですか、この船が気に入らないのですか？」

「世の中のものごとってのは、気に入るとか気に入らないとか、ただそれだけで決まるわけではないんだな」

と、男が言った。

「しかし、まあ、言われてみれば気に入らないせいかもしれない。いま、船のかま焚きになってもいいと言ったが、じっくり考えてのことではないだろう。もっとも、世の中のものごとってのは、えてしてそんなぐあいに決まってしまったりするもんだがね。しかし、おれはすすめないな。もともと勉強したかったわけだろう。どうしてアメリカで勉強しないのだ。アメリカの大学はヨーロッパの大学よりも段ちがいにいいんだぞ」

「とても無理です」

と、カールは言った。

「勉強できるお金なんか持ってないんです。たしか以前、何かで読んだことがあります、昼間は店で働いて、夜に勉強して偉い人になった人がいるそうです。どこかの市長になった人だと思います。でも、それはとても辛抱がいることでしょう。そうではありませんか。ぼくには、とても辛抱しきれないと思うんです。それにぼくはあまり勉強が得意じゃないんです。学校にいかなくてもよくなって、うれしかったほどなんです。アメリカの学校はとても厳しいそうですね。英語だって片ことしかできませんし、アメリカ人はよそ者に冷たいと聞いています」

「よく知ってるな、そのとおりだ」

と、火夫が言った。

「じゃあ、教えてやるが、この船はドイツ人用の船なんだぜ。ハンブルクとアメリカを往き来している。だのにどうしてドイツ人でないやつを雇っているんだ。機関長はルーマニア人で、シューバルって野郎だ。ひどい話じゃないか、ルーマニア野郎がドイツ人用の船にいて、ドイツ人をこき使っているんだ」

火夫は息まいた。

「おれが陰口をたたいているなどと思うなよ。おまえさんに言ってみてもしょうがないや、行きどころのないチンピラなんだからな。それにしても、ひどい話じゃないか！」

拳をつくってなんどもテーブルを叩いた。その手をじっと見つめている。

「おれはこれまで、いろんな船に乗ってきたんだ」

二十ほどもの船の名前をまくしたてた。カールはぼんやりしてしまった。

「どこでも腕がいいので評判だった。表彰された。船長のお気に入りよ。たのまれて何年も同じ商船に乗っていたこともある」

自分の人生の絶頂を示すかのように、すっくと立ち上がった。

「ところがこのオンボロ船はどうだ、何もかも規則ずくめで、気の利いた人間は御無用ときた。おれはこんな船とは性が合わない。向こうさんもそうらしい。おれってやつはいつも機関長にたてつくぐうたら野郎だそうだ。放り出されて当たり前、給金がいただけるのもお慈悲からだそうだ。いったい、どこの誰にこんなことが我慢できる。おれにはとてもできない」

「我慢すべきじゃないんです」

カールはいきり立った。自分がいま見知らない国の岸辺にいて、ひとりおぼつかなく船に乗っていることを、ほとんど忘れかけていた。それほど火夫のベッドはここちよかった。

「船長に会ったのですか。船長に会って自分の権利を主張したのですか？」

「ちぇ、どこへなといっちまえ。話をろくすっぽ聞きもしないで忠告をしようってのか。どうやって船長に会えってんだ！」

火夫はぐったり腰を下ろすと、両手で顔を覆った。

（ほかにどう言えるわけでもない）

と、カールは思った。そして、せっかく何か言っても鼻であしらわれるくらいなら、トランクを探しにいったほうがよさそうな気がした。父は別れぎわに冗談めかして言ったものだ。

「いつまで、おまえの手もとにあるかな」

冗談ではなくなったのだ。大事なトランクを、本当になくしてしまったらしいのだ。ただ父はどうあがいても、このことを知ったりはできない。それがカールにとって唯一の慰めだった。船会社に問い合わしても、たしかにニューヨークまで運びましたと言われるのがせいぜいだろう。それにしても中身が手つかずのままなのがくやしかった。さっさと下着を取り換えておけばよかった。つまらない倹約をしたわけだ。いまこそまさにそのときであって、きちんと身づくろいして出ていこうというときに、汚れた下着のままでいなくてはならない。もっとも、この点を除けば、トランクをなくしたこともさほど苦にならなかった。いま身につけている服にしても、トランクに収まっているやつよりはずっと上等である。トランクの中のものは予備の服であって、出発のまぎわまで母がつくろっていた。カールはつづいて、ヴェローナ・サラミがまるまる一本残っていたのを思い出した。母がわざわざ包みこんでくれたものだ。航海中に食欲がなくなって、三等船客に出されるスープがようよう喉をこす状態のとき、ほんの少し食べただけだ。あのサラミがいま手もとにあるといいのに、とカールは思った。あれがあれば火夫に進呈できる。彼のようなたちの人間は、ちょっとしたものをもらうと、じつに簡単にうちとけてくるものなのだ。カールは父のやり方から知っていた。父はいつも仕事でかかわり合う連中を、葉巻で手なずけていた。いまのカールには、何か渡すとなると金しかなかった。しかしトランクをなくしたのであれば、さしあたり金には手をつけたくなかった。またしてもトランクのことが頭に浮かんできた。航海中は夜中にも用心を怠らず、あれほど注意してきたというのに、さてこれからというときにあたって、こんなにたわいなく人手にゆだねてしまうとは、我ながらわけがわからない。二つ先のベッドにいたスロヴァキア人にトランクを盗まれそうな気がして、この五日間というもの、夜っぴて見張っていた。そのスロヴァキア人は、カールがつい我慢ならず、うとうとしだすのを待ちかまえていた。扱い慣れた長い棒でトランクを引きよせるつもりでいたのだ。昼間はなんてこともないが、夜になるとベッドに起き上がり、いとおしげな目つきでこちらのトランクを見つめていた。それをカールは知っていた。移住する人間はなんとも不安なもので、船の規則では禁止されているのに小さな明かりをともしていたがる。その明かりで移住者代理店発行のパンフレットを、読めもしないくせにながめていたりするのである。明かりが近くにあると少しはまどろむことができたが、明かりが遠くだったり、あるいはあたりがまっ暗なときは眠るわけにはいかないのだ。あんなに苦労したというのに、まったくの無駄骨を折ったわけだ。あのブッターバウムめ、どこかで出くわさないものだろうか。

このとき、これまでの死んだような静けさを破って、どこか遠くで子供の足音に似た小刻みな音がしはじめた。それはしだいに高まりながら近づいてくる。まもなく威風堂々とした男たちの行進に変化した。狭い通路では当然のことながら、縦一列ですすんでいるらしく、武器が触れ合うような音がした。カールはトランクのこともスロヴァキア人のこともみんな忘れて、ベッドでこのままのんびりと寝そべっていたかったが、列の先頭がドアの前にさしかかったらしいので火夫をつついた。

「船の楽隊だ」

と、火夫は答えた。

「デッキで演奏をすませてきた。これから荷造りにとりかかるんだ。おれたちは準備完了、さあ、行こうぜ」

カールの手をとった。出がけに額入りの聖母像をベッドの上の壁から外して、胸のポケットに入れた。トランクをもちあげ、カールといっしょに急ぎ足で船室を出た。

「事務室のお歴々に言いたいことを言ってやる。もう客がいないんだから誰に気をつかうまでもない」

なんどか言いまわしを換えながら同じ意味のことを言った。歩きながら、通路に走り出たネズミを蹴り上げようとしたが、ネズミは一瞬早く穴に逃げこんだ。いったいに火夫は動作がのろいのだった。長い脚を重そうにひきずっていく。

調理場を通りかかった。何人もの若い女が汚れたエプロンをつけ、汚水をわざとひっかけるようにして大きな桶で食器を洗っていた。火夫はリーネという娘に声をかけ、彼女の腰に手をまわして、のそのそあたりを歩きまわった。娘はしなをつくりながら、ぺったり男に抱きついている。

「給金が出るんだ。いっしょにこないか」

と、火夫が言った。

「どうしていかなくちゃあならないの。こっちにもっておいでよ」

娘は男の腕をすり抜けて、その場をはなれた。

「どこでそんな可愛い男の子をひっかけたんだい」

リーネは走り去った。女たちが仕事の手をやすめてどっと笑った。

二人はなおも歩いていった。上が切妻形になっていて、金メッキの小さな女人像の飾ってあるドアの前に来た。船の飾りにしては手がこんでいる、とカールは思った。そして、ここにはまだ一度もきたことがないことに気がついた。航海中は一等と二等の船客しか立ち入れないのだろう。大掃除をするので仕切りが取り払われたらしいのだ。そういえば何人もの男が箒を肩にうろうろしており、火夫を見て口ぐちに挨拶をした。カールはあたりのにぎにぎしさに驚いた。彼がいた三等船室とは大ちがいで、廊下には何本もの電線が走っており、どこからか、たえずかすかな鐘の音がながれてきた。

火夫がうやうやしくドアを叩いた。「どうぞ」の声を聞くとカールを振り返り、怖がらずについてこい、といった仕草をした。カールは入るには入ったが、ドアのところに突っ立っていた。その船室には窓が三つあって、海の波がよく見えた。楽しげな波の動きをながめていると、この五日間というもの、たえず海を眺めてきたことも忘れ、あらためて胸が躍った。大きな船が往き来しており、通過するたびに重量相当の水のうねりを送りつけてくる。目を細めてながめると、船が自分の重さのせいで揺れているようにも見える。マストには細長い旗が吹き流しになってはためいていた。艦隊が発したらしい大砲がとどろいた。すぐ近くを軍艦が一隻、いかめしい砲身をきらめかせながら粛々と、しかし少し傾きをみせ海水と戯れるようにして通りすぎた。ドアのところからだと、小さな船は遠くのものしか見えないのだった。大きな船の間に、いくつも小舟が群がっていた。すべての背後にニューヨークがあった。そそり立つ高層ビルの無数の窓を通して、街がじっとこちらを見つめていた。まったく、ここにいれば、自分がどこにいるか片ときも忘れない。

円いテーブルのまわりに三人の男がいた。一人は船の士官で青い水兵服を着ていた。あとの二人は港湾局の役人らしく、黒いアメリカの制服を着ている。テーブルには書類が山のように積みかさねてあった。まず士官がペンを手に、そそくさと目を通して次にわたす。二人の役人のうちの一方が、しきりに歯を鳴らすようにして口述する。口述が終わると書類を読んだり、書き写したり、カバンにしまいこんだりした。戸口に背中を向けて、窓のそばの机に小柄な男がすわっていた。目の上のどっしりとした戸棚から、とっかえひっかえ大きな帳簿を取り出しては開いている。かたわらに金庫があった。扉が開いていて、外から見えるかぎり中は空だった。

隣の窓のところは何もなくて外がよく見えた。三つ目の窓のそばに男が二人いて低い声で話していた。一人は窓によりかかり、船員服の腰につるしたサーベルの柄をいじくっている。もう一人は窓の方を向いて立っていた。おりおり身動きするたびに胸もとの勲章がチラリと見えた。こちらは私服で細い竹のステッキをもっていた。両手を腰にそえているので、ステッキが刀のように突き出ていた。

のんびり眺めていたわけではないのだ。給仕がつかつかとやってきた。厳しい目つきで火夫を見つめながら小声で用向きをたずねた。火夫が同じく小声で会計主任に話があると言うと、給仕は手まねで拒絶した。しかし、円いテーブルを大まわりに迂回して帳簿をもった男のもとへいった。はっきりと見てとれたのだが、その男は給仕の報告を聞くとギクリとした。それでもとにかくといったふうに振り向くと、火夫に向かって拒否の手つきをした。念のため給仕にも同じ手つきをした。給仕は火夫のところにやってきて、内緒話をするようにささやいた。

「早いとこ出てくんだ!」

火夫はカールを見やった。切々と苦しみを訴える恋人のような目つきだった。カールはやにわに士官の椅子をかすめるようにして船室を走った。給仕が虫を追いまわすときのように背中をまるめてせまってくる。カールは一瞬早く会計主任のところへくると、目の前の机にしがみついた。給仕に引きはがされてはならないのだ。

むろん、部屋中がいろめきたった。士官はすっくと立ちあがった。港湾局の役人は落ち着きはらって、しかし興味ありげに視線をやった。窓辺の二人は並んで前へ踏みだした。給仕は自分がこの場の注意を喚起したのを見てとると、役目は終わったといったふうに引き下がった。戸口の火夫は出番を思案して身がまえている。このときようやく会計主任が肘掛椅子をクルリと右に回転させた。

秘密のポケットが見られてしまうのにも委細かまわず、カールはパスポートを取り出すと、自己紹介するように目の前の机に置いた。会計主任は、その必要を認めないとでもいいたげに二本指でつまんで脇へどけた。カールはすぐさま、首尾よく手続きを終えたというふうにポケットにしまいこんだ。

「失礼ですが言わせてください」

カールは口をきった。

「ぼくの考えでは、この火夫のかたにひどい仕打ちがされています。シューバルとかいう人です、その人が悪いんです。これまでこの人はいろんな船に乗り組んできました。なんなら名前をあげてもいいんです。どこでも一生懸命はたらいてきました。仕事が好きなんです。だのにどうしてこの船にかぎって、うまくいかないなんてことがあるのでしょう。商船などとくらべて、この船の仕事はとても楽なんです。うまくいかないのは悪いやつがいて、根も葉もないことを言いふらしているからにちがいありません。そんなふうにして昇進の邪魔をするんです。力を認めさせたくないのです。そうでもしないと自分の地位が危いからです。以上、ぼくは一般的に申しました。くわしくは本人から直接聞いてください」

誰に向けてというのでもなく船室の全員を考えてしゃべった。なかに一人ぐらい正義の人がいるかもしれず、会計主任をあてにするよりも効率がいいような気がしたからだ。火夫とは、つい先ほど知り合ったばかりだということについては、抜け目なく黙っていた。竹のステッキをもった男の赤ら顔が気にならなければ、もっと上手に話せたはずだ。カールの位置だと、すぐ目の前にその顔があったのである。

「いま申し述べたとおりです」

訊かれもしないのに火夫が言った。一同の目がまだ注がれてもいないのだ。胸もとに勲章をつけた男が聞こうというそぶりをしてくれていなければ、大失態となっていたはずである。船長にちがいない。その男はさっと片手を差しのべ、こう言った。

「こちらに来たまえ!」

ハンマーでも打ち下ろすような声だった。いまやすべてが、こちらの出かたひとつにかかっている、とカールは思った。火夫のほうが正しいことに疑問の余地はないのである。

この際、火夫が世慣れた男であったのが幸いだった。彼は小型のトランクから悠々と書類の束と手帳を取りだした。そして、こうするのが当然至極とでもいうように、会計主任を無視して船長のそばへいくと、窓辺の台に書類を広げた。やむなく会計主任は腰を上げてすり寄った。

「不平を鳴らしてばかりいる男です」

横から会計主任が言った。

「機関室よりも経理室に入りびたりの男なんです。シューバルを手こずらしておりましてね。人の好いシューバルをいじめていたのです。おい、そうだろう」

火夫の方に向きなおった。

「どこまで厚かましいやつなんだ。あれほど経理室から追い出したというのに、まだ懲りないのか。追い出されて当然じゃないか。あんな不当な要求を誰がのめるものか。経理室から追っぱらわれると、あきもせず会計本部に押しかけてくる！　口をすっぱくして言っただろう、シューバルはおまえの上司なんだ、部下のおまえが頭を下げなくてどうする！　船長さんのところまで押しかけてくるなんて、あきれたやつだ、しかも見たこともない小僧をつれてきて、教えこんだそっくりそのままをペラペラしゃべらせるとはな。いちども見たことがないぞ。いったい、この洟《はな》たらしはどこのどいつだ？」

カールはとびかかりたいのを必死にこらえた。船長が口をはさんだ。

「とにかく話を聞こう。このところシューバルは少しやりすぎのような気がする。といっておまえの肩をもっているわけではないんだぞ」

火夫に向かって言った。肩入れなどできないことは当然だったが、いい兆候だとカールは思った。火夫が説明をはじめた。感情に流されず、シューバルのこともきちんと「さん」づけで言った。カールはうれしかった。席を立った会計主任の机の上に手紙用の秤があるのに気がつくと、火夫の話を聞きながらなんども指先で秤をつついた——シューバルさんはえこひいきをするんです！　シューバルさんは外国人ばかりをひいきにする。火夫である自分を機関室から追い出して便所掃除をさせたのです。あきれ返った話じゃありませんか、火夫に便所掃除をさせるなんて！——シューバルさんは能なしだ、と口走りさえした。事実そうにちがいなかった。カールは親しい仲間にするように、じっと船長を見守っていた。火夫の言葉づかいが不器用すぎるのが少しばかり不安だった。せきこんでしゃべるわりには、何が言いたいのかよくわからない。ともかくも、おしまいまで聞いてみようと船長は腹をきめているらしく、辛抱づよく耳を傾けていたが、ほかの人たちはそわそわしはじめた。船室にひびく火夫の言い分が、みるまに空《うつ》ろになっていくようで、心もとないかぎりだった。まずは私服の男が竹のステッキでコツコツと床を叩きはじめた。キョロキョロしだす者もいた。港湾局の役人はのんびりしていられないらしく、ふたたび書類を取りあげると、ついさっきほど熱心ではないにせよ手早く頁をくりはじめた。士官はテーブルにもどった。会計主任はそれみたことかというふうに、聞こえよがしに溜息をついた。誰もが興味を失っていくなかで、給仕だけは、お歴々にまじった下っぱ人間の悲哀がわかるとでもいうように、カールに向かってまじめ顔でうなずいてみせた。

その間にも、外では活発な港の活動がつづいていた。樽を山のように積んだ平底船が通りすぎたとき、一瞬あたりが暗くなった。樽がひとつもころげ落ちたりしないのは、よほど上手に積み上げたからにちがいない。小さなモーターボートがやってきた。舳先《へさき》に男がひとり、すっくと立っている。その舵とりのまま白い筋をのこして通りすぎた。カールはなろうことなら、いつまでも見送っていたかった。たえまなく動く波間に何かがプカプカ浮いていたが、そのうち波にのまれて見えなくなった。水夫たちがボートを漕いでいた。鈴なりになった乗客を陸《おか》に運ぶためだ。乗客たちはもの静かに、何とも知れない期待をもって乗っていた。しきりにあたりを見まわしている者もいる。港全体がたえまなく動いていた。そのあわただしさのただなかで、よるべない人々は何をするでなく落ち着かないのだ。

とはいえ、ぼんやり外を眺めていられるような状況ではなかった。はっきりさせなくてはならず、手っとり早く正確に述べなくてはならない。火夫ときたら、いったい何をしているのだ？　汗みずくになってしゃべりたてていた。興奮のあまり手をふるわせ、窓辺の台にのせた書類を押さえていることもできない。

シューバルを告発するのなら、わんさと材料があり、そのうちのほんの一つで足りるというものだ。それだけで十分シューバルをやっつけることができるのに、いま船長に申し述べたことといったら、何もかもいっしょくたにし、まるきり取りとめがないのである。竹のステッキをもった紳士は天井を向いてそっと口笛を吹いていた。港湾局の役人は士官ともども、書類と首っぴきで顔を上げない。とめどない長話に会計主任が業《ごう》を煮やして割りこんでこなかったのは、船長が落ち着きはらっていたせいにすぎない。給仕は火夫に対する船長の指示を、いまや遅しと待ちかまえていた。

　カールはじっとしていられず、ゆっくりと近づきながら、どうすれば上手に口出しができるのかを一心不乱に考えた。ぎりぎりのところだった。もうちょっとでも時機を失えば、事務室からたたき出されて当然である。船長は好人物で、それにちょうどいま、何か特別の理由があって公正な上司というところを見せたいらしかった。とはいえ船長だって、何であれ演奏できる楽器というわけではないのである。火夫ときたら、ただただ気持をたかぶらせ、そのあたりの見さかいがまるでついていないのだ。

　カールは火夫に言った。

「もっと手短に話さなくてはいけないんです。もっとはっきりとです。いまのような話し方では船長さんには何のことだかわかりませんよ。船長さんは機関士から走り使いまで、のこらず姓も名前もごぞんじでしょうか。いまのような話し方だと誰のことを言ってるのか、さっぱりわかりませんね。言いたいことを整理して、いちばん大事なことを最初に言って、あとのことはおいおいつけたしていく。いちばん大事なことを言ってしまえば、あとのことは必要ないと思いますよ。ぼくにはあんなにわかりやすく話してくれたじゃありませんか！」

トランクだって盗まれる国なんだから、少しぐらい嘘をついてもかまわない、とカールは自分に言いきかせた。

役立ちさえすればいいのだ！　しかし遅すぎたのではあるまいか。火夫は聞きおぼえのある声を聞いたとたん、話を中断した。だが、自分が受けた屈辱と、おぞましい思い出と、現在の窮状を涙ながらに訴えてきた最中だったので、人の見分けもつかないようすだった。あわてて口をつぐんだ火夫を前にしてカールにもわかったが、いまとなっては急に話し方を変えるわけにはいかないのだ。洗いざらいぶちまけたのに、ちっとも認めてもらえず、そこでまたはじめからやり直すなど、とてもできない相談だった。ぎりぎりのところで一人の味方が現われたが、忠告にきたというよりも、すべてが無駄だったことを告げにきたようなものなのだ。

ぼんやり窓の外など眺めていないで、もっと早く言えばよかった、とカールは思った。そして火夫の前でうなだれ、もう何もかもが駄目というしるしに両手でズボンの縫い目をたたいてみせた。

火夫は誤解した。非難されたと思ったらしく、カールに言い返した。あろうことか、いまや二人は口論をはじめた。テーブルの人々は大事な仕事の邪魔をされて立腹していた。会計主任は船長の寛容さがわからないというそぶりで、どなり立てるかまえだった。給仕もいまやすっかり主人側に立っており、とがった目で火夫をにらみつけている。もうひとり竹のステッキをもった紳士は、ときおり船長のにこやかな視線を受けていたのだが、いまや火夫には興味がないようだった。それどころか反感を覚えている感じで、やおら手帳をとり出した。手帳とカールを交互に見やっている。頭がすっかり、そちらに移っているらしかった。

「知ってますよ、知ってますとも」

いまや自分に向けられたおしゃべりに手をやきながらカールは言った。いろいろ言い返すあいだにも、余裕のほほえみは絶やさないように努力した。

「そのとおりです。そうだとも、ぼくはこれっぽちも疑ってなどいないんです」

相手が手を振りまわすので、うっかりすると平手打ちをくいかねない。その両腕をおさえていたかった。それ以上に隅へ引っぱっていき、ふたことみこと耳もとにささやいて落ち着かせたいところだった。だが、火夫はいきり立っていて手がつけられないのだ。思いあまって部屋にいる七人全部を力でどうにかしかねない見幕だった。カールはそうなればそうなったで、せめても胸のつかえが下りるような気がした。テーブルには押しボタンがずらりとあって、どれもが回線とつながっている。片手でグイッと押しさえすればいい。とたんに船全体がさま変わりして、廊下という廊下に抗議する人々があふれ返るというものだ。

このときだった、これまでまるで関心なさそうに突っ立っていた竹のステッキの紳士が、つかつかとカールに歩みよった。

「あなた、なんてお名前ですね？」

まるでこの瞬間を待ちかまえていたかのように、ドアにノックの音がした。給仕が船長の顔を見た。船長がうなずいた。給仕が進み出てドアを開いた。古風なフロックを着た、ふつうの背丈の男が立っていた。その出で立ちは機械の仕事には不向きではあれ――ともあれシューバルにちがいなかった。誰もがホッとした。船長も例外ではなかった。それよりもカールには、火夫の反応ぶりが目にとびこんだ。火夫ときたら両腕をのばして拳を固め、いまこそ生きるか死ぬかのせとぎわとでもいうように、全身をつっぱらかした。

宿敵が現われたのだ。きちんと礼服を着こなしている。たぶん、火夫の賃金や勤務評定を書きこんだものだろうが、帳簿を小脇にかかえていた。この場の一人ひとりの状態を見定めたいとでもいうふうに、おめず臆せず順にじっと見つめていく。七人のお歴々全員が味方というものだ。船長がつい先ほど、少し非難めいたことを口にしたが、それはシューバルがこれまで火夫にこうむった御苦労賃とでもいうもので、おそらくこのシューバルには天下晴れてやましいところなどないのだろう。火夫のような男には、たっぷりお灸をすえてやらなくてはならない。かりにシューバルに小言をいうとしたら、あばれ馬の火夫を航海中に手なずけておかなかったことぐらいであって、だからこそ本日、あばれ馬が船長のところにあばれこんだというものだ。

だが、こうも考えられる。シューバルが猫をかぶっているとしたらどうだろう。その場合は、火夫との対決が、より高度な裁きの場で効果をあらわすというものだ。猫かぶりは、いつまでも通用するはずがないからだ。チラッと地がすけて見えさえすれば十分であって、そこのところがカールのつけめなのだ。ここにいる紳士たちの鋭いところと弱点と感情のありどころは、もうわかっている。それを思えば、これまでのことは無駄ではなかった。要するに火夫が首尾よくやってくれさえしていればよかったのだ。だが、いまとなっては戦闘再開も不可能だ。誰かがシューバルをおさえていてくれたら、やつの頭を拳でしたたか殴りつけもできようが、しかし二、三歩近づくことすらできやしない。うかつだったとカールは思った。どうしてもっと早く、シューバルのやつがやってくることに気がつかなかったのだろう。遅かれ早かれきっと現われた。自分からやってくることはなくても、船長に呼ばれてのことだってある。そして自分たちは、どうして先に入念に打ち合わせておかなかったのか。ここにドアがあったから、何のあてもなくずかずかと入ってきただけのようではないか。万一すべてが順調に運んだとして、いざ訊問される段になったとしたら、そもそも火夫は陳述できるだろうか。「はい」とか「いいえ」がきちんと言えるのか。脚をひらいて突っ立っている。膝が定まらない。やや顔を突き出し、口をひらいて息をしている。まるで呼吸をつとめるはずの肺がないみたいではないか。

カールは全身に力がみなぎってきたような気がした。しかも冷静だった。家にいたとき、ついぞなかったことだ。両親に見せたかった。遠い異国で、お歴々の前で、善良な人のために闘っているのだ。まだ勝利を収めたわけではないが、必ずや最後には勝利を収めるはずなのだ。両親は見直してくれるだろうか？　両わきからながめあって、ほめてくれるのではないだろうか？　親おもいの息子の目を、やっと初めて見たと言うのではあるまいか？　はたしてどうなのか、それは全然わからないし、このいま、そんなことを考えるなんて、まったく場ちがいというものだった！

「火夫が何かよからぬことを申し立てているそうですので、やって参りました。こちらに押しかけていったようだと調理場の娘が申しておりました。船長さま、またこちらにおいでの皆さま、わたしはいつでも申し開きの用意がございます。ちゃんとした帳簿はもとより、必要ならば中立公正な証人を立てることもできます。まさにその証人たちをドアのところに立たせております」

シューバルはこう言った。一人の男のはっきりした弁舌というもので、誰かれ問わず顔にあらわれた表情よりして、ようやく人間らしい言葉を聞いたという感じだった。つまり人々は流れるような弁舌にも、あちこちに穴があいていることに気づいていないのだった。出だしの言い方がそもそもあやしい。どうして「よからぬこと」なのか？　国籍のちがいからくる不都合をいいことに、よからぬことが企まれていると言うつもりなのだろうか。事務室に押しかけていくのを調理場の娘が見たというが、それだけでどうしてすぐにピンときて、事の次第がわかったりするのだろう。そんなふうに頭の回りがいいというのも、自分にやましいところがあるせいではないのか。わざわざ連れてきておきながら、公明正大な証人だなどと言っている。ペテンだ！　ペテン以外の何でもない！　おえらがたはわからないのか、これをまっとうな陳述と思っているのか？　調理場の娘に聞いてから、ついいましがたまで、彼はいったい、どこで何をしていた？　つまりはチャンスをねらっていたのだ。火夫が紳士がたを手こずらせ、判断力を混乱されるまで待機していた。まさしくその判断力を恐れていたからに相違ない。ずっとドアのところに立っていた。さきほど、窓ぎわの紳士がどうでもいいことをたずねたりして、火夫の件にけりがついたようだと見きわめたからこそ、やおらノックをしたのではないのか。

何もかもお見通しだ。当のシューバルの口から心ならずもこぼれ落ちた。だが紳士がたには手をかえて、もっとわかりやすく示さなくてはならない。さあ、急げ、ぐずぐずするな、証人がしゃしゃり出たら、もう手おくれだ！

このとき船長が合図をしてシューバルを下がらせた。シューバルは自分の出番が少しあとまわしになったのを見てとって、えたりかしこしとばかりにわきへ下がると、心得顔の給仕と何やらひそひそ話しはじめた。話しながらも横目でじろじろ火夫とカールをねめつけて、もったいぶった手つきをやめない。どうやらあとでまた、立て板に水の弁舌を振るうために練習をしているらしかった。

「ヤーコプさん」

沈黙を破って船長が竹のステッキの紳士に声をかけた。

「こちらの若いかたに、何かおたずねになったのではありませんか」

「ええ、まあ」

小さく会釈してから、紳士はふたたびカールにたずねた。

「あなた、なんてお名前ですかね?」

わざわざくり返して訊くからには、このたびのことと何か関係があるのだろう、とカールは思った。パスポートを突き出して自己紹介するかわりに、簡単に名前を言った。そもそもパスポートをどこにしまったのか、さっぱり思い出せないのである。

「カール・ロスマンです」

「ほほう」

ヤーコプとよばれた男は、まるきり信じられないというふうにほほえんで、うしろに下がった。船長や会計主任や船の士官、それに給仕にいたるまで、カールの名前を聞いてひどく驚いたようすだった。港湾局の役人とシューバルだけは無関心だった。

「ほほう」

と、ヤーコプ氏がくり返して言った。それから、ややぎこちない足どりでカールに近づいた。

「するとおまえは私の甥だ。伯父のヤーコプだよ」

ついで船長に言った。

「さきほどからずっと、どうもそうではないかと思っていたのです」

誰もが黙って見守っているなかで、カールを抱きよせてキスをした。

「なんてお名前なんですか?」

カールはからだをふりほどくと、丁寧ではあれ冷やかに言った。このような新しい事態が火夫の一件にどう影響するものかが気がかりでならない。さしあたりシューバルが先手を打って、これを利用する気づかいはなさそうだった。

「あなたにはまだご自分の幸運がわかっていないようですね」

船長が声をかけた。カールの問いにヤーコプ氏の体面が傷ついたように思ったらしいのだ。ヤーコプ氏は窓の方を向いて、ハンカチを目に当てていた。感動の涙を人に見られたくないからにちがいなかった。

「上院議員のエドワード・ヤーコプさんですよ。あなたの伯父さんだそうじゃありませんか。思ってもみなかったような輝かしい未来がひらけたってものですよ。いいですか、わかりますか、あなた、どうかしっかりなさいよ」

「ヤーコプという伯父がアメリカにいることはいるのです」

カールは船長の方に向きなおった。

「でも、いまうかがったところでは、こちらの上院議員さんは姓がヤーコプなんですね」

「そうですとも」

船長が顔を輝かせた。

「ヤーコプ伯父さんは母の兄で、名前がヤーコプなんです。姓はむろん、ぼくの母親と同じでベンデルマイヤーというんです」

上院議員が窓のところからもどってきた。もうすっかり元気になっており、カールの言葉を引き取って声をあげた。

「皆さん！」

港湾局の役人を除く全員が笑いだした。感動のあまりの者もいれば、わけがわからないらしい者もいた。自分が言ったことは、そんなにおかしいことでもなかったのに、とカールは思った。

「皆さん」

上院議員はくり返した。

「はなはだ申しわけないことながら、少々私事を話させていただきたい。それと申しますのも、そこにおられる船長はともかく――」

たがいに軽く会釈した。

「ほかの皆さまには、事情が呑みこめないでありましょうから」

ひとことも聞き洩らさないようにしなくちゃあ、とカールは自分に言いきかせた。そっと横目で見たところ、火夫が元気をとりもどしかけているらしいのがうれしかった。

「この私がご当地アメリカに滞在するようになりまして、すでに長い歳月がたちました――いや、滞在などという言葉は、もはや生粋のアメリカ市民というべき私には不適当でありましょう――この長い歳月のあいだ、ヨーロッパにおりますところの血縁とは、まったく疎遠にすごしてまいったのであります。その理由はあらためて述べるほどの筋合でもありませず、それに述べようといたしますと、いろいろこみあげてくるものがあるのでありまして、この点、いずれわが愛する甥に語ってきかせなくてはならない日がくるかと思うと、こころ重い次第であります。なにぶん好むと好まざるとにかかわらず、当人の両親なり、家のことなりを避けてとおるわけにもまいらないのでありましてね」

（伯父さんだ、まちがいない）

カールは心でつぶやいた。

（たぶん、名前を変えたんだ）

そして、なおも耳をすませた。

「ここにおりまする私の甥は、両親の手によって捨てられたのであります——はなはだ穏当を欠く言い方ではありますが、真相を申すため、万やむをえず使うのをお許しいただきたい——腹立ちまぎれに飼い猫を戸口から放り出すぐあいにして捨てられたのであります。当人にそれ相応の非がなかったとは申しません。しかし、しょせんはたわいないことでありまして、あらためて申すのもおこがましいほどのものなのです」

（うまい言い方があるもんだな）

と、カールは思った。

（だけど洗いざらいしゃべられるのはうれしくないな。だいいち、あれを知っているわけがない。誰に聞いたというのだろう?）

「さて、この甥はですな——」

と言いながら、軽く竹のステッキによりかかった。それによって、この場には不必要な格式ばったところが消え失せた。

「つまりこの甥は、ヨハンナ・ブルマーと申しまして三十五歳にもなろうかという女中に誘惑されたのであります。《誘惑される》などと申しますと甥自身には面白くないかもしれないのですが、ほかに言いようもありませんでしてね」

カールはいつのまにか伯父の身近にきていた。このとき、くるりとうしろを振り向いた。いまの報告がどのように受けとられているか、まわりの表情を見たかったのだ。誰も笑わなかった。じっと真面目な顔で聞いていた。上院議員の甥の身の上について笑うなんてしないのだ。ただひとり火夫がチラッと笑みを浮かべたのが目にとまった。元気づいていたせいであり、それに船室ではカールが固く口をとざしていた秘密が、いま大っぴらになった点を考えると、許せないことではないのである。

「さて、そのブルマーという女中であります」

伯父は話をつづけた。

「彼女は子をもうけました。健康な赤子はヤーコプという洗礼名を受けたのであります。あきらかにこの私にちなんでのことでありまして、甥はたまたま、何かのおりに私のことを申したらしいのです。それが女中には強い印象を与えたにちがいないのです。幸いにも、と申せましょう、というのは両親は養育費のことや、面倒なことがもちあがるのを恐れてでありましょうが——とは申せ、ここで強調しておきたいのですが、私はかの地の法律も甥の両親の生活のぐあいも、まったくあずかり知らないのでありましてね——ともかくも養育費の支払いや悪い噂を避けるためにも、息子をアメリカに放逐することにいたしたらしいのです。無責任きわまる仕打ちと申さねばなりますまい。こんな若いみそらで、よるべのない生活者として生きていかなくてはならなかったのです。いや、ことによると今ごろすでにニューヨークの港町の横丁あたりでくたばっておったかもしれません。もし当の女中から私あての手紙が届いていなければ、の話でしてね。手紙はあちこちに転送されたあげく、一昨日、やっと届いたのです。女中はその手紙のなかに、私の甥の顔立ちやら何やらを書いておりました。それに賢明にも船の名前をあげておいてくれたのです。いかがですかな、もし関心があるようでしたら、ところどころ抜き読みいたしてもよろしいのです」

ポケットから大きな、びっしりと書きこまれている二枚の便箋をとりだして、ふりかざした。

「感動的な手紙と申せましょう。拙い文章ではありますが、善良な抜け目のなさといったものが読みとれましてね。わが子の父親にたいする愛情こめて書かれているのです。とはいえ、いまこの場の座興の夕ネといたすのは控えさせていただきましょう。甥にもまだ何らかの思いが残っているかもしれず、それを傷つけたくはないのです。いずれ部屋をあてがってやったあかつきに、今後の教訓用にも、ひとりでしみじみ読ませてやりたいものでしてね」

カールには何の思いもないのだった。ますます遠ざかっていく記憶の中で、女中が台所の食器棚の横にすわり、棚板に肘をついている。父のために水飲みコップを取りにきたり、母親の用を伝えにくるたびに、彼女はじっとカールを見つめた。食器戸棚のそばで変なふうにからだをねじって手紙を書いていることがあった。カールの顔を見たら書くことが思い浮かんだと言った。片手で目をふさいでいることがあったが、それは書き出しがつかめないからだそうだった。台所の隣の小さな女中部屋で、木の十字架の前にひざまずいていることがあった。そんなときカールは通りすがりに、少しあいた戸のすき間からおずおずとながめたりした。台所でカールが前にくると、魔女のような笑い声をたてて駆けまわったりもした。取っ手を握ったまま戸口に立ちふさがり、カールが出してくれとたのむまで通せんぼをしたこともあった。ときには願いもしないのに、黙って何かの品をカールの手に押しつけた。

　そんなある日、女中が「カール」と名前を呼んだ。予期しない呼びかけにとまどっているカールの手をとると、顔をゆがませ息づかい荒く、自分の小部屋につれこんで鍵をかけた。それから息がつまるほど強くカールの首を抱きしめ、裸にしてくれとたのんだ。実際は自分から裸になり、彼女がカールの服をぬがせた。カールをベッドに寝かせると、こんりんざい誰にもわたさないというふうに抱きよせ、撫でさすった。

「カール、わたしのいとしいカール」

　叫びながら見つめなおし、抱きすくめた。ところがカールのほうは何も目に入らず、彼女が彼のために積みかさねたらしい何重ものあたたかいふとんのなかで、ただ居ごこちが悪かった。彼女も横になってカールの秘密を聞きたがった。そんなものはないと言うと、ふざけてだか本気でだか怒りだし、彼をゆさぶった。それからカールの胸に耳をあてた。つづいて乳房をゆすり上げて心臓の鼓動をきいてほしいと言った。カールが断わると腹を押しつけてきた。片手でカールの股のあいだをまさぐった。いやらしさに我慢ならず、カールは思わず首を枕からせり出した。女中の腹がなんどか自分のからだと衝突した——カールにはそれが自分自身のからだのような気がした。たぶんそのせいだろうが、必死になって何かをこらえた。そのあと、またきっと会って欲しいと、くどくどと懇願されたのち、カールはようやく泣きながら自分のベッドへもどったのである。

　これが真相だった。ところが伯父は、それをいともうるわしい話に仕立てるすべを心得ていた。ともあれ、女中は自分なりにカールのことを思っていて、それで手紙を書いたわけである。心あたたまる行為であって、いずれ何らかの返礼をしてやらなくてはならないというものだろう。

「さあ、どうだな」

と、上院議員が大声で言った。

「私はおまえの伯父なのかどうか、はっきり言ってもらいたい」

「伯父さんです」

カールはその手にキスをした。そしてお返しに伯父から額にキスを受けた。

「伯父さんに会えて、とてもうれしいです。ぼくの両親は伯父さんのことで、悪口ばかり言っていたわけでもないんです。その点、伯父さんはまちがっています。ほかにもいまの話には、いくつかまちがいがありました。つまり、実際はあんなふうに起こったわけではないのです。でも、こちらにおられる伯父さんに全部ことこまかにわかる道理がないし、それにこの場の皆さんが、こまかいところでまちがったことをお知りになったとしても大勢に影響はないのです。皆さんには、少しもかかわりのないことなんですから」

「よく言った」

と、上院議員が言った。そして見るからに共感あふれた表情の船長の前へカールを連れていった。

「すてきな甥でしょう」

「まったくです」

船長は軍隊訓練を受けた人におなじみの敬礼をした。

「甥御さんとお会いできてうれしいかぎりです。このような出会いの場が私の船だったとは、まことに名誉なことであります。とはいえ三等船室の船旅は、さぞかしひどいものだったでしょう。残念ながら、どのような人が乗っているのやら、われわれは知りうる立場にないのです。三等船室の皆さまにも船旅をたのしんでいただけるよう、全力を尽くしておりまして、この点、アメリカの船会社よりずっとましだと信じております。とはいえ快適な船旅というには、まだほど遠いのです」

「べつにひどくはなかったですよ」

と、カールが言った。

「べつにひどくはなかったとさ!」

大声で笑いながら上院議員がくり返した。

「ただ惜しいことに、ぼくはトランクをなくしてしまったらしいのです――」

とたんにカールはこれまでのこと全部と、まだしのこしていることを思い出して、まわりを見まわした。人々は驚きの表情をうかべて、うやうやしく同じところに立ったままカールに目をそそいでいる。港湾局の役人だけは、そのいかめしく自足した顔から見てとれるかぎりでは、間の悪いときに来たのを悔やんでいるらしく、ここで起こったことや今後になお起こりそうなことよりも、いま手にとって見つめている懐中時計のほうがずっと気がかりなようだった。

驚いたことに、船長につづいて火夫が祝福を口にした。

「いや、どうも、おめでとう」

カールの手を握り、何か意味深いことを表わすかのようにゆさぶった。火夫はつづいて上院議員に同じ言葉をかけるべく向きなおった。しかし、それが分《ぶん》をこえたことであるのをわからせるように議員が一歩足を引いたので、火夫はすぐさま思いとどまった。

ほかの人たちもなすべきことを見てとって、さっそくカールと上院議員のまわりに押しよせた。そんなわけでカールがシューバルからお祝いされ、返礼の言葉をかけるなどの事態にも立ちいたった。ひと騒ぎが収まったあと、やおら港湾局の役人が英語で二語の祝福を口にしたが、それはなんともおかしげな印象を与えたものだった。

上院議員は上機嫌だった。喜びを満喫するため、事の成りゆきをあらためて一つ一つ自分に言いきかせ、またまわりの人に言いたてた。人々はむろんのこと辛抱して聞いているだけではなく、大いに関心を見せて応じていた。たとえば上院議員はこんなことを披露した。女中からの手紙に書いてあった甥の特徴を、万一の場合を考えて手帳に書き写しておいたのだが、火夫がとんだおしゃべりをしているあいだ、まずは気をまぎらわすために手帳をとり出してながめていた。女中が書いている観察は、探偵がするような正確なものではないにせよ、ともかくもためしに較べてみた、というのである。

「かくして甥を見つけたわけですよ！」

あらためて祝福を期待するような口調で話を結んだ。そんな伯父を聞きながしてカールが言った。

「火夫の件はどうなりますか？」

いまの立場であれば、言いたいことを言ってもいいとカールは思った。

「その身に応じた処置がなされようさ」

と、上院議員が答えた。

「船長がいいように取りはからってくださるとも。話はいまも当人から、十分すぎるほど十分に聞かされた。この点、ほかの皆さまも同感なさるだろうよ」

「そのことじゃないんです」

と、カールは言った。

「正義が問題なんです」

伯父と船長との間に立っていた。たぶんその位置のせいだろうが、決めるのはこの自分であるような気がした。

そんなカールの意気ごみに反して、火夫はもうすっかりあきらめたというふうに両手をズボンのベルトにつっこんでいた。そのため落ち着きのない動きにつれて、模様入りのシャツの裾がはみ出てきたが、少しも気にとめていないようすだった。文句はのこらず言ったのだ。いまさらシャツのはじっこが見えようとかまわない。追い出したければ追い出すがいい。給仕とシューバルは、ここにいる人のなかでいちばん身分が低いのだから、せめて二人がこの自分に最後の好意を示すべきではあるまいか。とどのつまりケリがついて、シューバルはもう二度と会計主任が言ったような絶望に陥らずにすむだろうし、船長は好きなだけルーマニア人を雇える。船の中がルーマニア語だらけになったとしても、そのほうが万事うまくいくかもしれない。火夫ふぜいが会計本部でわめきちらすこともなく、今回の一件が最後の不祥事というもので、のちのち話のタネになるのが関の山だ。ともあれ上院議員が言ったように、まさにこの一件が甥を見つけ出すきっかけになった。そしてこの甥はいろいろ尽力してくれたのであって、それでもって出会いをお膳立てしたことの礼はすんだも同然であり、自分はこれ以上、何を望んでいるわけでもない。それにカールがたとえ上院議員の甥であれ、船長であるわけでもなんでもないのであって、つまるところ船長の口からよからぬ評定が下されるにちがいないのだ——といったわけで、火夫は自分の考えにしたがい、つとめてカールを見ないようにしていた。しかしそうなると、この部屋ではやっかいなことに目のやり場がないのだった。

「事態をきちんと見なくてはならん」

上院議員がカールに言った。

「正義の問題かもしれないが、同時に規律の問題でもある。この二つのうち、とりわけ後者が船長の判断によるのだからね」

「そうですとも」

つぶやくように火夫が言った。そんな火夫に気がつき、つぶやきが聞きとれた人は、けげんそうに当惑の微笑を浮かべた。

「船長さんにはとんだお邪魔をいたしました」

上院議員が言った。

「船がニューヨークに到着して、片づけなくてはならない仕事が山のようにあるというのにです。私どもは、そろそろおいとまするといたしましょう。お邪魔した上に、機関夫をめぐる船内のちょっとしたもめごとに口出しするなど、とんでもないことです。いいかね、カール、甥っ子のおまえの人となりや行動の仕方はよくわかった。だからこそ、すぐにでもおまえをここからつれ出さなくてはならんのさ」

「さっそくボートを手配いたしましょう」

と、船長が言った。カールの驚いたことに船長は、伯父があきらかに儀礼的に卑下してみせただけなのに、少しも異議をさしはさまないのである。会計主任がいそいで事務机にとりつき、電話で水夫長に命令を伝えた。

（時は切迫している）

と、カールは思った。

（でも、何かしようとすれば皆を傷つけるだけなんだ。やっと見つけたといって喜んでいる伯父を見すてるわけにいかないし、船長は丁寧だけれど、ただ丁寧なだけのことだ、規律が問題になれば、いつまでも丁寧だというものでもない。伯父の言ったことも本心からにちがいない。シューバルは論外だ。さっき握手したのが悔やまれるほどだ。ほかのやつらときたら、そろいもそろってクズばかりだ）

そんなことを思いながらゆっくりと火夫に近づき、ベルトにつっこんでいた相手の右手を引っぱり出して、自分の両手につつみこんだ。

「どうして何も言わないの？　されるがままになっているつもりなの？」

火夫は言うべき言葉が見つからないといったふうに額にしわをよせ、カールと自分の手とを見つめていた。

「不正が行なわれたんだ、この船の誰もが受けたことのないような不正なんだ。ぼくはちゃんと知っているんだ」

カールは火夫の指のあいだで自分の指をここかしこと動かした。火夫の目がきらきらと光った。恍惚とした顔つきで誰はばからずあたりを見まわしている。

「自分を守らなきゃあいけない。白か黒か、はっきりさせなくちゃあ。さもないと誰にも本当のことがわからないよ。どうかぼくの言うとおりにするって約束して。これからさきは、ぼくはもうきっと助けてあげられないと思うんだ」

カールは火夫の手にキスをすると、わっと泣きだした。ひび割れて、まるで鉱物のような手を握りしめ、あきらめなくてはならない宝物のようにいとしげに頬ずりした――。このときすばやく伯父の上院議員がそばにきて、そっとカールを引きはなした。

「火夫にまいっているらしい」

そう言いながら、わからないでもない、といったふうにカールの頭ごしに船長を見やった。

「おまえは見捨てられ、ひとりぼっちだった。そんななかで火夫と出会った。だから感謝の気持からも何かをしてやりたいのだろう。それはそれで結構だが、しかし、人にはそれぞれの立場ってものがある、おまえもそろそろ、自分の立場をわきまえなくてはなるまいよ」

ドアの前で騒ぎがもち上がった。いくつものわめき声がした。無理やり押し入ろうとしているようすだった。つづいて水夫がひとり、だらしない格好で女中のエプロンをつけて現われた。

「ほかにも外にいますぜ」

大声で言うと、まだもみくちゃになっているかのように両肘をつっぱらかした。そのうちやっと我に返った。船長に敬礼をしようとしたとたん、エプロンに気がついて、引きむしると床に投げつけた。

「ひでえことをしやがる、女中のエプロンを着せやがった」

音高く踵を合わせて敬礼した。笑いが起こりかけたが、船長が厳しい声で制した。

「ご機嫌だな。外にいるのは誰だ?」

「私の証人でございます」

シューバルが進み出て言った。

「連中のご無礼をお赦しください。航海が終わると、はめを外したがるのです」

「すぐに呼び入れろ！」

船長が命令した。そして上院議員に向きなおると、丁重に、しかし早口で言った。

「では恐れいりますが、甥御さんといっしょにボートに乗り移っていただきます。この水夫がご案内いたします。あらためて申すまでもなく上院議員殿としたしくお知り合いになれましたことを、うれしく思っております。この上ない名誉であります。いずれアメリカの艦船のおかれている状況につきまして、あらためてお話をうかがうことができれば、ありがたい幸せでございます。その節にはまた本日のように、うれしい出会いによりまして、話が中断されるかもしれませんが」

「さしあたりはこの甥ひとりで十分ですよ」

笑いながら伯父が言った。

「いずれにせよ、ご親切に感謝いたします。ご機嫌よう。このつぎには、なんですな――」

カールをやさしく引きよせた。

「こいつともどもヨーロッパ旅行に出かける際に、今度はたっぷり長い時間、ご一緒させていただくことになるかもしれませんな」

「そうなればどんなにうれしいことでしょう」

二人はしっかり握手した。カールは黙って、そそくさと手を差し出した。というのは船長はすでに十五人からの人間の相手をしなくてはならなかったからである。彼らはシューバルのうしろから多少ともおずおずと、とはいえ大声で話しながら入ってきた。水夫が案内を申し出て、歩きながら人々を押し分けてくれたので、お辞儀をしている連中のあいだを上院議員とカールは、なんなく通り抜けることができた。これら陽気な連中はシューバルと火夫との悶着をもっけの座興と思っているらしく、船長の前であろうと大いに楽しむつもりらしかった。そのなかに台所女のリーネがいた。娘はカールに気がつくとたのしそうにウィンクをして、水夫が投げてよこしたエプロンを身につけた。それは彼女のものだった。

水夫のあとにつづいて事務室を出て、狭い通路に入った。二、三歩で小さなドアの前にきた。そこからタラップが下がっており、下にボートが用意されていた。ボートの中の水夫たちは、案内の水夫がひとっ跳びでとびのると、立ち上がって敬礼した。用心してタラップを下りるようにと上院議員がカールに注意しかけたとたんに、最上段にいたカールがわっと泣き出した。上院議員は右手をカールの顎にそえ、しっかと抱きすくめると左手でやさしく愛撫した。それから二人して一段一段タラップを降りていった。抱き合ってボートに乗り移ると、上院議員はすぐカールを真向かいの特等席にすわらせた。上院議員の合図に応じて水夫たちは船をどんと突きはなし、いっせいに力一杯漕ぎはじめた。ほんの数メートルはなれたとき、こちらがちょうど会計本部のある側であることにカールは気がついた。例の三つの窓が見えた。どの窓にもシューバルの証人たちが鈴なりで、手を振ったり、ウィンクを送ったりしていた。伯父が手を上げて応えた。水夫の一人は漕ぐ手を休めずに投げキッスを送るという名人芸を披露した。火夫など、はじめからどこにも存在しなかったかのようだった。すぐ前に伯父がいた。膝と膝とが触れ合うほどの近さだった。カールはじっと伯父を見つめた。いつかこの伯父が火夫の代わりになってくれるのかどうか、それは疑わしいことだった。伯父も視線をそらし、ボートを揺らしている波をじっと見つめていた。

## Ⅱ　伯父

カールはまもなく伯父のところの新しい環境に慣れてきた。どんなにささいなことでも伯父は親切に教えてくれる。異国で暮らすとなると誰もがはじめに手痛い体験をするものだが、おかげでカールは、それをしなくてすんだ。

住居は七階にあった。下の五階分と地下の三階は伯父の会社が占めていた。カールの部屋には二つの窓とバルコニーに出るドアがあって、明るい光が射しこんでくる。毎朝、小さな寝室からこの部屋に入ってくるたびに、カールは目を丸くした。貧しく、みすぼらしい移民として上陸していたら、はたしてどんなところに住まなくてはならなかっただろう？　いや、そもそも上陸すらおぼつかなかったはずである。伯父が移民法にふれながら言ったとおり、ただちに母国送還となっていた。当人には、もはや帰るべきところがないことなど一顧だにされない。ここでは同情はあてにできないのだ。この点、カールは本で読んで知っていた。よそよそしい顔に囲まれて幸せを味わえるのは、恵まれた人たちだけにかぎられる。

部屋にそって狭いバルコニーがついていた。郷里の町だと、さぞかしもっとも高い眺望台というものだが、ここでは大通りがほんのちょっぴり望めるだけで、鋭角で切りとったかたちの建物が二列に並んでいた。まるで遠くへ逃げようとしているふうで、ぼんやりした霧のなかに聖堂がニョッキリとそびえている。朝と夕方、また夜の夢のなかで、大通りにせわしない雑沓が往きかいした。上から見ると、ひしゃげたような人と、さまざまな形の車の屋根がまじりあって、とめどなく流れていく。そこに騒音と埃と臭いとがまじり合い、強い光が刺すように射しかける。あらゆる事物から発光する光が、すべてを運び去り、また運びこんでくるぐあいで、眺めていると目がチカチカしてきた。まるで大通り全体を大きなガラスが覆っていて、それがたえまなく巨大な腕で粉みじんに砕かれているかのようだった。

何ごとにも慎重な伯父はカールに、あまり小さいことに気をとられるなと助言した。何であれ検討して、よく見なくてはならないが、それに気をとられてはならない。ヨーロッパからアメリカに来たての最初の日々は、新しい誕生と似ている。よけいな不安をもつことはないにせよ、しかし、誕生のときよりもずっと迅速に世の中に慣れようとするもので、だからこそ忘れてはならないのだが、第一印象というのが、いかにあやふやな根拠にもとづいているかということだ。にもかかわらず、それが将来の判断に影響しかねない。そのため、さきざきに厄介なことが起こる。伯父自身も、終日、バルコニーに佇んで、道に迷った羊のようにぼんやりと通りを眺めていた新参者を知っているが、そんなことは絶対してはならない！　この騒然としたニューヨークの街を、ぼんやりと眺めて暮らすなどのことは、旅行者には許される。無条件にというわけではないが、そんなふうに過ごしてもかまわない。しかし、こちらに住みつく人間には、身の破滅になりかねない。大げさであることは承知の上で、あえて身の破滅といおう。伯父は日に一度、いつも不意にカールの部屋へやってきた。カールがバルコニーに立っているのを見ると、顔をしかめた。カールはまもなくそれに気づいたので、しぶしぶながらバルコニーに立つのはなるたけやめにした。

ほかに愉しみがないわけではないのだ。部屋にはすごく上等のアメリカ式書き物机があった。つねづねカールの父親が欲しがっていたもので、売り立てがあると目を光らせていたが、乏しい懐ぐあいのせいで、いつも競《せ》り落とすことができなかった。むろん、部屋にある机は、アメリカ式と称して競売にかけられるものとは、ずいぶんちがっていた。たとえばこちらの机には無数の引出しのある上物《うわもの》がついていて、合衆国大統領だって、書類ごとにぴったりの引出しが使えただろう。しかもわきに調整装置がついていて、ハンドルを回すと引出しの並びや位置を自由に変えられるのだ。薄い側板がゆっくりと下におりてきて、べつの台の底板ともなれば、さらにべつの引出しの上蓋ともなる。クルリとまわると、まったくべつの棚に見える。ハンドルを回す速度で、ゆっくり変わったり、あわただしく入れかわったりした。最新の発明というものだが、カールはクリスマスの市《いち》で見たキリスト降誕の人形芝居を思い出した。同じ年ごろの子供たちといっしょに、厚ぼったい冬服につつまれて眺めていたものである。じいさんがハンドルを回していた。すると人形が動くのだ。三人の王がギクシャクと前へ進み、星が輝いた。聖なる馬小屋に幼子《おさなご》が誕生する。うしろに母親が立っていたが、ちゃんと見ていないような気がしたので、カールは背中にくっつくほど母を引きよせ、さらに声をあげて注意をうながした。草むらに兎が隠れていて、後脚で立ち上がったりするのである。それからまた走り出すのだ。あまり声をあげるものだから、母親が手でカールの口をふさいだりした。母はそれからまた、ぼんやり眺めているようだった。この机はむろん、そんな思い出と何の関係もなかったが、しかし、発明するにあたって、似たような何かがかかわったのではあるまいか。伯父はカールとちがって、この机が気に入っていなかった。ごくふつうの机にするつもりだったのに、いまではどの机にも新しい装置がつけてある。これまでの机にも簡単に取りつけられるのが特徴なのだ。調整装置はなるたけ動かさないように、と伯父は言った。伯父によると、便利さを見せかけているので壊れやすくできており、修理するとなると、ずいぶん費用がかかるというのだ。それが言い訳であることは、すぐにわかった。調整装置は取りつけが簡単なのだ。伯父はそれを無視していた。

はじめのころは当然のことだが、カールと伯父のあいだで話がはずんだ。そんなおりにカールは、家にいたときピアノを弾いたことを言った。しょっちゅうではないが、とにかく弾くのが好きで、母に習った手習い程度の曲を弾いていた。そんなことを言えばピアノをねだったことになるのはわかっていたが、伯父にはケチケチする理由がないことも、すでにわかっていた。だからといって、すぐに願いがかなえられたわけではない。一週間ばかりのちに伯父が何げない口ぶりで、ピアノが届いたから、なんなら運ぶのを手伝ってはどうかと言った。お安い御用であって、運びあげるのは簡単だ。建物には家具用のエレベーターがあって、家具をのせたままの車だって運び上げることができる。ピアノにしても同じこと。ピアノや運送人といっしょに同じエレベーターに乗りこむこともできたが、お隣のふつうのエレベーターがあいていたので、カールはそちらに乗りこみ、コックを操作して、荷物用とピタリ同じ速度で上がっていった。ガラスごしにピアノが見えた。いまや自分の持ち物になった。カールはじっと目を据えて見つめていた。部屋に収まり、最初の音をひびかせたとき、カールは天にも昇るようなここちがした。それで弾くのはやめて、少しはなれたところから腰に手をあて、しげしげとピアノを打ちながめた。部屋の音響も申し分ないのだった。鉄骨づくりの家に住むのは、はじめは意にそまなかったが、そんな気持はきれいに消えていた。外見は鉄骨づくりだが、なかにいると少しもそんな気配はない。誰だって気がつかないだろう。カールは、はじめ、大いにピアノに期待をかけていた。少なくとも眠りにつく前にピアノを弾いて、アメリカ流のたたずまいを変化させてみよう。そんなことを大まじめで考えた。開けはなしの窓から騒音が流れこんでくるなかで、郷里の古い兵士の唄を弾くのは、なんともへんてこなものだった。兵士たちが夕方、兵営の窓辺に寝そべって暗い広場を眺めているとき、窓から窓へ歌い継がれる唄である。――弾き終わってから通りを見下ろすと、何も変化していなかった。この世のたえまのない動きのほんの一部がのぞいている。それを動かしている力をすべて知らなくては、どうつとめてもとどめられない。伯父はピアノを楽しむふうではなかったが、とりたてて嫌そうでもなかった。カール自身、なるべく弾くのは控えていた。すると伯父はアメリカの行進曲の楽譜をもってきたりした。国歌の楽譜はもちろんだ。といって音楽が好きだというのでもないだろうに、ある日、まじめ顔でカールに、ヴァイオリンやホルンを習ってはどうか、などと言ったりした。

もろちん、カールにとっては英語の習得が何よりも重要な課題だった。毎朝七時に商科大学の若い教師がやってくる。カールはすでにノートをひろげて机に向かっているか、部屋を行きつ戻りつしながら暗記をしていた。とにかく早く身につけることが肝要なことがわかっていたし、それに早々と上達すれば、それが何よりも伯父をよろこばせることになる。はじめ英語による伯父とのやりとりは、挨拶や別れの言葉にかぎられていたが、しだいに英語が会話の多くを占めてきて、それにつれ身近なことも交わせるようになった。ある夜のこと、カールははじめてアメリカの詩を朗誦した。大火事を述べた詩だったが、伯父は大いに満足した。二人はそのとき、カールの部屋の窓ぎわに立っており、伯父は夜空を見上げていた。すでに明かるみが消え失せている。詩と唱和するように、伯父はゆっくりと拍手した。カールはかたわらに直立したまま、目を一点に据えて、難解な詩を思い返していた。

カールの英語が上達するにつれ、伯父はいろんな知人に引き合わせたがった。何かの必要にそなえ、英語の先生にそばにいてもらった。ある日の午前に紹介された最初の人は、痩せた若い男で、おそろしく身のこなしがいい。伯父はとりわけ丁寧な言葉づかいでカールの部屋まで案内してきた。あきらかに甘やかされて育った金満家の道楽息子の一人で、その暮らし方ときたら、ほんの一日立ち会っただけで、ふつうの人間にはいたたまれないはずなのだ。そのことを知ってか知らずか、それとも相手がどうにでもなると思ったのか、彼は口と目にほほえみをたやさなかった。自分と相手と、また世界に向けてのような愛嬌をふりまいた。

この若い男はマック氏といったが、カールは彼から乗馬を誘われた。乗馬学校でもいいし、遠出をするのもいい。伯父はすぐさま賛成したが、カールは躊躇した。これまで馬に乗ったことがないので、まずきちんと学んでからにしたかった。しかし、伯父とマックが口をそろえて言うには、乗馬はたのしみのためにするものであって、乗ってみさえすればよく、きちんと学ぶものではないという。そう言われてカールも承知した。おかげで朝の四時半に起きるはめになった。昼間、たえず緊張しているせいか、眠くてならない。しかし、バスルームに入ると眠気がふきとんだ。シャワーの蛇口は浴槽のどこにものばせる。——郷里《くに》の同級生のなかのどんな金持でも、こんなバスルームはもっていなかったし、まして自分専用などは夢のまた夢というものだ——カールは浴槽に横になって、おもいきり両手をのばした。ぬるい湯と熱い湯を同時に出して、それからぬるい湯、ついで冷水ととりかえた。好きなところにかけられる。全身であびてもいい。まだほんの少し、眠りのなかにいるつもりで横になり、目を閉じて、しずくを上から垂らしてみた。それから目をあけた。しずくが顔をつたって落ちた。

天井の高い伯父の車で乗馬学校へやってくると、英語の先生が待機していた。マックはいつも遅れてくる。遅れてもかまわない。彼が現われてようやくいつも、本格的な乗馬がはじまるからだ。マックの姿を見ると、それまで眠っていたような馬が、やにわにスックと立ち上がり、鞭の音がピシリとあたりにひびきわたる。まわりの見物席が、みるまに見物人とも、馬の世話方とも、乗馬学校の生徒ともつかぬ人々で埋まってくる。マックが現われるまでの時間を、カールは乗馬の練習にあてることにした。ノッポの男がいて、いちばん大きな馬であれ、ヒョイと手をのばすだけで用が足りる。その男が十五分ばかり指導してくれた。進歩がめざましいというのではなかったが、馬にかける英語の号令を習得したので、馬に乗っているあいだ、息を切らしながら英語の先生に叫んでみせたりした。先生のほうは、いつも同じドアのところに眠そうに立っていた。マックが姿を現わすと、いやも応もないのだった。ノッポ男は御用ずみで、まだ薄暗い馬場には、ギャロップをする馬のひづめの音だけがひびいていた。マックは手を上げてカールに指示をした。うっとりとしているような三十分がたつと、マックは馬をとめ、そそくさと帰っていった。カールが上手に乗りこなしたときは、カールの頬を指でつんと突いてから姿を消した。いつも急いでいて、カールと戸口まで歩くこともない。カールはそれから英語の先生といっしょに車で帰るのだが、乗馬学校から伯父の家までの大通りは渋滞するので回り道をして、その時間を英語のレッスンにあてた。しかし、まもなく先生のお伴はなしになった。疲れた人を朝早くに乗馬学校へ来させるのは、カールには辛いことだった。マックとのやりとりは簡単で、なんら支障はない。伯父に同行を断わってほしいと申し出たところ、伯父はしばらく考えてから同意した。

伯父は商売のことには口が堅かった。ほんのちょっとでも会社をのぞかせてほしいとカールはなんどもたのんだが、なかなか承知しなかった。一種の代理業、仲介業務にあたり、おそらくヨーロッパには見受けられないものだった。たしかに仲介をするのだが、生産者と消費者との商品の仲介でも、商人のあいだの仲介でもなく、さまざまな商品と材料を大きな工場カルテルに取りついだり、あるいはカルテル同士の仲介をする。そのため購買や貯蔵、移送、販売のすべてにわたり介入してきて、あらゆる顧客と電話や電信で結ばれている。伯父の会社の電信室は、カールの郷里の町の電信局よりも大きいのだ。電信局にかかわりのある同級生がいて、案内されたことがあった。伯父の会社の電話室には、電話ボックスのドアがずらりと並んでいて、ベルの音ときたら耳を聾するほどだった。伯父がもよりのドアを開けると、眩しい明かりの下に係の人がいた。ドアの音に頓着しないのは、頭に鉄のバンドをはめ、両耳にイアホーンをつけているからだ。重たげに右腕を小机にのせていた。指に鉛筆が握られていて、これが機械のように整然と、迅速に動く。電話で伝える言葉は、ほんの数語にかぎられていた。話すことに異議を申し立てているようで、正確に問い返したが、返ってきた言葉によって問い返すのをやめにしたといった感じだった。そのあと目を落として、書きつける。伯父がささやいたところによると、その男は話してはならない。彼が受けとったのと同じ情報が、ほかの二人にも伝えられ、誤りが入りこまないように検討する。伯父とカールがそこを出ようとしたとき、見習いの者がドアからすべりこみ、この間に書きこまれた紙片をもって出てきた。ホールのまん中を、忙しく人々が往きかいしていた。挨拶を交わさない。挨拶は廃止されていた。だれもが前の人と踵を接して歩き、目を下に落として、できるだけ速く歩こうとしていた。あるいは手にもった書類に目をやりながら、走るように通りすぎる。

「すごいことをやりとげたんですね」

カールは通路の一つを歩きながら伯父に言った。全部を見てまわるとなると、たとえチラリとのぞいてまわるだけにしても、はたして何日かかるものやら。

「三十年前に自分ではじめたんだ。そうなんだ、そのころ、港に小さな事務所をかまえた。日に五箱でも荷上げされたら上出来で、ホクホク顔で家にもどったものだ。現在、港にもっている倉庫を全部あわせると、広さで業界第三位というわけさ。昔の店は荷揚げ人夫の第六十五班が食堂と機械置場に使っている」

「夢のような話ですね」

「こちらではなにしろ、おそろしく事が速くすすむ」

伯父は会話を打ち切るようにそう言った。

ある日、カールがいつものようにひとりで食事をとろうとしていると、伯父がやってきた。商売上の友人二人と会食をする。それに同席せよというのだ。すぐにも黒の正装をすること。カールが隣室で着換えているあいだに、伯父は椅子に腰を下ろし、カールが終えたばかりの英語の課題に目を通していた。それから机をドンと叩いて、大声で言った。

「申し分なし！」

お褒めの言葉を聞けば、着換えにもはかがいくというものだ。実際、カールは自分の英語に、かなり自信をもっていた。

上陸した最初の日に夕食をとった食堂である。記憶がまだ生々しい。そこに二人の肥った紳士がいて、カールが入っていくと、立ち上がって挨拶した。ひとりはグリーン氏、もうひとりはポランダー氏だということを、食事中の会話からカールは聞きとった。伯父はいつも簡単に引き合わせるだけで、カールが注意深く観察して、必要なことや興味深いことをさぐり出さなくてはならない。食事のあいだは取引上のやりとりがされただけで、カールは商売用語のレッスンを受けたぐあいだ。カールには、きちんと食べなくてはいけない子供のような扱いで、静かに食べさせていた。食事が終わると、グリーン氏がカールに、つとめてわかりやすい英語で、アメリカでの最初の印象をたずねた。まわりがいちどに静かになった。その静けさのなかでカールは、おりおり横目で伯父を見やりながら、かなりくわしく話した。そしてお礼をかねて、ニューヨーク風の言いまわしでしめくくろうとしたところ、あるひとことで、三人がドッと笑った。ひどい言いまちがいをしたのかとカールは恐れたが、ポランダー氏によると、そうではなく、ぴったりのことを言ったのだそうだ。このポランダー氏はカールがいたく気に入ったようで、伯父とグリーン氏がまた商売の話をはじめると、カールに椅子を近づけさせて、名前や出身、船旅のことなど、あれこれたずねた。つぎには話を引きとって、笑ったり、咳払いしたりしながら、自分のことや娘のことを話した。娘とニューヨーク近郊の小さな屋敷に住んでいる。ただしポランダー氏は夜を過ごすだけである。銀行家という仕事柄、終日、ニューヨーク市中に釘づけになっている。カールはさっそく屋敷に招待を受けた。新米のアメリカ人は、ニューヨークを離れてホッとしたいはずだというのだ。招待を受けていいかと伯父にたずねると、伯父は見たところこころよく同意した。ただ、はっきりとした日時はおろか、カールとポランダー氏の期待に反して、具体的なことは何も言おうとしなかった。

伯父はこの建物だけでも十を数える事務所をもっていたが、翌日、その一つにカールはよびつけられた。伯父とポランダー氏が黙りこくった感じでソファーにすわっていた。夕方の薄暗がりに伯父の姿が沈んでいた。

「ポランダーさんは、おまえをご自分の屋敷につれていきたいといってこられたのだよ。昨日、そんな約束をしたようだね」

「それが今日だとは知りませんでした」

カールは答えた。

「わかっていたら準備をしていたのですが」

「準備してないのなら、つぎの機会にしてもらうほうがよくはないかね」

と、伯父が言った。

「準備だなんて！」

ポランダー氏が口をはさんだ。

「若い人は、いつだって準備完了ってものですよ」

「彼のことよりもですね」

伯父がポランダー氏に向きなおった。

「お待たせすることになりますよ。これから部屋に上がっていかなくちゃあなりません」

「かまいませんとも」

と、ポランダー氏が言った。

「それを見こして、今日の予定は早目にきりあげてきました」

「わかっただろう」

と、伯父が言った。

「ちょっとしたことが、こんなにご迷惑をかける」

「すみません」

カールは謝った。

「すぐにもどってきます」

とび出そうとするのに、ポランダー氏が声をかけた。

「あわてなくていい。迷惑どころか、来ていただけてうれしいですよ」

「明日の乗馬学校はどうするね？　断わったのか？」

「いいえ」

と、カールは答えた。うれしい招待ではあるが、はやくも重荷になりかけていた。

「こうなるとは思っていなかったので――」

「それでも出かけるのか」

伯父が追っかけてたずねた。ポランダー氏が助け船を出した。

「途中、乗馬学校に立ち寄って、断わりをしておきましょう。これなら問題はない」

「それはいいとしても」

と、伯父がつづけて答えた。

「マックがおまえを待っている」

「待ってなどいませんが」

と、カールが答えた。

「でも、来ることはたしかです」

「じゃあ、どうする?」

カールの答えが答えになっていないといった口ぶりで伯父が言った。またもやポランダー氏が助太刀をした。

「クララはですね」

ポランダー氏の娘である。

「今夜にも待っていまして、この点ではマックより優先権がありますよ」

「なるほど」

と、伯父が言った。

「急いで用意をしてくるんだ」

そう言いながら、何げないふうに椅子の肘掛けを叩いた。ドアを出かかったとき、カールは伯父の問いで引きもどされた。

「明朝の英語のレッスンは家で受けるんだな」

「それは困った!」

ポランダー氏が声をあげて、肥ったからだの許すかぎり、体をねじまげた。

「明日いちにちぐらい、預からせていただけませんか。明後日には、きっと早朝にもどっています」

「それは困る」

伯父が厳しい口調で言った。

「勉学の秩序を乱したくありませんからね。もっとあとで、きちんとした職についてからなら、せっかくのご親切だから、ずっと長くいてかまいませんが」

（わけのわからない言いぐさだ）

と、カールは思った。ポランダー氏はがっかりした顔をした。

「今晩ひとばんとはせわしない」

「しかたありませんね」

と、伯父が言った。

「しかたありませんな」

ポランダー氏が笑って言った。それからカールに声をかけた。

「では、ここで待っています」

伯父は黙っている。カールは急いで部屋に上がり、遠出の支度をしてもどってくると、ポランダー氏がいるだけで、伯父の姿はなかった。ポランダー氏はいっしょに出かけることを確かめるように、カールの両手を握りしめた。大急ぎで支度をしたので、カールは汗ばんでいた。ポランダー氏の手を握り返した。遠出できるのがうれしかった。

「伯父は怒ってませんでしたか？」

「そんなことはありませんよ。あなたの教育のことが気にかかっているせいですよ」

「そんなふうに、あなたに言っていましたか？」

「ええ、まあね」

ポランダー氏はまごついた。嘘がつけないのだ。

「友人のポランダーさんの招待なのに、どうして伯父はあんなに不機嫌なんでしょう?」

ポランダー氏は黙っていたが、彼にも理由がわからない。ポランダー氏の車に乗って、おだやかな夕方の大気のなかを走りながら、口ではほかのことを話していたが、二人とも同じ疑問を思っていた。

二人はくっつき合うようにすわっていた。ポランダー氏は話しているあいだ、カールの手を握っていた。カールは長い道のりにうんざりして、話していれば実際より早く着くとでもいうように、クララ嬢についてあれこれたずねた。夕方にニューヨークの通りを車でいくのは、はじめてのことだった。歩道といわず、車道といわず、たえまなく方角をかえながら渦巻状の風が起こり、騒音が追いかけてくる。人間が起こすのではなく、何か見知らぬものから発生する音のようだった。ポランダー氏の言葉を正確に聞きとろうとつとめながら、カールは相手の黒っぽいチョッキと、そこに斜めに下がった金の鎖を見つめていた。劇場の時間に遅れまいとするのか、通りをせかせかと人々が歩いていく。郊外にさしかかったとき、馬に乗った警官が、しきりに脇道を指示してきた。金属労働者がストライキ中で、大通りをデモしており、必要な車以外は入れない。暗い通りに入った。車の音が反響する。広場のようなところを抜けると、両側に歩道がのびた通りに来た。どこまでもつづく細い歩道に長い人の列がつづき、小さな歩幅で歩いていく。全員で歌をうたっていて、それはひとりでうたう以上に統一がとれていた。電車がとまってガランとした軌道のあちこちに、馬に乗った警官がいた。旗を持った人、あるいは横断幕をかかげた人。中途でとめられた電車が一台、明かりが消えたままのこっていて、乗降口に運転手と車掌がすわっていた。野次馬が小さくかたまってデモ隊を眺めていた。事態がのみこめていないのに立ち去ろうとしない。ポランダー氏の腕のなかで、カールは安心して寄りかかっていた。まもなく眩しい明かりのついた屋敷に迎えられる。立派な塀があり、番犬がいる。客として迎えられる。眠くなってきて、ポランダー氏の話がきちんと聞きとれない。きれぎれになる。ときおり目をこすった。うとうとしかけているのを、ポランダー氏にさとられてはならないのだ。

## Ⅲ　ニューヨーク近郊の別荘

カールがうとうとしかかったときだった。

「着きましたよ」

ポランダー氏の声がした。

気がつくと、車は別荘の前にとまっていた。ニューヨーク近郊の金持たちにおなじみのものだが、家族用にしては、やたらに大きくて豪壮だ。下の階にしか照明があたっていないので、どれほど高い建物なのか見当もつかない。橡《とち》の木がザワザワと音をたてていた。短い通路が走っていて、玄関の階段へとつづいている。門はすでに開いていた。ノロノロと車から降りながら、はるばる来たものだとカールは思った。すぐそばの橡の木の通りの暗がりから、娘の声がした。

「ヤーコプさんでしょう、ようこそ」

「ロスマンです」

カールは答えて、差し出された手を握った。ぼんやりと相手の姿が見えた。

「ヤーコプ氏の甥御さんだ」

ポランダー氏が説明した。

「カール・ロスマンとおっしゃる」

「いずれにしても、おいでくださってうれしいです」

名前はどうでもいいといった感じだった。

しかし、カールには気になった。二人にはさまれて建物に向かって歩きながら、名前をたずねた。

「クララさん？」

「ええ」

建物からべつの明かりが射しかけてきた。クララはカールに顔を向けた。

「暗いところでご挨拶したくなかったんです」

門のところで待っていたのかな、とカールは思った。歩いているうちに頭がはっきりしてきた。

「今夜は、もうひとり、お客さまがいらっしゃる」

と、クララが言った。

「なんだって！」

ポランダー氏がとびあがった。

「グリーンさん」

と、クララが言った。

「いつ見えました？」

予期していたかのようにカールがたずねた。

「ついさっき。車が先に一台走っているのに気づかなかった?」

カールはポランダー氏の顔をうかがった。ポランダー氏は両手をポケットにつっこんで、足元を蹴ちらすように歩いていく。

「ニューヨークのすぐ近くじゃあ、どうにもならない。すぐに邪魔が入る。なんとしても、もっと遠くに移らなくちゃあ。たとえ夜どおし車を走らせることになってもだ」

階段のところで三人は立ちどまった。

「でも、グリーンさんは久しぶりじゃないかしら」

と、クララが言った。父と気持は同じだが、なんとかなだめたい、といったふうだった。

「いったい全体、何用あってきたんだ」

ポランダー氏の口ぶりに、腹立ちがあらわになってきた。ポッテリした下唇が、厚い肉の切れはしのようにブルブルふるえている。

「しょうがないわ」

と、クララが言った。

「たぶん、すぐに帰るんじゃないかな」

カールが口をはさんだ。ほんの昨日まで、まるで見ず知らずの人だったのに、すでにこんなにも気心が知れているのがふしぎだった。

「そうはいかないの」

と、クララが答えた。

「お父さんに何か大きな商売の話があるんですって。きっと話が長びくと思うわ。だって冗談に、お世話いただくなら徹夜を覚悟で、なんて言ってたもの」

「ひと晩、居すわろうっていうのか！」

うんざりしたようにポランダー氏が言った。

「なろうことなら――」

新しい思いつきに少し顔をなごませた。

「なろうことなら、ロスマンさん、これからでも、あなたを車で伯父さんのところに送り届けたいものですよ。今夜は邪魔が入っちまった。このつぎ、いつ伯父上からお許しいただけるかわかりませんからね。今夜にもお返しすれば、このつぎ、ダメとはおっしゃるまい」

いまにもカールの手をとって、車に向かいかけるそぶりをした。だが、カールは動かなかった。クララが、自分とカールさんとはグリーン氏とかかわりがないからと言うと、ポランダー氏も気持がぐらついたようだった。ダメを押すようにして、階段のいちばん上からグリーン氏の声が降ってきた。

「どこにいるんだね？」

「行こう」

ポランダー氏が階段に足をかけた。つづいてカールとクララがのぼりはじめた。明かりのなかで、いまはじめて二人はたがいにジロジロと相手を見た。赤い唇だ、とカールは思った。すぐにポランダー氏の唇を思い出した。同じ厚い唇でも、まるで感じがちがう。

「夕食のあと、こうしません？」

と、クララが言った。

「よかったら、わたしの部屋においでくださいな。グリーンさんとはなれていられるし、パパはお相手をしなきゃあならない。わたしの部屋でピアノを弾いてくださらない。とてもお上手だってパパから聞いたわ。わたし、まるでダメなの。とても音楽が好きなのだけど、ピアノには手がとどかない」

クララの提案は承知したが、カールはポランダー氏も仲間に引き入れたいと思った。階段を上がるにつれてグリーン氏の図体がなおのこと大きくなった。ポランダー氏の比ではないのである。その巨体を見ては、とてもポランダー氏をこちらに取り返せるものではない。

グリーン氏は遅れをとりもどすとでもいうように、あたふたと出迎えた。ポランダー氏の腕をとり、またカールとクララをせきたてた。食堂には花が飾られていた。新しい切り花が列をつくって晴れやかに待機しているようで、それだけなおのことグリーン氏が邪魔っけだった。カールはテーブルの横に佇んで、三人が席につくのを待っていた。庭に面した大きなガラス戸が開いていて、花の香りがした。まるで自分が庭の小亭にでもいるかのようだった。とたんにグリーン氏が息づかい荒く近寄ってガラス戸を閉め、かがみこんで下の鍵をかけると、勢いよく立ちあがった。なんとも手ぎわのいいことで、あわててやってきた召使には、何もすることがない。テーブルについてグリーン氏が最初に口にしたのは、カールの伯父がこの遠出に同意したことの驚きだった。匙いっぱいにスープをすくって、いそがしく口に運びつつ、右手のクララと左かたのポランダー氏にかわるがわる、なぜそれが大きな驚きであるかを説明した。あの伯父はカールに目をかけている。伯父・甥といった以上の愛情がこもっている。

（今夜、ここに押し入ってきただけでなく、自分と伯父のことにまでしゃしゃり出てくる）

と、カールは思った。金色をしたスープが、ひと口も喉をこさない。しかし、腹立ちをさとられてはならないので、黙ってすすりこんだ。食事はゆっくりと、しめっぽく進行した。グリーン氏だけが元気づいており、ときおりクララがお相手をして小さく笑ったりした。グリーン氏が取引のことを口にしはじめると、ポランダー氏がときおり相槌を打った。しかし、すぐに話をそらしてしまうので、そのつどグリーン氏が話をむし返さなくてはならない。グリーン氏は、不意を襲うつもりはなかったことを力説した——カールは何やら脅かされているような気がして耳をそば立てた。そのためテーブルに肉料理が並んでいるのを忘れてしまい、クララからいまは会食中だと注意された——グリーン氏によると、至急の商談があるにせよ、大切なところは今日の昼間に街ですませることができたはずだし、あとのことは明日か、また数日後でもかまわなかった。だから会社のひけどきの先手を打って訪ねたのだが、ポランダー氏と会うことができず、やむなく自宅に電話をすると、今夜は帰らないとのこと、ついては別荘のことを聞き出した。

「ぼくのせいです」

誰もがまだ何も言わない先に、カールが声をあげた。

「ポランダーさんがいつもより早く会社を出たのは、ぼくのせいなんですよ。悪いことをしました」

ポランダー氏はナフキンで半分がた顔を覆った。クララがカールにほほえみかけた。とってつけたような笑顔で、何か言いたい表情だった。

「謝ることなんかありませんよ」

鳩料理を切り刻みながらグリーン氏が言った。

「むしろ反対で、おかげでこんな楽しい夕食にありつけたのですからね。ふだんなら、ひとりっきりで、さみしく食べていた。わが家の家政婦ときたら、ずいぶん年寄りで、ドアのところからテーブルまで運んでくるのが容易じゃない。こちらは椅子にすわって、じっと待っていなくちゃあならない。最近やっと召使がドアのところまで持ってくるようにしたんですが、そこから先はがんとして家政婦のばあさんがゆずらないのですよ」

「いまどき珍しい忠義な人じゃありませんか」

と、クララが言った。

「まだ忠誠心がこの世から消えはててはいないのですな」

グリーン氏はうなずきながら、肉を口に入れた。カールはたまたま目にしたのだが、グリーン氏の舌がニューっとのび、肉のひと切れを巻きとった。急に気分が悪くなって、カールが立ち上がったとたん、ポランダー氏とクララが左右からカールの手をとった。

「もう少しすわっていて」

と、クララが言った。カールが腰を下ろすと、耳元でささやいた。

「すぐにいっしょに消えますからね。我慢して」

グリーン氏は悠揚せまらず食事をつづけていた。たとえカールに気分を悪くさせても、なだめるのはポランダー氏とクララの役目とでも言いたげだ。

グリーン氏は日ごろの食事の埋め合わせをするように、運ばれてくる料理を、あまさずたいらげていく。そのため食事がえんえんと長びいた。またグリーン氏は、ときおり、クララの家政の切り盛りを賞讃した。それがクララにはうれしいらしかった。苦情を言うようだと、カールは口をはさむつもりでいたのだが、グリーン氏はそんな気配はみせず、皿に顔を埋めるようにしてもりもり食べていく。逆にカールの少食ぶりを気の毒がるしまつだった。ポランダー氏はカールを庇いながらも、会食の主人として、食事をすすめないわけにいかない。くり返し言われるので、カールにはポランダー氏の親切が、逆に冷たさにも思えてきた。それでむやみに頬ばって食べたかと思うと、つぎの料理には、まるきり手をつけないといったことになる。前に料理が並んでしまって、給仕役の召使はどうすればいいのかわからない。

「明日にも伯父上に申しあげますよ、料理をうっちゃらかして、クララ嬢を傷つけたとね」

グリーン氏はフォークで料理を追いかけながら、冗談めかして言った。

「ほら、かわいそうに、泣き出しそうな顔をしているじゃないですか」

そう言ってクララの顎に手をのばした。クララはされるがままになって、目を閉じた。

「可愛い子だ」

グリーン氏は声をあげるなり、そっくり返り、顔をまっ赤にして笑いだした。いかにも満腹した人間の笑いだった。カールはポランダー氏に釈明を求めようとしたが、ポランダー氏は目の前の料理を見つめたきり顔をあげない。まるでそれこそ一大事というかのようだ。カールの椅子を引き寄せもしない。ついで口にしたことも、とりたててどうということもなく、グリーン氏の傍若無人ぶりを我慢している。なんてことだ、この脂ぎったニューヨークっ子の遊び人が、はっきりとクララを弄んでいるというのに、またこの夜の客であるカールを傷つけ、子供扱いしたというのに、ただじっと我慢をしている。さらにグリーン氏が何をやらかすかもしれないというのにだ。

食事が終わった——グリーン氏がまわりの雰囲気に気がついて、まっ先に腰を上げ、まわりが引きずられて立ち上がったぐあいだった――窓のところに白い木の桟《さん》がしてある。カールは三人からはなれて窓に近寄った。それでわかったのだが、木の桟はドアになっていて、テラスに出られる。はじめはたしか、ポランダー氏もクララもグリーン氏をいやがっていた。カールがなだめ役にまわったほどだったが、あれはいったい、どうなったのか。いまや二人はぴったりグリーン氏のそばにいて、しきりにうなずいたりしている。グリーン氏は葉巻をふかしていた。ポランダー氏が差し出したもので、おそろしく太いやつだ。故郷の父がときおり、太い葉巻のことを話していたが、きっと父は見たこともなかっただろう。葉巻の煙が部屋中に流れて、どんなにはなれていても、どの隅にいても、グリーン氏の匂いがする。カールは鼻の奥がむずがゆくなってきた。グリーン氏をチラリと見やったが、なんとも尊大にふんぞり返っている。どうして伯父が今夜の遠出をしぶったのか、いまになってわかったような気がした。ポランダー氏の気弱な性格を知っていて、とどのつまりは心が傷つくようになることを、それとなく予感したせいなのだ。それにアメリカ娘も気に入らない。さして美人を想像していたわけではないが、グリーン氏がちょっかいを出しはじめてから、急にきれいに見えてきた。とりわけ一点に据えた目つきがいい。からだにぴったりのスカートで、カールには、生まれてはじめて見かけたしろものだった。やわらかいがしっかりした生地で、全体が黄色がかっており、そこに小さなヒダがついている。とはいえ、どうでもいい娘であって、なろうことならクララの部屋などにはいきたくない。カールは用心深くテラスへのドアのノブを握っていた。むしろこのまま車に乗って、おさらばしたい。もう運転手が寝床についたというのなら、ひとりでニューヨークまで歩いて帰る。まん丸い月が出ていて、道を照らしてくれる。ちっとも怖くなどない。カールは想像した――この瞬間、今夜はじめて楽しい気がした――明けがたにニューヨークに着く――それより早くはむりだろう――伯父の寝起きを襲ってやろう。伯父の寝室に入ったことがなく、寝室がどこにあるのかも知らないが、人にきけばいい。ドアをノックする。「お入り」の声にとびこんでいく。これまで見てきた伯父は、いつもきちんと服を着てボタンをとめていた。その伯父がパジャマのままベッドで起き上がり、目を丸くしている。それ自体はたいしたことではなくても、あとの結果が大きいのだ！　はじめて伯父といっしょに朝食をとる。伯父はベッドにすわったままで、カールは椅子にすわり、あいだに小さなテーブルを据える。これがきっかけになって、毎朝いっしょに食事をするのが習わしになる。これまで一度もこういったことがなく、だからうちとけて話すこともなかった。今日の午後、伯父に対して少し頑なだったのも、ついぞうちとけて話したことがないせいだ。今夜はここにいなくてはならない。当家の二人は窓のところに客をうっちゃらかして、まるで見向きもしないありさまだが、とにかく客として迎えたつもりでいる。今夜は仕方がないとしても、この災難を良いほうに返すバネにできないか。もしかすると伯父も床のなかで、同じようなことを思っているかもしれない。

少し気持がらくになった。振り返るとクララがすぐ前に立っていた。

「ここが気に入らないんでしょう？　少しはくつろいでくれないかしら。いらっしゃい、なんとかやってみるわ」

広間をまっすぐ横切ってドアに向かった。ポランダー氏とグリーン氏は隅のテーブルについていた。深みのあるグラスに何やら液体が入っていて、しきりに泡立っている。カールには見当もつかない飲み物で、ひと口飲んでみたい気がした。グリーン氏はテーブルに肘をつき、ポランダー氏と顔をくっつけ合っていた。素姓を知らなければ、商談ではなく犯罪の手順を相談しているように見える。ポランダー氏はやさしい目つきでカールを見送ってくれたが、グリーン氏はそれを知りながら振り向こうともしない。心底がわかるというものだ。彼は彼、我は我、それぞれが能力をつくして局面を打開すべきであって、いずれ時がたち勝者と敗者の位階ができる。

（どう思おうと、やつの勝手だ）

と、カールは考えた。

（かかわりなど持ちたくない。ほっといてもらいたいや）

廊下に出たとたん、自分の振舞いに気がついた。グリーン氏をにらみつけていたので、ほとんど力ずくでクララに引っぱられていく。不承不承にクララのそばを歩いていった。廊下を歩きながら、わが目が信じられないような気がした。ほとんど二十歩ごとに、お仕着せをきた召使が太い燭台を両手でかかえるようにして立っている。

「まだ食堂にしか電気が入っていないの」

クララが説明した。

「この家はつい最近、手に入れたばかりだから、うんと直さなきゃあならない。昔の家《うち》は建てかたがちがうから、どこまで直せるかわからないわ」

「そうか、アメリカにも古い家があるんだ」

と、カールが言った。

「もちろんよ」

クララは笑った。さらにカールを引っぱっていく。

「まるでアメリカがわかってないのね」

「笑われる道理はない」

腹立たしげにカールは言った。いずれにせよ自分はヨーロッパとアメリカの両方を知っている。いっぽうクララが知っているのはアメリカだけではないか。

歩きながらクララが片手をのばして軽くドアを突き開けて、そのまま通りすぎた。

「ここがあなたの寝室」

カールはすぐにも部屋を見ておきたかったが、クララは苛立たしげに、ほとんど叫ぶような調子で、それはあとまわしにして、いまは一緒にくるようにと言った。しばらくカールはついて歩いていたが、すべて指図されるのが我慢ならず、身をもぎはなすと寝室にとびこんだ。思いのほか暗いのは、窓のすぐ前に、うっそうとした大木が枝を茂らせているせいだった。小鳥の啼き声がした。部屋にはまだ月光がさしこまないので、ほとんど見分けがつかない。伯父からもらった懐中電灯のことを思い出した。この家では懐中電灯が必需品だ。いくつか用意さえしておけば、召使を休ませることができるではないか。カールは窓わくに腰を下ろして耳を澄ませた。大木の繁みのなかで、小鳥が眠りそびれたような啼き声をたてていた。ニューヨーク近郊を走る列車が、どこか遠くで汽笛を鳴らした。あとはしんと静まり返っていた。

それもつかのまだった。クララが息をはずませて部屋に入ってきた。あきらかに腹を立てていた。

「どういうつもり?」

声をあげるなり、スカートをピシャリと叩いた。カールは相手が礼儀をつくせば答えるつもりでいた。だが、クララは大股で近寄ると、わめきたてた。

「来るの、来ないの、どちらなの？」

そしてカールの胸をドンと突いた。故意か、それとも興奮したせいかわからないが、カールはあやうく墜落しかけた。あわててからだをそらして、すべり下りて両足を床につけた。

「落っこちるじゃないか」

口をとがらせて言った。

「おあいにくさま。どうして話がわからないの。ほんとうに落ちてみたら」

クララは実際、カールにつかみかかってきた。スポーツで鍛えたしなやかなからだで、カールをかかえあげた。あっけにとられたあまり、カールはふん張ることを忘れていた。窓辺で腰をひねって身をもぎはなし、逆にクララを両手でつかまえた。

「痛いじゃないの」

クララが叫んだ。カールの真剣さがわかったらしい。クララを前に押し出しながら、カールは両手をはなさない。からだにぴったりの服なので、つかまえているのは造作もない。

「はなして」

クララがささやいて、顔をまぢかに寄せてきた。カールの鼻先にクララのほてった顔があった。

「おねがい、はなして。この手をはなしてくれたら、いいものあげる」

（どうして溜息をついたりするんだろう）

と、カールは思った。

「痛くなどないはずだ。力をこめてはいないんだから」

それでも手をはなさなかった。

ひと呼吸おいたのち、やにわにクララが逆襲してきた。スルリと抜け出し、両手をのばしてカールを羽がいじめにすると、レスリングの要領で両脚をあてがい、大きく息をつきながらカールを壁へと押しつけていく。壁ぎわに寝椅子が置かれていて、カールがその上に倒れこむと、肘をのばしたままクララが言った。

「動けるものなら動いてみたら」

「猫め、メス猫め」

怒りと恥じらいでカールは胸がつまった。

「頭のいかれたメス猫め」

「言ったわね」

クララはすぐさまカールの首に手をまわし、力をこめてしめあげてきた。カールはあえぎはじめた。クララはもう一方の手をカールの頬にのせ、いまにもピシャリとやるような仕草をした。

「一発くらわせようか」

と、クララが言った。

「レディに対して無礼をはたらいた罰ってものよ。一発くらったほうが、あんたのこれからのためにいい。残念だわ、なかなか可愛い坊やだものね。柔術を習っとくの、そうすれば、やり返せるわ――ほんとにピシャリとくらわしてやりたい。してはいけないだろうけどさ。この手が勝手に動きだす。ピシャリとやったら、一発で満足しなくて、何発もくらわしたくなる。あんたの頬っぺたがはれあがる。恥を知るなら――いいわね、恥ってものよ――とてもおめおめ生きちゃいられない、とっととこの世からおさらばするの。でも、どうしてなの、どうしてこんなにさからうの、わたしが気に入らないの？　わたしの部屋に来たくないの？　ほんとにピシャリとやりたいわ。今夜は我慢してあげる。このつぎは、もっとお上品になるの。あんたの伯父さんみたいに、いつも甘やかしはしないからね。いいこと、覚えておくの、いま平手打ちをくらわさなくても、このざまをごらん。みっともない格好じゃないの、平手打ちをくらわされたのと同じこと、わかるわね、わからないようなら、ほんとうにくらわしてやる。マックに話したら、マックはなんと言うかしら」

マックの名を口にしたとたん、クララが手をはなした。カールのぼんやりした頭に、マックが救い主のように聞こえた。まだ首にクララの手があるような気がして、からだを少し反転させ、そのまま横たわっていた。

起きあがるようにとクララが言ったが、カールは答えず、身動きしなかった。クララがどこからかローソクをともしてきた。部屋が明るくなった。クララがカールの頭の下にクッションをあてがった。青みがかったジグザグ模様が天井に現われたが、カールはクッションに頭をのせたまま、やはり身動きひとつしなかった。クララが部屋中を歩いていた。脚がふれてスカートが衣《きぬ》ずれの音をたてた。窓辺らしいあたりに、しばらく突っ立っていた。

「意地をはってるのね？」

問いかけてきた。ポランダー氏から寝室としてあてがわれたにしても、とても寝られたものじゃないとカールは思った。この娘がウロウロして、立ちどまって、しゃべりかけてくる。もうヘドが出るほどうんざりだ。ひと眠りして、すぐにもこの家から出ていこう。それが唯一の願いだった。床につかず、このまま寝椅子にじっとしていよう。耳をすましてクララが出ていくのを待っていた。出ていけば、すぐにもドアにとびついて鍵をかけ、寝椅子にもどる。おもいきり手足をのばして、あくびをしたかったが、クララの前ではしたくない。あいかわらず目を据えたまま、じっと天井を見つめていた。顔がこわばっていくのがわかった。ハエが一匹とんできて、しきりに目の前をとびまわる。目をこらしても、見定めがつかない。クララが近寄ってきて、カールが目を据えている角度からのぞきこんだ。いやでもクララの顔を見なくてはならないので、カールはいやいやながら横に動いた。

「行くわ」

と、クララが言った。

「あとでわたしのところへ来たくなったら、来るといい。同じ側の四つ目のドア、三つドアを数えて、その次のドアがわたしの部屋。下の広間にはもう行かない。ずっと部屋にいるわ。あなたのおかげで、とても疲れた。待ってなんかいないけど、来たければ来るといい。覚えているわね、約束したはずよ、ピアノを弾いてくれるって。でも、ずいぶんいじめたから、もう動きたくないでしょう。それならこのまま眠るといい。わたしたちの喧嘩のこと、パパに言ったりしない。気にするといけないから、先にそのこと言っとくわ」

疲れたと言いながら、ふた足で部屋からとび出した。

すぐさまカールは起きあがった。じっとしているのに辛抱できなくなっていた。ドアを開けて廊下をながめた。何も見えない。なんて暗いんだろう！　ドアを閉めて鍵をかけ、ローソクのともったテーブルのそばにもどってホッとした。即座に腹をきめた。下に降りて、ポランダー氏に打ち明ける。クララの仕打ちをはっきりと言う。つまりは自分が負けたことを言うわけだが、そんなことはかまわない。ちゃんとした根拠になる。その上で、すぐにも家にもどりたいことを伝えよう。いますぐここを出るのをポランダー氏がしぶるときは、少なくとも近くのホテルまで召使に案内させる手はずをたのむ。通常、招かれた客のすることではないが、クララのしたことを我慢することのほうが異例なのだ。父親に喧嘩のことは告げないと、それがまるで友情であるかのようにクララは言ったが、なにを言いやがる。女に組み伏せられたのは、恥ずかしいかもしれないが、あちらはながらくレスリングの練習をしてきているのだ。きっとマックが手ほどきをした。クララは言わなかったし、こちらもたずねなかったが、そんなことはお見通しだ。もしマックの指導を受けるなら、自分のほうがクララなんぞより、はるかに覚えが早いのだ。ひと修行して、そのあかつきに、ここへやってくる。招かれなくても押しかけてくる。場所のことも大切だ。クララは部屋をよく知っていたから、有利だった。クララをつかまえ、あの寝椅子に倒れこんでおさえつける。そっくり今夜のお返しをする。

いまやどうやって広間にもどるかが問題だった。あのときぼんやりしていて、広間のどこかに、うっかり帽子を置いたらしいが、それがどこか思い出せない。むろん、ローソクをもっていくつもりだが、明かりがあってもあやしいかぎりだ。この部屋が広間と同じ階なのかどうかさえわからない。こちらに来るとき、クララがやみくもに引っぱってきた。まわりを見まわすひまがなかった。グリーン氏のことや、燭台をもった召使のことも気になった。階段を一つのぼったのか二つのぼったのか、それとも全然のぼらなかったのか。外をうかがうかぎりでは、部屋はかなり高いところにある。だから階段をのぼったような気がするのだが、玄関のところにすでに階段があったのだから、高いところにあって当然なのだ。せめて廊下のどこかから光が洩れているとか、遠くからでも声が聞こえていれば、いいのだが。

伯父にもらった懐中時計が十一時をさしていた。カールはローソクをとり、廊下へ出た。ドアは開けたままにしておいた。万一もどってきたときの目じるしになる。さらに念のためクララの部屋のありかも確かめた。ドアがひとりでに閉まらないように、椅子を戸口に据えた。廊下に出てから、厄介なことに気がついた――カールはむろん、クララの部屋から遠ざかるかたちで左へと向かったのだが――前から風が吹いてくるのだ。あるかないかの風ではあるが、それでもややもするとローソクの火が消えそうになるので片手で囲いをつくり、おりおり、消えかかる火を立ちもどらせるために足をとめなくてはならない。そんなぐあいにしか前へ進めないので、廊下が倍も長いように思えた。長い壁づたいに進んできたが、ドアひとつないのだ。いったい、どんな部屋なのか見当がつかない。つづいてこんどは、つぎつぎにドアが現われた。カールはときおり手をそえてみたが、どれも鍵がかかっていて、部屋は使われていないようだった。使い方がまるでまちがっている、とカールは思った。ニューヨークの東部地区のことを聞いていた。伯父がいずれ見せにつれていくと約束したところなのだが、そこでは小部屋に数家族が同居しているのだ。部屋の隅が一家のわが家というもので、両親のまわりに子供たちがひしめいている。いっぽう、ここでは、こんなにもたくさんの部屋が空き部屋で、ドアを叩くとうつろな音がするだけだ。ポランダー氏は悪友にそそのかされ、また娘可愛さのあまり親バカもいいとこだ。伯父はそれを見すかしていたが、人間の判断は当人がすべきであるのを原則にしているので、この日の遠出となり、いまや廊下を意味もなくうろついている羽目になった。明日、すぐにこのことを伯父に話したいと思った。伯父は日ごろの原則どおり、甥がそれなりの判断を下したことをよろこび、ことの顚末に耳を傾けてくれるだろう。それはともかく、この原則は伯父の判断のうち、カールにはただひとつ呑みこめないような気がしたが、ただそんな気がしただけかもしれない。

急に一方の壁がつきて、かわりにヒンヤリした大理石の手すりになった。カールはローソクを足元に置いて、そっと前をのぞきこんだ。黒々とした大きな闇が口をあけていた。この家の正面ホールかもしれない――ローソクのかすかな明かりに、円天井らしい一部が見えた――しかし、それなら一度通ってきたはずだ。それにしても、どうしてこんなに大きな穴のようなつくりなのだろう。教会のバルコニーのようなところにいるらしい。明日までここにいないのが残念なくらいのものだった。明るい光のなかでポランダー氏に案内してもらって、くわしく説明を聞きたいではないか。

手すりがまもなくつきて、カールはまたもや廊下に入った。廊下が急に曲がっていたので、つんのめるように壁にぶつかり、危うくローソクを落としかけたが、これひとつとばかりに握りしめていたので、なんとか消さずにすんだ。あいかわらず廊下がつづき、窓ひとつなく、上も下もわからない。もしかすると同じ廊下を堂々めぐりしているのかもしれず、それならばドアを開けっぱなしにしておいた部屋にもどってくるはずだ。しかし、あいかわらずその部屋の前にもこないし、手すりのところにももどらない。これまでカールは声ひとつ立てなかった。他人の家で、こんな夜ふけに声を立てるのははばかられた。しかし、これほど明かりのない状態では遠慮することもない。前後に向かって叫んでみようと心を決めたとき、うしろの方角から小さな明かりが近づいてくるのに気がついた。おかげでようやく廊下の長さがわかった。この屋敷は城塞であって別荘ではないのではあるまいか。明かりに有頂天になって、カールは思わず駆け出しそうになり、その拍子にローソクが消えた。消えてもかまわない。ローソクはもういい。年寄りの召使がランタンを下げてやってきた。きちんと通路を教えてくれるにちがいない。

「どなたさまで？」

召使は声をあげて、明かりをカールの顔に近づけた。そのため当人の顔も照らし出された。白い長いあご髭のせいで、顔全体がものものしく見えた。絹のようにクルクル丸まって胸のところまで垂れている。こんな立派な髭をはやしているのは、それだけ忠義なせいだろうとカールは思った。しげしげと見つめていたので、そのあいだ自分もしげしげと見つめられていたことになる。ともかくも彼は、自分がポランダー氏の客であって、部屋から食堂へ行くつもりなのに迷ってしまったことを告げた。

「さようで」

と、召使は言った。

「まだ電気が入っておりませんもので」

「そうらしいね」

と、カールは答えた。

「そのローソクに、ランタンの火を移しましょうか」

と、召使がたずねた。

「そうだ、そうだ」

と、カールは言って、ランタンからローソクに点火した。

「廊下は風がありましてね」

と、召使が言った。

「ローソクがすぐに消えるので、ランタンを使っているのです」

「そのほうがいい」

と、カールは言った。

「服にずいぶん蠟がついていますね」

召使がランタンでカールの服を照らしつけた。

「まるで気づかなかった」

カールは声をあげた。これがいちばんよく似合うと伯父にいわれた服なので、残念でならなかった。いまになって気がついたが、クララと取っ組み合いをしたのも、服にとってはまずかった。召使が手早くはたいてくれる。カールは彼のまわりをぐるぐるまわって、前後左右を検分してもらい、くっついた埃をつまみとってもらった。

「どうしてこんなに風があるんだろう」

廊下を進みながら、カールが言った。

「只今、建て替え中でございますよ」

と、召使が答えた。

「とりかかったきり、なかなか終わらなくて。それにごぞんじかもしれませんが、職人がストライキをしてましてね。こういうのは厄介ですよ。あちこちに穴をあけて、それをふさいでいませんから風が吹き放題です。耳に綿をつめてなくては、寒くてやりきれません」

「それなら、もっと大きな声で話しましょうか」

と、カールがたずねた。

「大丈夫です。はっきりしたお声ですね」

と、召使が言った。

「建物のことにもどりますと、礼拝堂のあたりがとりわけ吹きさらしなんですね。いずれ、あれだけを切り離すはずなんですが」

「はい」

「壁の先の手すりは礼拝堂につづいているんですね」

「ぼくもそう思っていました」

「礼拝堂はなかなかのものです」

と、召使が言った。

「あれがなかったら、マックさんはこの屋敷を買ったりしなかったでしょう」

「マックさん？」

カールがたずねた。

「ぼくはてっきりポランダー氏のものだと思ってました」

「なるほど」

召使が答えた。

「買うと決めたのはマックさんです。マックさんをごぞんじですか？」

「知ってますとも」

と、カールは言った。

「ポランダー氏と、どういう関係なんですか」

「クララさんの花むこでございますよ」

と、召使が言った。

「へえ、知らなかったなあ」

カールは思わず立ちどまった。

「そんなにびっくりなさったのですか」

と、召使がたずねた。

「ちゃんとあとさきを考えなくちゃあ」

と、カールが答えた。

「事情を知っていないと、とんでもないまちがいをする」

「どうしてあなたさまに、そのことを告げておかなかったのでしょうか」

と、召使が言った。

「まったく、そうなんだ」

カールは何やら恥ずかしい気がした。

「ごぞんじだと思っていたからではありませんでしょうか。昨日今日のことでもありませんから。さあ、着きました」

召使がドアを開けた。すぐ前に階段があって、あいかわらず明かりのともった食堂へと降りていくようになっていた。すでに二時間以上にもなろうというのに、いぜんとしてポランダー氏とグリーン氏のしゃべっている声がした。カールが食堂に向かおうとすると、召使が声をかけてきた。

「よろしければ、ここでお待ちしていて、お部屋までご案内いたします。はじめてお越しのかたは、とてもおひとりではもどれますまい」

「部屋にはもどらない」

と、カールは答えた。なぜか、このときはじめてさみしい気がした。

「それがいいかもしれません」

召使は少し尊大に微笑して、カールの腕をポンと叩いた。カールがこのあと二人の紳士に加わって、いっしょに話をしたり、飲んだりするものと思ったらしい。カールは説明しなかった。この召使は、ほかのどの召使よりも好感がもてたので、ニューヨークへの道を教えてもらってもいいだろう。

「ここで待っていてもらえたら大助かりです。いずれにしてもすぐにもどってきます。それからのこともおたのみしたいのです」

「さようで」

と召使は言って、ランタンを床に置き、改修工事とかかわりのあるしろものらしいが、低い台座の上に腰をおろした。

「ここでお待ちしています」

カールが火のついたままのローソクをもっていきかかると、うしろから声をかけてきた。

「ローソクはここに置いていかれるといいですよ」

「うっかりしていた」

とカールは言って、ローソクを手わたした。召使は小さくうなずいた。わざとそうしたのか、それとも髭に手をそえたとき、そんな仕草になっただけなのか。

ドアを開けると、自分のせいでもないのにかん高くきしんだ。ガラス板だけで、しかも歪んでおり、蝶番一つでくっついている状態なのだ。カールは思わず手をはなした。足音をさせずに、そっと入るつもりだった。振り返りはしなかったが、例の召使が台座から腰を上げて、注意深く、音ひとつさせずにドアを閉めるのがわかった。

「お邪魔してすみません」

カールが声をかけた。二人はギョッとしたような顔で、じっとこちらを見つめている。カールは広間に目を走らせて帽子を探したが、どこにも見当たらなかった。食卓はきれいに片づけられていた。まずいことに帽子も調理場へ片づけられてしまったのかもしれない。

「クララは置いてきぼりですか」

と、ポランダー氏が言った。カールの出現がむしろ快いらしく、すぐに安楽椅子にゆったりすわると、カールのほうに向きなおった。グリーン氏はわれ関せずといったそぶりで、書類入れを手にとった。その体軀と同じように、やたらに大きな、ボテッとふくらんだ書類入れで、しきりに口をあけて書類を探している。あれこれ取り出しては、せわしなく目を走らせていた。

「おたのみがあります。どうかきいてほしいのです」

カールは急いでポランダー氏のもとに寄った。まぢかで話したいので、安楽椅子の肘掛けに手をのせた。

「どんなことですか?」

ポランダー氏は大きな目をみひらいてカールを見つめた。

「なんなりと言ってください」

カールに腕をのばして、両膝のあいだに抱きよせるようにした。そんな抱擁を受けるほどの子供ではなかったが、カールはされるがままになっていた。ただ、そのためなおのこと、すぐにも出ていきたいと言いにくいのだ。

「ここがお気に召しましたかな」

ポランダー氏がたずねた。

「街を出て田舎にやってくると、解放されたみたいな気がするでしょう——」

話しながら横目でグリーン氏をジロリと見た。カールにはさとられたくないような目つきだった。

「仕事を終えれば、いつもそんな気分がするものだがねえ」

バカでかい建物のことや、長い廊下のこと、礼拝堂や空き部屋や暗闇のことは触れたくないのだろう、とカールは思った。

「それはそうと——」

と、ポランダー氏が言葉をつづけた。

「おたのみというのをきかせていただきましょう」

黙って立っているカールを、やさしくゆさぶった。

「おねがいです」

なるたけ声を落としてカールは言った。隣にいるグリーン氏に聞かれるのはしかたがないが、ポランダー氏を傷つけるようにとられてはならないのだ。それくらいなら口をつぐんでいるだろう。

「すぐいま、今夜にも家へ帰らせてください」

いちばん言いにくいことを言ったので、つづいて思ってもみなかったことが、しかし、嘘いつわりのない言葉が、堰を切ったようにあとにつづいた。

「すぐにも、もどりたいのです。またもどってきます。ポランダーさんのいらっしゃるところなら、どこだっていっしょにいたいですから。でも、今夜はこれ以上、いられません。ごぞんじでしょう、伯父はこの遠出に、あまりいい顔をしませんでした。きっと理由があってのことでしょう。伯父はいつもああなんです。伯父はちゃんと見通していたのに、ぼくが我《が》を通しました。愛情を逆手にとったわけです。伯父が何を心配していたかは、どうでもいいことです。ポランダーさんのことで何か心配していたわけではありません。それはたしかです。なんといってもポランダーさんは、伯父のいちばんの友人です。だれひとり、この友情に割って入りはできないのです。その友情に免じて、ぼくのわがままを許してほしいのです。ポランダーさんはきっと、ぼくと伯父との関係を正確にはごぞんじないでしょう。だから、せめて主だったことを話しておかなくてはなりません。ぼくの英語はまだ不完全ですし、商売の実務にも、まだ精通していないのです。血のつながりがあるというだけで、全面的に伯父におぶさっています。そろそろ自分のパンぐらい稼げるだろうとお思いかもしれませんが——とんでもない——まるでダメなんです。これまで受けた教育が、問題になりません。ヨーロッパの学校で四学年を修了しましたが、ごくふつうのできでした。それはつまり、金を稼ぐなんてことでいうと、ゼロにもひとしいのです。なぜって、ヨーロッパの学校の教科ときたら、おそろしく遅れていますから。何を学んだかお話しすると、きっと笑い出されますよ。せめて学校をきちんと終えて大学に進んでいれば、ともかくもなんとかなって、最終的には何かはじめるぐらいのことはできるようになったでしょうが、残念ながら中途でやめなくてはなりませんでした。おりおり思うのですが、ぼくは何も知ってはいなくて、ましてやアメリカのこととなると、赤ん坊も同然のような気がします。聞いたところだと、このごろようやく国のほうでも新しい学校ができて、生きた言葉や商業の実務も教えるようになったそうです。ぼくが下の学校を出るころは、そんなものはなかったのです。父は英語を習わしたかったようですが、とんだ災難がふりかかろうとは夢にも思わなかったし、だから英語が入り用になるなんてことも考えなかったのです。それにあちらの学校はしめつけが強くて、とても余分なものを勉強する暇がありませんでした。こんなことまで打ち明けるのは、いかにぼくが伯父におぶさっているか、だから当然、服従する義務があることをわかっていただきたかったのです。だから、ぼくのような立場なら、伯父の意に反することは、しないほうがいいことをおわかりくださるでしょう。犯した失敗は、せめて半分なりとも償いたいのです。すぐにも家にもどらなくてはなりません」

カールがながながとしゃべっているあいだ、ポランダー氏は注意深く聞いていた。伯父のことが出てくるたびに、そっとカールを引き寄せ、なんどか物思わしげにグリーン氏を見返した。そのグリーン氏は、あいかわらず書類入れをかきまわしている。ポランダー氏に話しているうちに、伯父とのかかわりが、おのおのことカールにはっきりしてきて、われ知らずポランダー氏の腕を振り払おうとしたが、これから先のことを思うと、胸がしめつけられるような気がした。まずガラス戸を出て、階段を降り、通路を抜けて国道に入り、郊外から大都市の雑沓へともどっていく。そのかなたに伯父の家がある。それはがっしりと組みあげられていて、冷やかで、つるつるで、それでもカールを迎える姿勢で待っている。強い声でよびかけてくる。ポランダー氏のやさしさも、グリーン氏のおぞましさも、どうでもいいことに思えてきた。いまはただ、このタバコのけむりの漂った部屋を出たい。立ち去りたい。ポランダー氏には心がのこったし、グリーン氏は憎らしかったが、それ以上に、そこはかとないおびえがあって、何やら胸にこみあげてくる。涙がにじみ出そうになった。

カールは一歩うしろにさがって、ポランダー氏とグリーン氏とのあいだに立った。

「何か言ってやってくださいませんか」

ポランダー氏がグリーン氏に声をかけて、懇願するように相手の手を取った。

「何を言えばいいものやら」

グリーン氏はやっと探し物を見つけたようで、手紙をとり出すと、すぐ前のテーブルに置いた。

「すぐにも伯父上のもとにもどりたいとは、いいことを聞きました。まったくこころやさしいことで、伯父上にはうれしいことといえますね。意向に逆らうようなことをして、さぞかし伯父上を怒らせたでしょう。しかし、それならむしろ、もどらないほうがいいのではないですかね。いずれにしても、はっきりしたことはとても言えない。われら両名は、どちらがより親しいかはともかくも、たしかにあの人の友人だが、心の中まではのぞけない。それにここからニューヨークはうんと遠い」

「では、なんですか、グリーンさん」

カールは嫌悪を抑えてグリーン氏に近寄った。

「すぐにもどるのがいいとおっしゃるのですか」

「そんなことは言わなかった」

グリーン氏は手紙に目を落としたままつぶやいた。手紙のはしを二本の指でいじくっている。ポランダー氏にうながされたので答えたまでで、カールには用がないと言いたげだ。

ポランダー氏はカールに近寄ると、そっとグリーン氏から引きはなし、大きな窓のわきへつれていった。

「ロスマンさん、おわかりいただけますね」

カールの耳に口をよせ、ハンカチで顔を拭ってから、軽く鼻をかんだ。

「むりに引きとめているのではないのです。むろん、そんなことはない。車の用意ができないのですよ、ここからずっと離れた公営のガレージに置いてましてね。こちらがこのありさまだから、まだガレージをつくるまでになっていないのです。それに運転手がここにいない。ガレージの近くにいることはたしかですが、どこにいるものやら。家にいなきゃあならんわけでもありませんからね。明朝、きっかりの時刻に来さえすればいいのです。だからといって、何もできないというのではない。どうしてもとおっしゃるなら、近くの駅までお送りします。しかし、駅までかなりありますからね。明朝は七時に車で発つ予定ですから、どちらが早くもどれるかわかりません」

「それでも電車で帰りたいです」

と、カールは言った。

「駅があることを忘れていました。電車のほうが車より早く帰れるのですね」

「早いとしても、ほんのちょっとしたちがいですよ」

「でも、いいんです」

カールは言葉をつづけた。

「ご親切は忘れません。いつでも、もどって参ります。今夜の無作法にも腹を立てないで、また招いてくださるならの話ですが。どうして一分でも早く伯父のもとにもどりたいのか、このつぎにはきちんとお話しいたします」

すでにポランダー氏の許可を得たかのように、言いそえた。

「駅まで送っていただかなくて結構です。あちらに召使が待っていて、駅まで案内してくれます。帽子を見つけてからいきたいのです」

言い終わるやいなや、部屋をあちこち探しはじめた。

「これを使ったらどうですか」

グリーン氏がポケットから帽子を引っぱり出して言った。

「もしかすると、ぴったり合うかもしれませんよ」

「持ち物を失敬などできませんよ。それくらいなら帽子なしでいいんです。お気づかいはいりません」

カールは唖然として突っ立っていた。

「もともと自分のじゃないんだ。だから遠慮はいらない！」

「では、いただきます」

これ以上かかわり合いたくない一心から、カールは帽子を受けとった。かぶってみて、つい笑い出した。あまりにぴったりだったからだ。あらためて手にとって、しげしげとながめた。とりたててどうということのない、真新しい縁なし帽だった。

「ぴったりです」

「そりゃあ、よかった」

グリーン氏がテーブルを叩いた。

カールが召使をよびにいきかかると、グリーン氏が立ちあがり、大きくのびをした。どっさり食べて、ながながとすわっていたのだ。胸元に手をやってから、助言とも命令ともつかぬ口調で言った。

「立ち去る前にクララさんに挨拶していくといい」

「そうしなくちゃあ」

腰を上げてポランダー氏も奨めたが、本心からではないようで、ズボンの縫い目に手をあて、それから上着のボタンをとめたり、外したりした。このところはやっている服で、丈が短く腰までとどかないので、ポランダー氏のような肥っちょには似合わない。グリーン氏と並んでいるのでわかったが、ポランダー氏の肥りぐあいは感心しないのだった。背中が異様に曲がっていて、腹がボッテリと垂れている。顔色もよくない。やつれぎみだ。いっぽうのグリーン氏は、さらに輪をかけた肥っちょとはいえ、それなりにバランスのとれた肥り方で、両脚をがっちり踏んばり、首をのばしたり、寝かしたりする。大男の体操選手、あるいはコーチといったところだ。

「先にクララさんのところへいってきたまえ」

グリーン氏がなおも言った。

「クララさんと話すのはたのしいことだろう。それに、そのほうが都合がいい。あなたがここから立ち去る前に、お伝えしなくちゃあならないことがあって、とても重要なことなんだが、真夜中をすぎるまで伝えてはならないと、厳命を受けている。わたしにとってもうれしいことじゃないんだ。早く休みたいからね。しかし、役目は果たさなくちゃあならない。いま十一時十五分だから、もうしばらくポランダーさんと相談して、けりをつけるとしよう。ここにおられては邪魔でもあるし、あなただってクララさんといるほうがずっとたのしいだろう。十二時きっかりにもどってきてもらいたい。そのとき、しかるべきことをお伝えする」

失礼な要求というものだ。まったくのところ、ポランダー氏に対しても無礼きわまるし、そもそもなんら関係のない、無法きわまる男の言い分なのだ。ところが肝心のポランダー氏は言葉を控え、目を伏せている。それにしても真夜中すぎにならないと伝えられない事柄とは何だろう？　そのためにここを出るのが四十五分も遅れるのであれば、聞きたくもない。しかし、それよりもいまカールにとって気にかかっていることは、クララのもとへ行くべきかどうかだった。すでに一人の敵なのだ。伯父から書類の文鎮用に鉄の棒をもらっている。あれをもってくればよかった。クララの部屋は、それだけの防御用具を必要とするだろう。とはいえ、ここではうかつなことは言えない。ポランダー氏の娘であり、さらについいましがた耳にしたところでは、マックの許嫁でもある。クララ自身がそのことを匂わせていてもよかったのだ。そうすれば、こちらも対し方をかえていただろう。そんなことが頭をかけめぐった。しかし、ここは考えこむところではない。グリーン氏がドアをあけて声をかけると、召使が台座からとび下りた。

「この若いおかたをクララさんのところへ案内するんだ」

こんなふうに命令すればいいんだな、とカールは思った。召使は走るようにしてやってきた。年のせいで息が荒い。まっすぐにクララの部屋をめざした。さきほどの部屋を通りすぎた。ドアは開いたままだった。気持を落ち着かせるために、なかでひと息つきたかった。しかし、召使が許してくれない。

「困ります」

と、召使が言った。

「クララさんの部屋へ参ります。あなたもお聞きになったでしょう」

「ほんのちょっと休みたいだけなんだ」

と、カールは言った。と、カールは言った。しばらく安楽椅子で寝そべっていれば、真夜中までの時がたつ。

「手こずらせないでください」

と、召使が言った。

（お目玉をくらって、クララさんのところにいかなくてはならないと思っているな）

と、カールは考えた。二、三歩あるきかけたが、わざと立ちどまった。

「さあ、早く早く」

と、召使がせきたてた。

「ぐずぐずされては困ります。すぐにもお発ちになりたいのでしょうが、何ごとも願いどおりになるとはかぎりますまい。さきほども申しましたが、すぐの出発はむずかしいですとも」

「それでも出かけるさ」

と、カールは言った。

「クララさんに挨拶していく」

「さようで」

召使はあきらかにカールの言うことを信じていない。

「さあ、早く。挨拶なさるだけなんでしょう」

「誰かいるの？」

と声がして、すぐ手近のドアからクララの半身がのぞいた。赤い笠つきの大きな卓上ランプを手にもっていた。召使が走りよって用件を伝えた。カールはゆっくり近寄った。

「ずいぶん遅いのね」

と、クララが言った。カールはそれに答えず、まず召使に小声で、だが要領をこころえたので命令口調で伝えた。

「そこのドアの前で待っている。いいね」

「休もうとしていたの」

クララはランプをテーブルに置いた。先ほどの食堂のときと同じように、召使がうしろからドアを閉めた。

「もう十一時半をすぎたわ」

「十一時半をすぎたって」

驚いてカールはオウム返しに言った。

「ならば、すぐにおいとまします。十二時きっかりに下の食堂にもどらなくてはならない」

「急ぎの用があるってわけね」

クララはゆったりした夜着のしわを、なにげなさそうにひっぱっている。赤らんだ顔で、ほほえんでいた。もういちど、取っ組み合いをする恐れはなさそうだった。

「ピアノを弾いてくださらない？　昨日はパパが言ったし、今日はあなた自身が約束したわ」

「時間が遅すぎはしませんか？」

と、カールがたずねた。クララの言うとおりにしたかった。先ほどとくらべて別人のようで、ポランダー氏、さらにはマックのレベルに立ち返ったぐあいだった。

「そうね、遅いものね」

と、クララが答えた。音楽への関心が急にしぼんだようだった。

「音が家中にひびいて、上の屋根裏部屋の召使たちが目を覚ますわ」

「弾くのはやめにして、このつぎお邪魔したときのことにします。それはそうと、もしおいやでなければ、いちど伯父のところに寄ってください。そのときには、ぼくの部屋ものぞいてください。すてきなピアノがあるんです。伯父からのプレゼントです。お望みなら、知ってる曲を全部、弾きましょう。残念ながら、たいしてないんです。もともとピアノのような大きな楽器は、巨匠といわれる人向きなんですね。おいでになるのを先に知らせてもらえたら、そんな機会をつくります。伯父はぼくのために有名な先生を雇ってくれることになっています。うれしいじゃありませんか。ピアノ教授を受けているあいだ、訪ねてきた人がいっしょにいてもいいんです。この夜ふけに弾けないのが、むしろうれしいですね。なんたって、ぼくはまだほんのヒヨコ程度ですからね。これで失礼します。ちょうどお休みの時間です」

クララはやさしい目で見つめていた。取っ組み合いのことを少しも根にもっていないようなので、カールはほほえみながら手を差し出した。

「ぼくの郷里《くに》では、こういうんです。安らかな眠りは夢が甘いって」

「ちょっと待って」

と、クララが言った。

「やはり弾いてもらうわ」

ピアノのそばの小さなドアから姿を消した。

（どういうことだ）

と、カールは思った。

（たのまれたって、ここで待ってるわけにいかない）

外からノックの音がした。召使がそっとドアをあけて、隙間からささやいた。

「すみません。あちらでよばれたので、ここをはなれます」

「いいとも」

と、カールは言った。食堂へは、もうひとりでももどれる。

「明かりは貸してほしいんだ。いま何時だね」

「十一時四十五分でございます」

「時間ってものは、なかなかたたないものなんだな」

と、カールは言った。召使がドアを閉めかけた。まだチップを渡していないことを思い出した。カールはズボンのポケットから小銭をとり出した。このごろはアメリカ流に、小銭をズボンのポケットにチャラチャラさせていた。紙幣は胸のポケットに収めている。召使に握らせた。

「ご苦労だった」

クララがもどってきた。きちんと整えた髪に両手をそえている。召使を送り出したのは早すぎた、とカールは思った。誰に駅まで案内してもらうべきか。ポランダー氏がべつの召使をつけてくれるかもしれない。それにあの召使も食堂の用をすませると、もどってくるかもしれない。

「ほんの少しでいいから弾いてくださらないかしら。ここでは音楽を聴くことがまるでないから、チャンスは逃がせないわ」

「わかりました」

それ以上は言わず、カールはピアノに向かった。

「楽譜はいりますか」

と、クララが言った。

「ぼくは楽譜がまだちゃんと読めないんです」

とカールは答えて、ただちに弾きはじめた。小さな歌曲で、カールが知るかぎりでは、はじめての人にわかるように、ゆっくり弾くのがいい。それを彼は勇ましい行進曲の調子で弾いてしまった。音がやむと、かぶさるように深い静けさが立ちもどった。しばらく二人とも黙っていた。身動きもしなかった。

「すばらしかったわ」

と、クララが言った。あきらかに儀礼上のお世辞だった。

「いま何時ですか?」

「四十五分」

「ならば、もう少し弾けます」

これかあれかだ、とカールは思った。知っている全部を弾くわけにはいかないが、一つだけなら、なんとか上手に弾けるだろう。お得意の兵士の歌を弾き出した。おそろしくゆっくり弾いたので、クララがおもわず楽譜に手をのばした。カールが押しとめた。いつものことだが、鍵盤を目で探すようにしなくてはならない。そのうえ、悲しみがつのってくる気がして、終わりを変えたかったが、うまくいかなかった。

「ダメです」

涙がにじんできた。その目でクララを見た。

とたんに隣室から大きな拍手がひびいてきた。

「誰かが聴いている！」

カールが叫んだ。

「マックよ」

クララがささやいた。

つづいてマックが大声で言った。

「カール・ロスマン、カール・ロスマン！」

カールは両脚でピアノの椅子をとびこして、ドアを開けた。大きな天蓋つきのベッドに、マックが寝そべっていた。ベッドの覆いがマックの足にのっていた。天蓋は青い絹で飾られていて、重々しい木造りの部屋に、多少とも娘っぽい飾りになっていた。ベッドのわきのテーブルにローソクがともされていた。シーツもマックの下着もまっ白なので、ローソクの光を受けて、眩しいほど白々としていた。天蓋にかかった絹の縁が波打っていて、そこが白く光っていた。しかし、マックの背後は、ベッドもろとも闇に沈んでいた。クララはベッドの支柱に寄りかかり、マックを見つめている。

「やあ」

マックが声をかけて、手を差しのべてきた。

「ピアノがうまいじゃないか。馬だけかと思っていた」

「馬もピアノもへたくそです」

と、カールは答えた。

「聴かれているとわかっていたら、弾いたりしなかったんです。この人のせいですよ」

「花嫁」と言うはずのところで躊躇した。マックとクララがここで寝ていたことはあきらかだった。

「そうとも」

と、マックが言った。

「それでクララがニューヨークからよんだんだ。そうでもしないと、とても弾いてもらえないからね。たしかに入門したてといったところだな。練習ずみのやつだって、たどたどしく弾いていた。でも、なかなかたのしかった。いつもは他人のやらかすことなど鼻もひっかけないんだがね。それはそうと、腰を下ろさないか。クララが椅子をもってくるから」

「せっかくですが」

と、カールは口ごもりながら言った。

「そうもしていられないのです。こんな部屋があるなんて知りませんでしたよ」

「自分の流儀で建て替えている」

と、マックが言った。

このとき十二の時鐘が鳴りひびいた。一つが鳴り終わる前につぎがつづいて、せわしない。カールにはひびきが頬に触れていくような気がした。こんな鐘をもっているなんて、なんて村だろう！

「行かなくちゃあ」

とカールは言って、マックとクララに手を差し出し、そのまま廊下に出た。ランタンがない。召使にチップをやるのを早まった。自分がいた部屋の開いたドアに向かって壁づたいに進もうとしたところ、半分もいかないうちに、グリーン氏がローソクをかざして大股でやってきた。ローソクを持った手に手紙を一つ握っていた。

「ロスマン、どうして来ないのだ？　なぜ待たせる？　クララさんのところで何をしていた？」

（いろいろと訊くんだな）

と、カールは思った。

（その上、壁に押しつけてくる）

実際、グリーン氏がずんずん近づいてきたので、カールは壁に背中を押しつけた。グリーン氏は近づくにつれて、ますます大きくなり、カールはふざけて、ポランダー氏を食っちまったのではないかと考えた。

「なんていいかげんな人間なんだ。十二時と決めたのに、クララさんのドアの前をほっついている。しかるべきことを伝えると約束したぞ。だから来たんだ」

そう言ってカールに手紙を渡した。封筒にしるされていた。

《カール・ロスマンに。夜の十二時に、どこであれ手渡しのこと》

「つまるところ」

と、グリーン氏が言った。

「こちらはきみのためにニューヨークからやってきたようなものだ。廊下まで追っかけまわすはめになるとは思わなかった」

「伯父からですね」

カールは手紙を開きながらグリーン氏に言った。

「そんな気がしていました」

「そんなことはどうでもいい。さっさと読むんだな」

とグリーン氏は言って、ローソクを上に掲げた。カールはその下で目を走らせた。


甥よ！

残念ながら共に暮らしたのは短期間だった。その間に私が原理を尊ぶ人間であることは気がついていただろう。まわりの者たちに、また当の自分にも、すこぶる厄介な原理信奉だが、まさにこれによって現にあるところのものを築きあげてきた。だから何びとにも、これを否定するのは許さない。愛する甥にもだ。そしておまえは、私の原理に歯むかった最初の人間だ。この名を記し、のちのちのために記録して賞讃したいところだが、さしあたっては、その必要はない。今日の出来事にてらして、断固としておまえを放逐せねばならない。今後、決してわが前に現われないこと。手紙も、使者も許さない。おまえの意志によって、そして私の意志に反して今夜、わがもとから離れたのであれば、みずからの決意のもとにとどまることだ。それが男の決断だ。この伝達を友人グリーン氏に委嘱する。グリーン氏が助言をしてくれるだろう。いまの私は、その気になれない。グリーン氏は世慣れた人物なので、おまえの自立の門出に際し、助言と助力を惜しむまい。別離にあたり、また手紙を閉じるにあたり、改めて述べておく。おまえの家族から届くものは、ろくでもないことばかりだ。グリーン氏が忘れるかもしれないので、あえて触れておくが、おまえのトランクと傘を返しておく。では、元気で。

伯父ヤーコプ

「終わったかね」

と、グリーン氏が言った。

「ええ」

と、カールは答えた。

「トランクと傘をもってきていただけましたか?」

「ここにある」

グリーン氏が古ぼけた旅行トランクを差し出した。これまで左手で背中にかくしていたのだ。それをカールの足元に置いた。

「傘は?」

と、カールがたずねた。

「ここにある」

ズボンのポケットにぶら下げていたのを抜きとった。

「シューバルとかいった、ハンブルク＝アメリカ航路の上級機関士が、船にのこされていたのを見つけたそうだ。何かのときに礼状を出しておくといい」

「少なくとも以前のものは手にもどった」

とカールは言って、傘をトランクの上に置いた。

「これからはもっと注意するようにと、伯父上からの伝言があった」

グリーン氏にはトランクが珍しいらしかった。

「変わったしろものだな」

「ぼくの郷里で入隊するときに持っていくものです」

と、カールが言った。

「父のものです。実用的なんです」

カールはほほえみながら、つけ加えた。

「どこかに置き忘れたりさえしなければ」

「これで十分、思い知っただろう」

と、グリーン氏は言った。

「しかし、アメリカに二人と伯父上はいない。これはサンフランシスコ行の三等キップだ。これにしたのは、あちらのほうが仕事を見つけやすいだろうからだ。それにこちらでは、何であれ伯父上と関係があって、きっとどこかで出くわすことになる。サンフランシスコだと、その心配はない。いちばん下から我慢づよくはじめて、順次、のぼっていけばいい」

カールには悪い気がしなかった。この夜、グリーン氏は悪い知らせをかかえたまま辛抱していたのだ。ほかの人と同じように、気さくに話せる人物なのだ。自分のせいでもないのに、なんとも厄介な使いをたのまれ、それをかかえこんでいたので意地悪に見えただけなのだ。

「すぐにここを出ていきます」

世慣れた人の判断を仰ぐように、カールが言った。

「伯父の甥だから迎えられたので、そうでなくなれば単なるよそ者です。戸口を教えていただけませんか。いちばん近い食堂への道筋も知りたいのです」

「急ぐんだ」

と、グリーン氏が言った。

「手間をかけないでいてもらおう」

大股で歩きだした。その足どりがわざとらしい気がして、グリーン氏の上着の裾をつかんだ。はじめて事の真相がわかった気がした。

「一つだけ説明してください。いただいた手紙の封筒には、どこであれ夜中の十二時に手渡されることになっていましたね。でも、ぼくが十一時十五分に出ていこうとしたとき、手紙を引き合いに出して引きとめましたね。お役目をこえていたのではありませんか?」

グリーン氏は答えるかわりに手を振った。カールの問いの無意味さを大げさに示したものだ。それから口をひらいた。

「きみのために死にもの狂いで走りまわれとでも書いてあればよかったのか。そんなふうに読みとるべきなのか。きみを引きとめなくて、夜中に国道を追っかけなくてはならないのか」

「そうじゃないんです」

カールは毅然として言った。

「つまり、こうなんです。封筒には、真夜中に手渡すこと、とあります。あなたがお疲れでしたら、追いつけなかったでしょう。ポランダーさんは否定しましたが、ぼくは真夜中までにもどりついていたかもしれない。あるいは少なくとも、ぼくが帰りたいと言ったとき、車でつれもどしてくださる必要があったのではありませんか。真夜中が最後の猶予期間だったのです。それをのがしてしまったのは、あなたのせいです」

カールはじっとグリーン氏を見つめていた。真相を暴露された恥辱と、もくろみが成功したよろこびとが、せめぎあっているのが見てとれた。ついですぐさま立ち直り、口をつぐんだカールの上に落ちかかるような調子で言った。

「黙れ！」

すぐ前の小さなドアをあけ、トランクと傘もろともカールをグイと突き出した。

カールはぼんやりと外に立っていた。建物にとりつけられたままで手すりのない階段が下へのびていた。降りていくしかない。通路を右よりに曲がると国道に出る。月の光が明るいので迷わなくてすむ。下の庭で何匹もの犬が吠えていた。放してあって、闇のなかを走りまわっている。深い静けさのなかで草をはねあげる音だけが聞こえた。

　なんとか犬に吠えつかれずに庭を出た。ニューヨークがどの方向なのか、わからなかった。車でくるとき、目じるしに注意を払っていなかった。カールは自分に言いきかせた。ニューヨークにもどらなくてはならないわけのものでもない。誰も自分を待ってなどいないのだ。ただのひとりも、あきらかに待ってはいない。カールはあてもなく方向をきめて、歩きだした。

しばらく歩いて、ちいさな食堂を見つけた。ニューヨークに出入りする人々の、ちょっとした郊外の溜まり場といったところで、宿泊にはほとんど使われていないようだった。カールはとびきり安いベッドを注文した。何よりも節約を考えていたからだが、主人はすぐに了解して、まるで使用人に指図するように顎で階段を指した。そこにみすぼらしい年かさの女がいた。うとうとしていたのを起こされ、むっつり顔で案内した。カールが何か言いかけると、すぐにも「シー！」と指を口にあてる。聞く耳もたないといった感じで、もよりの部屋に入れるやいなや、またもや「シー！」と声をかけてドアを閉めた。

部屋全体がカーテンでひきまわしてあるのか、それとも、そもそも窓のない部屋なのか、カールにはわからなかった。それほどまっ暗だった。そのうち小窓があるのに気がついて、覆いをひっぱると、少し明るくなった。部屋には二つのベッドがあったが、すでに人が寝ていた。どちらもまだ若くて、ぐっすり眠りこけていた。なぜか服のままで、それだけでも信用ならないのに、ひとりはブーツまでもつけている。

カールが小窓の覆いを引き開けた瞬間、ひとりが両手と両足を不意にもち上げたので、不安のなかにも、つい笑わずにいられなかった。

まもなく、ここではとても眠るわけにいかないことが、はっきりした。部屋にはほかに安楽椅子もソファーもない。そのこと以上に、やっと取りもどしたトランクと身につけている現金を、危険にさらすわけにいかないのだ。だからといって部屋を出ていくわけにもいかなかった。そのためにはもういちど、主人や部屋係の女とやりとりをしなくてはならない。それにここのほうが、つまるところ往来よりも安全なのではあるまいか。部屋の薄明かりでわかるかぎり、手荷物といったものが一つもない。へんだといえばへんであるが、若い二人は、ここの使用人かもしれない。早発ちの客がいて、すぐに御用をつとめる必要から服のまま寝ているのだろうか。いっしょに寝るのはまっぴらだが、それだけ危険が少ないともいえる。いずれにしろ眠りこむのは禁物だった。

一方のベッドの足元にマッチとローソクが置いてあった。カールは忍び足で近づいた。明かりをつけるのに遠慮はいらない。この二人と同じように自分にも部屋の権利があり、それに二人は先にベッドにありつき、かなり眠ったはずだ。それだけでも御《おん》の字というものだ。とはいえカールは足音をしのばせて、なるたけ二人を起こさないように気をつけた。

まずトランクを検分しておきたかった。中身がどうなっているか。カール自身、もうはっきりとは覚えていないし、大切なものがなくなっているかもしれない。シューバルが手をつけたとなると、もとのままなんてことは望めない。もっとも、彼は伯父からかなり小遣いをせしめたはずだし、かりに中身の何かが消え失せているとしても、預かり役だったブッターバウム氏のせいにするだろう。たとえ苦情を申し立てても、きっと言い逃れをする。

トランクをあけて愕然とした。航海中、あれほどきちんと整理していたのに、それが目もあてられない状態で詰めこんである。鍵をあけたとたんに蓋が大きくとびあがった。だが、うれしいことに、すぐにわかった。航海中に着ていた服は、整理したなかに入れていなかった。それをあとから押しこんだせいで、蓋がとびあがるほどふくれていたのだ。何もなくなっていなかった。上着の隠しポケットにはパスポートだけでなく、家からもってきた現金がそのまま入っていた。いま所持しているのにこれを加えると、さしあたりは十分あるわけだ。こちらに着いたとき身につけていた下着も入っていた。洗濯ずみで、きちんとアイロンがあててある。カールはすぐに時計と金を隠しポケットに入れた。ひとつ困ったことは、例のヴェローナ・サラミもちゃんとのこっていて、匂いがすべてにしみついていることだった。何らかの方法で消さないと、これから何か月もサラミの匂いとともに歩きまわることになる。

底のほうに小型の聖書や便箋や両親の写真を入れていた。手をのばしてたしかめていると、カールの頭から帽子がポトリとトランクに落ちた。なじみの品々にとりまかれていて、カールはふと思い出した。この帽子は母親から旅行用にもらった縁なし帽子だった。船にいるあいだカールは用心して使わなかった。アメリカではふつう、縁のある帽子よりも縁なしが使われると聞いていた。早まって使い古しにしないように大事にしていた。この帽子をタネにしてグリーン氏がカールをからかったのだ。そんなことまで伯父がたのんだわけじゃない。急に怒りがこみあげてきて、おもわず音高く蓋を閉めた。

まずかった。ベッドの二人が目をさました。まず一人が背のびして、あくびをした。もう一人があとにつづいた。カールはトランクの中身をテーブルにひろげていた。盗《と》るつもりなら造作もない。先だって手を打つためにも、カールはローソクをかかげてベッドに近づき、なぜ自分はここにいる権利があるのかを説明した。ベッドの二人とも説明を期待してはいないようで、半眠りのままぼんやりとカールを見つめていた。まだずいぶん若いのに、ひどい仕事のせいか、あるいは貧困のためか、頬がこけ、まばらな髭が顎のまわりにのびていた。ながらく調髪をしていないので髪が長い。いぜんとして半眠りのまま、落ちくぼんだ目を両の拳でこすりあげている。

ここはつけ入るにかぎる、とカールは思った。

二人に声をかけた。

「カール・ロスマンと申します」

「ドイツ人です。部屋を分けあっているのですから、お名前と国籍を教えていただけますか。だからといってベッドを寄こせというのじゃありません。遅くに来ましたから、ベッドに眠れるなんて思ってません。きれいな服をここにひろげていますが、気にしないでください。ぼくはうんと貧乏だし、これからのあてもないのです」

二人のうちの小柄なほうが——ブーツをはいたままのほうだが——手足と身振りで、そんなことには関心がなく、よけいなおしゃべりはやめろといった仕草をするなり、からだをのばすと、すぐに寝入った。もう一人は肌があさ黒かった。同じくからだをのばしたが、寝入る前に、けだるげに腕をのばした。

「こちらはロビンソンといって、アイルランド人だ。おれはドラマルシュ、フランス人。いいな、静かにしてくれ」

そう言うなり、大きく息を吸ってカールのローソクを吹き消すと、枕に顔をうずめた。

（これで、まずは安心）

カールはつぶやいてテーブルにもどった。ほんとうに眠くてならないらしいのが、こちらには好都合だ。

一人がアイルランド人というのが少し気になった。どんな本だったのかは思い出せないのだが、家で読んだ一つに、アメリカではアイルランド人に気をつけるようにと書いたのがあった。伯父のもとにいるあいだ、実地にたしかめるのに絶好の機会だったのに、つい安心していたあまり、チャンスを逃してしまった。カールはもういちどローソクをつけて、アイルランド人をじっと見た。フランス人よりも、むしろ好感のもてる顔つきで、頬にあどけなさがのこっており、眠ったままやさしくほほえんでいる。少しはなれたところでつま先立ちして、カールはたしかめた。

それはそれとして、眠らないことにきめていた。カールは部屋に一つだけある椅子に腰をすえた。トランクの荷づくりはあとまわしにしよう。そのためには夜が明けるまで、たっぷり時間がある。聖書を手にとって頁をめくったが読まなかった。それから両親の写真をとりあげた。小柄な父親が背すじをのばして立っており、その前に母親が安楽椅子に沈みこむようにすわっていた。父は片手を椅子の背もたれに置き、もう一方の手を握り拳にしている。かたわらの飾りテーブルの上に、開いたままの絵入り本が置かれていた。たしかもう一枚、両親といっしょにカールの写っている写真があった。父と母がじっとカールに目をそそいでいる一方で、写真師にいわれるまま、カールはカメラを見つづけていなくてはならなかった。その写真は旅にはもってこなかった。

一枚きりなので、なおのこと注意して写真をながめた。ためつすがめつして父の視線をとらえようとしたが、いくらローソクの位置を変えても、父はちっとも生きたようには見えてこなかった。まっすぐのばした髭もちっとも父に似ていない。撮影が悪いのだ。これに対して母のほうはずっとましだった。悲しみをこらえたように口をかたくむすんでいた。むりにもほほえもうとしている。だれが見ても、すぐに同じように感じるだろうとカールは思った。印象がはっきりしすぎていて、いやになるほどだ。一枚の写真から、写された人の隠された心が、どうしてまちがいなく読みとれるのだろう。カールはしばらく写真から目をそらした。あらためて目をやったとき、母親の手に気がついた。安楽椅子からダラリと下がっていて、つい思わず口づけしたくなる。両親に手紙を書いてもいいのではないか、とカールは考えた。二人から手紙を寄こすようにいわれていた。ハンブルクでの別れぎわに、父があらためてきつく言った。あの恐ろしい夕方のことだ、窓辺で母からアメリカ行きをいわれたとき、カールは即座に、決して手紙など書かないと心に誓った。しかし、いとけない身で、まるで事情のちがうところにいて、以前の誓いなど何だろう。誓うだけなら、二か月後にはアメリカ軍の将軍になっているなんてことも誓えるのだ。現実はニューヨーク郊外の食堂の屋根裏部屋に二人のルンペンといっしょにいる。しかもこれが似合っている。ほほえみながらカールは両親の顔をしげしげと見つめた。息子からの手紙を、まだ望んでいるものかどうか。

とても疲れていた。そのことがよくわかった。夜明けまで目をあけていられるかどうか、こころもとない。カールの手から写真がテーブルに落ちた。顔を写真にすりつけると、ヒヤリとして、ここちいい。カールは頭をのせたまま、すやすやと眠ってしまった。

腋の下をくすぐられて、早々に目がさめた。いたずらをしたのはフランス人だった。アイルランド人のほうもカールのテーブルの前に立っていた。夜ふけにカールが起こしたときとちがって、関心もあらわに、こちらを見つめていた。二人が起きたのに気づかなかったのは不思議ではないのだ。とりたてて何かもくろんでのことではないにせよ、足音をしのばせて近づいたにちがいない。それにカールは熟睡していたし、この二人ときたら、着換えをしたり、顔を洗ったりの手間をかけずにいられるのだ。

あらためてたがいに、少しもったいぶって挨拶を交わした。二人とも機械修理工で、ながらくニューヨークで仕事にあぶれており、それで少々みじめな状態なのだそうだ。ロビンソンはみじめさを証明するように、上着のボタンを外してみせた。下着なしだった。外からでも襟がダラリと垂れているのでおおよそわかることで、上着のうしろに襟を縫いつけている。両名ともニューヨークから二日の旅程の小さな町、バターフォードへ向かっているところだった。そこに行けば、仕事にありつけるかもしれない。

カールの同行に二人とも異議がなかった。おりおりトランクを運んでやると約束してくれた。もしあちらで仕事にありついたら、見習工にしてやってもいいとのこと。仕事があればの話だが、それはいたって簡単だ。さらに二人とも口をそろえて、きれいな服はやめにしろと言い張った。職を見つけるのには邪魔っけなだけ。処分するには、この店がちょうどいい。部屋係の女は古着を扱っている。カールがまだ決めかねているうちに、二人は手早く服をぬがして、持っていった。ひとりのこされ、まだ眠りからさめきっていない状態のまま、カールは古い服をのろのろと身につけた。いいほうの服を売ってしまったのは、まずかったのではあるまいか。見習工にありつくときとか、もっといい職を見つけるときに、パリッとした出で立ちのほうがいいにきまっている。二人を呼びもどそうとドアをあけたとき、はやくも二人が駆けもどってきた。これだけで売ったといって半ドルをテーブルに置いた。得意そうな顔をしていた。まんまと言いくるめて買わせたという。苦労したからといって、手数料をあれこれいうわけじゃない。

そのことを話し合うひまもなく、部屋係の女が入ってきた。夜中と同様に眠そうな顔で、三人を廊下に追い出した。つぎの客が待っているというのだが、そんなはずはなく、ただ意地悪なだけなのだ。カールはトランクの整理をしたかったが、それよりはやく女がテーブルのものをかき集め、まるでおびえている犬か何かをつかみあげるようにして両手でもちあげ、トランクに放りこんだ。二人の修理工が女の服をひっぱったり、背中を突いたりしてカールに加勢したが、相手は一向に動じない。女はトランクの蓋をして、握りをカールの手に押しつけ、しがみついてくる二人を振りほどき、三人を部屋から追い出した。つべこべ言うと朝の珈琲を与えないとおどかした。カールが二人とはべつの客であることを忘れている。まるで三人組のように扱った。カールの服を二人が女に売ったのであれば、ある種の連帯ぶりを示したわけだ。

三人はながいこと、廊下でうろうろしていなくてはならなかった。フランス人はカールの手をとって息まいていた。亭主がやってきたら、ブン殴るといって、その予行のように二つの拳固をつくり、ボクサーのような仕草をした。そのうちやっと幼いボーイが珈琲ポットをもってきて、へっぴり腰でフランス人にわたした。ポット一つきり。ボーイにいってもらちがあかない。一人が飲むあいだ、のこりが順番を待っている。カールはまるで気が進まなかったが、二人を傷つけたくなかったので、ポットがまわされると、そっと口だけをつけた。

アイルランド人が珈琲ポットを敷石に放り出して食堂を出た。見送る者はだれもいない。外に出ると、いちめんに黄色っぽい朝霧が立ちこめていた。三人は一列になって黙って通りのはしを歩いていった。カールはトランクをぶらさげていく。二人はたぶん、たのまれるまでは手をかす気持はなさそうだった。ときおり霧をつっ切って車が走ってきた。そのたびに振り向くのだが、大きいのがヌッと現われ、またたくまに去っていくので、中に人がいるのかどうかさえわからない。やがて食料品をニューヨークへと運びこむトラックの列がはじまった。五車線全部を埋めて、たえまなく流れていく。通りを渡るなど不可能だった。ときおり通りが小広場のようにふくらんで、まん中の塔のような台の上で警官がいきつもどりつしていた。

四方をながめ、手の小さな棒で大通りの車や、脇道から入りこむ車に指示を与えている。一つを過ぎれば、つぎの広場まで見張役はいないのだが、運転手のあいだに暗黙の了解があるらしく、それなりに秩序が保たれていた。その整然とした落ち着きぶりにカールは目を丸くした。屠殺場へ運ばれていく牛がのんきそうに声をあげていた。そのほかは警笛がまじるのと、車体のたてる轟音が聞こえるだけ。いつも一定の速度というわけではないのである。交叉点で一方から入ってくる車があまりに多いと、全体が渋滞をおこして小刻みにしか進まない。と思うと、ほんのしばらくであれ全速力で走って、全体が一つのブレーキで操作されているように、いっせいに停止したりする。通りの埃が立ち昇ることもなく、すべてが澄んだ大気のなかで動いている。歩く人はいなかった。カールの故里では市場の女が歩いて町にやってくるが、ここではそんなことはない。それでもときどき、大きな荷台の車がやってきた。背中に籠をせおっているので市場の女らしいのが二十人ばかり乗っていた。首をつき出して通りをながめ、進みぐあいをよろこんでいる。同じようなべつの車には、何人かの男がズボンのポケットに両手を入れて、荷台をうろうろしていた。そんな一台だが、車体につけた広告を見て、カールは小さな叫び声をあげた。

《港湾労働者募集中　ヤーコプ運送会社》

その車がゆっくりとスピードを落とした。タラップに立っていた小男が背中を丸め、気ぜわしい身振りで、歩いている三人に向かって乗るように合図した。カールはいそいで二人のうしろに隠れた。車に伯父が乗っていて、見つけられるような気がしたからだ。ほかの二人も乗るのを拒絶した。それはうれしいことだったが、断わるとき顔つきに誇らかな表情があって、気にかかった。伯父の会社に入るには敷居が高いことがわかっていないのだ。直接ではないが、遠まわしにカールがそのことを言うと、ドラマルシュが言い返した。ヤーコプ運送会社の人の雇い方が詐欺同様だし、悪評はアメリカ中にとどろいているというのだ。カールは反論しなかった。そのかわり、それからはアイルランド人をあてにすることにした。ちょっとトランクを持ってくれないかとたのむと、何遍か同じたのみをくり返したのちにやっと持ってくれたが、のべつ重いのをこぼすのだった。それというのもトランクをあけさせて、ヴェローナ・サラミを取り出すための口実だった。中身をテーブルにひろげていたとき、目にとめたにちがいない。カールがやむなくトランクをあけると、ドラマルシュがサラミを受けとり、短刀のような刃物で切って、ほとんど一人で食べてしまった。ロビンソンには、ほんの二、三切れ、カールには、先に自分の分を食べたとでもいうように、全然なし。トランクを往来にのこしていきたくなければ、やはり自分で運ばなくてはならない。ひと切れをせがむのはあまりにケチくさいように思えてあきらめたが、憤懣で全身が煮えくり返った。

霧はすでに消えていた。遠くに高い山並が見えた。櫛状につらなって、さらに遠くの靄《もや》のかなたにつづいていた。道路わきは手入れの悪い畑で、大きな工場をとり巻いている。黒ずんだ建物が、ひろびろとしたなかにそびえていた。てんでんばらばらに貸アパートがちらばっていて、窓が光を受け、またこちらの動きにつれて、ふるえるように光っている。どの窓辺にも、ちっぽけなバルコニーがついており、女や子供が出入りしていた。洗濯物やシーツが朝風を受けてふくらんだり、はためいたりして、バルコニーの姿が見え隠れする。家並から目を移すと、空高くヒバリの飛ぶのが見えた。下では車の屋根すれすれにツバメが飛びかかっていた。

カールはあれやこれや、故里のことを思い出した。このままニューヨークを出て、内陸部に入ってしまっていいものだろうか。ニューヨークは海に面しており、いつなんどきでも故里めざして出発できる。カールは立ちどまり、ニューヨークにとどまっていたいと二人に言った。ドラマルシュがかまわずせき立てると、頑として動かず、自分のことは自分で決める権利があるはずだと言い張った。アイルランド人が割って入って、バターフォードはニューヨークよりもずっといいと説明した。さらに二人してたのまれたので、カールはふたたび歩きだした。ふと思い直したからだ。故里に帰ることを思えば不便なところのほうがいい。よけいなことを考えず、しっかり働いて、何かをつかむことができるだろう。

こんどはカールがせき立て役になった。二人はよろこんで、たのみもしないのに代わるがわるトランクを運んでいく。どうして二人がこんなによろこんでいるのか、カールにはもうひとつ呑みこめなかった。やがてゆるやかな高みにのぼっていった。ときおり足をとめて振り返ると、ニューヨークの街と港がひと目で見えた。かなたに大きくひろがっていた。ニューヨークとボストンを結ぶ橋がハドソン川の上に美しい弧を描いていた。目を細めると、揺れているように見える。まるきり交通がないかのようだ。下にはただひと色の水の帯がのびていた。両側の巨大都市は、すべてが空っぽで役立たずに据えつけられたようで、大小とりまぜた建物にも、どこにも何のちがいもない。地上の道路には、いつもどおり人々の生活があるのだろうが、上はうっすらと靄がたなびいているだけで、それはじっと動かず、ひと吹きで追い払えるようにも思える。世界最大といわれる港ですら静まり返っているようで、以前に間近から見た記憶があるせいで、船の姿が見え、それがゆっくりと動いているのがわかるだけではないだろうか。その船も、ながくは追っていられない。すぐに視野からそれて見えなくなった。

ドラマルシュとロビンソンには、あきらかにずっと多くが見えていた。二人して右や左を指さし、あるいは両手をのばして広場や庭園をつつむようにして、つぎつぎに名前をあげていく。二人には、カールが二か月以上もニューヨークにいて、大通り一つしか知らないのが納得できないようだった。そこでバターフォードで十分に稼いだら、ニューヨークへ行って名所見物をさせてやると約束した。とりわけ楽しいところがある。そう言うなりロビンソンは高らかに歌をうたいはじめ、ドラマルシュが手拍子を入れた。オペレッタのメロディーであって、カールは故郷で聞いたことがあった。もとの歌よりも英語の歌詞のほうが気に入った。故郷で見たのは小さな野外公演で、みんな見物にやってきたものだ。しかし、いまこのメロディーがはやっているはずの眼下の街は、まるでかかわりがないかのようだ。

カールがふとヤーコプ運送会社のありかをたずねると、ドラマルシュとロビンソンが指をのばした。はるか遠くの、ほぼ同じ方向を指していた。歩き出してから、十分な稼ぎを手土産にしていちばん早くニューヨークへもどるのはいつごろかとたずねると、ドラマルシュは、ひと月もすれば大丈夫と請け合った。バターフォードは人手不足で、賃金も高い。給金はむろん、三人が同じ勘定に入れる。稼ぎはちがっても、仲間うちでは平等に手にする。見習工のカールは給金が少ないはずだ。それでもやはり同じ勘定に入れるのは、カールには気がすすまなかった。そのうえ、ロビンソンが、バターフォードで仕事が見つからないときのことを言いだし、そのときはさらに歩きつづけ、農場の手伝いで食いつなぐという。あるいはカリフォルニアへ行って砂金洗いをする。ロビンソンの熱心な口ぶりからすると、砂金洗いが本来の計画のようだった。

「砂金洗いをするのだったら、どうして修理工になったりしたの?」

カールには、さらにながながと、あてのない旅をするのは気がすすまなかった。

「どうして修理工になったかだって?」

ロビンソンが問い返した。

「ひもじさのあまりってわけじゃないんだぜ。砂金洗いは稼ぎがいい」

「むかしはな」

と、ドラマルシュが言った。

「いまもだ」

ロビンソンが言い返した。何人もの知人が大金持になって、カリフォルニアに住んでいる。むろん、いまは砂金洗いなどしないが、むかしのよしみで仲間の手助けはしてくれるだろう。

「バターフォードできっと仕事にありつくとも」

ドラマルシュが力をこめてカールに言ったが、あてになる口ぶりでもないのだった。

昼間に一度だけ、もよりの食堂で休憩して、野外で食事をした。ナイフとフォークでも切れず、歯で食いちぎる。パンは円筒状をしていて、それぞれに長いナイフが刺してあった。飲み物は黒い液体で、飲むと喉が焼けるようだった。ドラマルシュとロビンソンは勢いよく食べていた。いろんな願いごとの実現を願って乾杯し、そのたびにしばらくコップをつき合わしている。隣のテーブルはジャンパー姿の労働者で占められていて、同じ飲み物を飲んでいた。ジャンパーには石灰がとびちっていた。かたわらを車が埃をテーブルに巻き上げながら通過していく。大判の新聞が手から手にわたされていた。だれもが興奮して建築労働者のストライキのことを話していた。話のなかに「マック」の名前がなんども出てきた。カールがたずねると、例のマックの父親であることがわかった。ニューヨーク最大の建築会社の経営者だが、こんどのストライキで何百万もの痛手を受ける。いずれ商売にもさしつかえるだろうとのことだが、カールは彼らのおしゃべりを信用しないことにした。内情を知らず、悪意でしゃべり立てているだけなのだ。

ほかにもカールには食べ物が喉をこさない理由があった。いったい食事代をだれが払うのか？　めいめいが自分の分を払うのがいちばん自然だが、ドラマルシュもロビンソンもなんどとなく、昨夜のベッド代であり金を使いはたしたと話していた。時計とか指環、あるいは金に代えられそうなものは何ひとつとして身につけていないのだ。カールの服を売ったとき、上前をはねたなどとは思いたくなかった。それは侮蔑であって、いっしょに旅をつづけられない。それにしてもドラマルシュもロビンソンも、少しも支払いのことを気にしていないのが不思議だった。いたって上機嫌で、女給仕の関心を引こうとつとめている。女のほうはツンとして相手にしない。テーブルのあいだを重い足どりで歩きまわっている。髪が横に流れて額や頬にかかると、両手をそえて、勢いよくうしろに撫でつけた。

やがてテーブルに近づくと、はじめてやさしい声をかけた。

「お支払いは？」

これ以上ないほどすばやく、ドラマルシュとロビンソンがカールを指さした。カールは驚かなかった。すでに覚悟をしていたからだ。小銭を費やしても恩をきせているほうが有利である。いざというとき、はっきりものが言える。隠しポケットから金をとり出さなくてはならないのが辛いのだ。金は最後のときまでのけておいて、さしあたりは二人と同じく無一文を装っているのが、カールのはじめの意図だった。金をもっていて、そのことを黙っているのは、いいことだ。なんといっても相手の二人は、ずっと前からアメリカにいて、稼ぐことには習熟しているにせよ、いま以上の生活条件には慣れていないのだ。いま支払いをするからといって、金に対するはじめの見通しがすべて無効になったわけではない。四分の一ドルぐらいなら、なくなってもかまわない。貨幣をテーブルに置いて、これで全部だ、バターフォードまでなんとか行きつこうと言えばいい。歩いていくぶんには、たいして費用はかからない。しかしカールは、ちょうどそれに合う貨幣を自分がもっているのかどうか、心もとなかったし、しかもそれは折りたたんだ紙幣とともに、隠しポケットのいちばん底に入っていた。ちゃんとたしかめるためには、全部をテーブルにひろげなくてはならない。隠しポケットの存在を知らせること自体が無用のことなのだ。ともあれ二人があいかわらず、女給仕に熱中しているのは、ありがたい。ドラマルシュは勘定のことを言いたてて彼女をよびよせた。両方から顔を突き出してくるのを、女給仕は、ひろげた掌でその顔をグイと押しのける。その間、カールは緊張でまっ赤になりながら、テーブルの下で片手をポケットに入れ、指先で貨幣を順にたしかめていった。アメリカの貨幣にいぜんとして不慣れであったが、数からしてほぼちょうどと見きわめをつけ、その分をポケットからとり出した。カチリと貨幣が鳴ったとたん、二人は女給仕とふざけるのを中断した。カールにとって腹立たしく、またまわりのみんなが目を剥いたのだが、ほとんど一ドルちかくもあった。これだけあれば歩きなどしなくても、バターフォードまで快適な汽車の旅ができた。そのことをカールはついぞ口にしなかったのだ。食事代を払ったのち、カールがゆっくりと残りをしまいかけると、ドラマルシュが一枚失敬して、女給仕へのチップにした。女を引き寄せ、抱きしめて、わざわざ手をまわして反対側からチップを渡した。

ふたたび歩き出したあと、金のことがひとことも出ないのがカールにはありがたかった。そのため、ほんのしばらくだが、自分の全財産を打ち明けたいように思ったが、ぴったりの機会がないのでやめにした。

夕方ちかくに田舎の果樹園めいたところにきた。まわりに畑がひろがっていて、もっこりした丘いちめんにゆったりした屋敷が緑につつまれて並んでいた。まわりを道路が走っている。金網は金色に塗られていて、通りと水流とが交叉する。陸橋の上を列車が大きな音をたてて通過していった。

ちょうどこのとき、太陽が遠くの森のはしに沈んだ。背の低い木の繁りあったなかに草地があって、三人は倒れこむようにすわりこんだ。ドラマルシュとロビンソンは寝そべると、大きくのびをした。カールは背中をのばしたまま数メートル下の通りをながめていた。昼間と同じように、たえまなく車がやってくる。車の流れに切れ目がなく、一定の数が遠くからいっせいに送られてくるかのようだ。朝早くから目にしてきたのに、一台として停止する車もなく、車から降りる人も見なかった。

ここで夜を明かそうとロビンソンが提案した。みんな疲れている。夜が明ければ、すぐに出発できるし、一日かけて探しても、これほど安くて気持のいい寝床はあるまい。ドラマルシュも賛成した。カールが立場上からも、ホテルに泊まるぐらいの金はあると言うと、ドラマルシュが反対した。いずれ入り用なときがくるから、あり金は大切にしようというのだ。すでにカールの持ち金をあてにしていることはあきらかだった。ロビンソン案にまとまったあと、彼がまた提案した。寝る前に、何か力のつくものを食べておかなくてはならない。近くの国道わきにホテルがある。「ホテル・オクシデンタル」のネオンがともっていた。一人がひとっ走りして買い入れてくるとしよう。カールはいちばん年下で、それに誰も言い出さない。やむをえず立ち上がった。注文はハムとパンとビールときた。カールはホテルめざして歩いていった。

ちかくに大きな町があるのだろう、カールがホテルに入っていくと、とっかかりのホールがすでに人で一杯で、正面の壁ぎわ、また左右の壁にそってビュッフェがしつらえてあり、白い胸当てをつけた給仕が、ひっきりなしにとびまわっていた。それでも注文に応じきれないらしく、あちこちから文句が出て、苛立たしげにテーブルを叩いている。誰ひとりカールに目をとめない。それにホールでは注文を聞きにこないようで、ちっぽけなテーブルごとに三人ばかりが鈴なりになっていて、めいめいがビュッフェから好みのものを持ってくる。どのテーブルにも油か酢が入っているらしい大きな瓶が一本ずつ置いてあって、何であれビュッフェから持ってきた食べ物にふりかけていた。カールはともかく、まずはビュッフェに向かいかけた。三人分をもってこなくてはならないので大仕事だ。それにテーブルを抜けていくので、おのずと人ごみをわけてすすむことになる。誰もべつに嫌な顔をするのでもない。ちいさなテーブルのそばで客の一人とぶつかって、相手が大きくよろけた。カールは謝ったが、相手はわかっていないようだった。そもそもカールには、まわりでとびかっている声がまるきり理解できないのだった。

ビュッフェのそばで、やっと一人分の席を見つけた。両隣の男が同じように肘をのっけているので、どうにも見通しが悪いのだ。ここではどうやら肘をのっけて、手をこめかみにそえているのがおさだまりの姿勢らしい。カールはふとラテン語の先生のことを思い出した。クルンパル先生といって、生徒が肘をついていると烈火のごとく怒ったものだ。そっと近づいていって、なさけ容赦なく定規で生徒の肘を突き払った。

カールはビュッフェのわきに押しつけられるようにして立っていた。列に並んだとたん、うしろにテーブルが用意され、席についた客の一人が話しながら反り返るたびに、その大きな帽子がカールの背中をつついてくる。両側の肥った客が満腹して立ち上がってからも、ちっとも注文が届かない。給仕は振り向きもしない。テーブルごしにカールは給仕のエプロンをつかみさえしたのだが、給仕は顔をしかめてカールの手を払いのけただけだった。足をとめようともしない。ただ忙しく通り過ぎるだけである。少なくともカールの身近に適当な食べ物か飲み物があれば、つかみとり、値段をたずね、金を払って、さっさと立ち去るのだが、目の前の皿には、鯡《にしん》のような魚がのっているだけだった。うろこが黒く、先っぽが金色に光っている。値が張るだろうし、食べて満腹できるものでもない。飲み物としてはラムの小瓶があった。これをもち帰るわけにはいかないのだ。あの二人ときたら、何であれアルコールとみると、とびついてくる。呑《のん》兵衛の手助けをすることはない。

カールとしては、べつのところに移動して、何が何でも前に出るしかない。まごまごしているうちに時がたった。ホールの正面に時計があった。タバコの煙がたなびいているので、なかなか時刻が読みとれなかったが、やっと見定めたところでは、もう九時をまわっていた。カールがめざす辺りは、なおのことこみあっている。かてて加えて、さらにどんどんやってくる。正面のドアから「ハロー」と声をかけながら、新入りの客が現われる。客みずからがビュッフェを片づけ、あきをつくってすわりこみ、肩を並べて飲みはじめたりする。一等席というもので、そこからだとホール全体が見わたせる。

カールはなおも人を押しのけてすすんだが、もう半ばがた、何か手にすることを諦めていた。事情を知らないばかりに、とんだ役目を引き受けたのを後悔した。空手でもどれば、きっと二人は罵るだろう。ポケットの金を使いたくないので、何も買ってこなかったと言うだろう。カールが立っているまわりのテーブルの人々は肉料理をパクついていた。こんがり揚げたジャガイモつき。いったい、どうやって手に入れたのか、カールにはわけがわからない。

少しはなれたところに、ひと目でホテルの人とわかる中年の女がいて、客の一人と笑顔で話していた。

話しながら、しきりに髪を直している。カールはすぐに、この人にたのもうと心に決めた。ホールにただひとりの女性であって、騒音と慌しさのなかの唯一の例外と思えたし、それにともかく、手の届くところにいる従業員がほかにいないせいだった。声をかけても聴く耳があるかどうか心細かったが、予想とはまるで逆の事態になった。カールがまだ声をかけずに、ころ合いを見計らっていると、会話中の人がよくする動作だが、女は客と話しながら、ふとわきを見た。カールを目にとめると会話を中断し、したしげに、会話学校の先生のようなはっきりとした英語で用向きをたずねた。

「まるでダメなのです」

と、カールが言った。

「全然、食べ物が手に入らない」

「じゃあ、ついてらっしゃい、おチビさん」

彼女は知人に別れを告げた。相手は帽子をとって挨拶をした。それはここでは例外的な礼儀作法のようだった。彼女はカールの手をとると、ビュッフェに向かった。前の客を押しのけ、折り畳みのテーブルを上げ、カールを引っぱるようにして通路に入り、せわしなく往き来する給仕のあいだを縫うようにしてすんでいった。ついで壁と同じ二色の壁紙を貼ったドアを開くと、大きな、ひんやりした貯蔵室に入っていった。

「こんなつくりになっているのか」

カールはひとりでつぶやいた。

「ご注文は？」

女は、いかにも御用を伺うというふうにカールの顔をのぞきこんだ。とても肥っていて、からだをゆすようにしたが、しかし顔には、むろん、対比してのことだが、きゃしゃな面影といったものがあった。棚やテーブルにうず高く食べ物が積み上げてあって、まわりを眺めわたしていると、結構な夕食を注文したくなってきた。この人からだと安く手に入るだろうから、太っ腹になって買いこんでもいい。しかし、何にするか思いつかなかったので、ベーコンとパンとビールだけを言った。

「それだけ？」

「ええ」

つづいてカールがつけたした。

「でも三人分なんです」

ほかの二人のことを問われたので、カールは手短に旅仲間のことを言った。何であれ問われるのがうれしかった。

「これじゃ刑務所の食事ですよ」

と、女が言った。そして何であれ注文はききとどける、といったふうにカールを見た。追加の代金はいらないといわれそうな気がしたので、カールは黙っていた。

「では、これだけでいいんですね」

肥っていても動作はてきぱきしていた。テーブルに向かうと、長くて細いサーベルのようなナイフで、いろんな肉をねりこんだベーコンを大きく切りとった。棚からパンのかたまりをとり、床のビールを三本抜きとると、軽い藁づくりの籠に入れてカールにわたした。その間に彼女の言うには、貯蔵室の品物にしたのは、ビュッフェの食べ物がタバコのけむりや乾燥のせいで、早いうちになくなってしまうとはいえ、やはり鮮度が悪いからだ。でも、ほかの人にはあれで十分。カールは黙って聞いていた。どうして自分が特別扱いされるのかが呑みこめない。あちらで待っている二人のことを考えた。いくらアメリカをよく知っていても、貯蔵室まではきっと知るまい。ビュッフェに並んだ古物《ふるもの》で我慢しなくてはならないだろう。あたりはしんとしていた。壁が厚く、天井がアーチになっているので、ひんやりとしているのだろう。カールは藁づくりの籠をもちあげていたが、突っ立ったままで、勘定のことも忘れていた。外のテーブルにあったのと同じ瓶を、女が籠に添えたとき、ハッと我に返った。

「どこまで行きますか」

と、女がたずねた。

「バターフォードです」

「ずいぶん遠いわ」

と、彼女は言った。

「まる一日かかります」

と、カールが答えた。

「それから、もっと?」

「いえ、そこどまりです」

と、カールは言った。

彼女はテーブルの上を片づけた。給仕が入ってきて、キョロキョロあたりを見まわした。彼女がパセリを盛りつけたサーディンの大皿を指さすと、両手でもち上げて出ていった。

「どうして野宿などするの?」

と、彼女が言った。

「こちらにきて、ホテルに泊まったらどうなの」

カールには魅力的な誘いだった。昨夜、ほとんど寝ていないのだ。

「荷物をあちらに置いているんです」

カールは口ごもった。少し体裁をつけたきらいもあった。

「もってくればいい」

と、彼女は言った。

「なんてことはないわ」

「仲間がいるんです」

すぐにカールは、ホテルは無理だと気がついた。

「いっしょに泊まればいい」

と、彼女が言った。

「そうしなさい。二人にそう言えばいい」

「二人とも気は好いんです」

と、カールが言った。

「でも、清潔じゃない」

「ホールがどうだったか見たでしょう」

彼女は顔をしかめた。

「ひどい人が来るの。ちっともかまわない。三人分のベッドを用意させておくわ。でも、屋根裏部屋ですからね。部屋のほうは満員、上で我慢していただくわ。わたしだって屋根裏のほうに移っている。でも、野宿よりは、ずっといい」

「とてもつれてこられませんよ」

あの二人が高級ホテルの廊下でどんなことをやらかすか、カールは想像した。ロビンソンは手あたりしだいに汚すだろうし、ドラマルシュはきっと、この女性にまとわりつく。

「どうしてだか、わたしにはわからない」

と、彼女は言った。

「でも、それなら二人は外にほうっておいて、あなたひとりでもこちらに来たら?」

「それはできない。そんなことはできません」

と、カールはくり返した。

「とにかくも仲間なんだから、おいてきぼりはできないんです」

「頑固な人ね」

と彼女は言って、カールから目をそらした。

「よかれと思って言ったのに、お役に立ちたいのに、いやだと言うんだから、しかたがない」

そのことはカールにもよくわかったが、気持はやはりかわらない。

「ご親切にしていただいて、とてもうれしいです」

礼だけを口にした。代金を払っていないのに気がついて、値段をたずねた。

「その籠を返すときに払ってもらえばいい」

と、彼女は言った。

「遅くとも明日の朝ね、その籠が入り用になるの」

「わかりました」

と、カールは答えた。

彼女がドアを開けた。直接、外へ通じている。頭を下げてから、カールが出ていきかかると、うしろから声がした。

「おやすみ。こちらのほうがうんといいのに」

数歩あるいたところで、なおも呼びかけてきた。

「さようなら。また明日《あした》!」

外に出ると、またもやホールのざわめきが聞こえてきた。あいかわらず騒がしく、さらに吹奏楽がまじっている。ホールを抜けなくて幸いだった。ホテルは五階まであかあかと灯がともり、通りを明るく照らしていた。ずっと少なくなったとはいえ、あいかわらず車が走っていた。昼間よりもすっとばしており、やにわにふくれあがるようにして現われた。ライトが地面に白い線を引き、ホテルの明かりのなかに入ると、その白線が弱くなって交叉した。それからライトとともに闇の中へと走り去る。

二人はぐっすりと眠りこんでいた。カールがあまりに手間どったからだ。籠のものを、さもおいしそうに紙に並べて、それから二人を起こすつもりでとりかかったとたん、カールはおもわずとびあがった。トランクには鍵をしていったはずだ。鍵はポケットに入れていた。にもかかわらず蓋があけっぱなしで、中身の半分がたが、まわりの草の中にちらばっていた。

「起きろ！」

カールはどなった。

「泥棒にやられた。眠ったりするからだ」

「何かとられたのか？」

ドラマルシュが言った。ロビンソンはねぼけまなこで、それでもすぐにビールに手をのばした。

「とられたかどうか、わからない」

と、カールが言った。

「でも、蓋があいている。トランクがあるのに、うっかり寝たりするからだ」

二人が笑い出した。ドラマルシュが言った。

「さっさともどってこないのが悪い。すぐ目の前なのに、三時間もかかったぞ。こちらは腹がへってたまらない。トランクに何か食い物があるかと思って、鍵をガチャガチャやっていると蓋があいた。食い物などありゃあしない。もとどおりに詰めこむといいや」

「そんなことか」

と、カールは言った。籠のものが、みるみるなくなっていく。へんてこな音がひびいた。ロビンソンがビールを飲む音で、まず喉いっぱいにためこみ、それをパイプのようにいちど口にもどしてから、つぎに一気に飲みほすのだ。二人がひと息ついたのを見計らって、カールが声をかけた。

「満腹したか」

「ホテルで食ってきたんだろう?」

一人分を警戒して、ドラマルシュが言った。

「食いたければ、さっさと食えばいい」

言いすてて、カールはトランクに近寄った。

「気まぐれなんだ」

と、ドラマルシュがロビンソンに言った。

「気まぐれじゃない」

カールが叫んだ。

「留守のあいだにトランクをあけて、中身を放り出すなんて、ひどいじゃないか。仲間うちでは我慢が必要ってことは知っている。そのつもりでいたが、限度がある。ぼくはホテルに泊まる。バターフォードには行かない。早く食っちまえ。籠を返さなくちゃあならない」

「どうだ、ロビンソン、なんておっしゃりようだ」

と、ドラマルシュが言った。

「けっこうな言い草だ。これがドイツ野郎ってもんなんだ。おまえはおれに、つれ歩くのはよそうと言ったが、おれときたらお人好しなもんだから、結局のところつれてきた。こいつを信用して、まる一日、引っぱってきた。おかげで少なくとも半日分はワリをくった。ところが、どうだ、あそこのホテルでいい人をめっけたんだ。おさらばしたいだとさ。行っちまうってさ。ドイツ野郎でもケチな野郎だから、はっきりとは言わないんだ。トランクでいちゃもんをつけて、それをダシにしようってんだ。がさつな野郎だから、黙っていけばいいものを、なんのかんのと言いがかりをつけて、泥棒だとぬかしやがる。ちょっぴりトランクをいじっただけなのに、盗っとだとよ」

カールはトランクに詰めもどしながら、振り返らずに言った。

「言いたけりゃあ、何だって言うがいい。そのぶん、別れやすいからね。仲間ってものがどういうものか、ぼくは知っている。ヨーロッパに友だちをもっていた。だれひとり、ぼくが嘘つきだの、卑怯だのと言わないだろう。いまは縁が切れているが、ぼくが帰ってくるとなれば、みんないそいそと迎えてくれる。元どおりの友人だ。そこのドラマルシュとロビンソン君、たしかに親切にしてもらった、それは決して忘れない。仲間に入れてくれたし、バターフォードの見習工の口を考えてくれた。でも、それとこれとは別なんだ。きみたちは一文なしだ。だからって恥ずかしいことじゃない。でも、ぼくの持ち物をいじくったし、そのうえに侮辱しようとする。これは我慢できない。ぼくのトランクに手をつけながら、ひとことも謝らず、逆に罵った。ぼくの民族までバカにした。いっしょにいられなくしたのはきみたちだ。いや、きみたちじゃない、ロビンソン君、きみはちがう。でも、何だってドラマルシュの言いなりだ」

「これでわかった」

ドラマルシュがカールに近づいて、名ざしをするように軽く突いた。

「化けの皮がはがれたぜ。一日中、うしろにくっついていた。おれの上着をつまんで、くっついて歩いて、小ネズミのようにおとなしかった。ホテルで何かうしろ楯を見つけたんだ。とたんにふんぞり返りはじめた。こすっからいやつめ。タダでおいとまできませんな。今日いちにちの授業料をいただこうじゃないか。おい、ロビンソン、これはお金持の坊ちゃんなんだぜ。羨ましいじゃないか。しかしだ、バターフォードで一日働けば――カリフォルニアはもとよりだ――ほんの一日分が、そこのポケットの中身より十倍にもなる。偉そうな口はきかせない」

カールはトランクから手をはなして立ち上がった。半眠りだが、ビールで少し元気づいたロビンソンがよろけてくる。

「もっとここにいると、何やら起こりそうだ」

と、カールが言った。

「ぼくをひっぱたきたいんだな」

「我慢にも限度があるぞ」

と、ロビンソンが言った。

「きみは何も言わないほうがいい」

ドラマルシュから目をそらさずにカールが言った。

「内心じゃぼくに賛成していても、外づらはドラマルシュと組んでなくちゃならない」

「ロビンソンをたらしこみたいんだな」

と、ドラマルシュが言った。

「めっそうもない」

カールが答えた。

「別れられるのが、うれしいだけだ。もう一切、かかわりをもちたくない。ひとことだけ言っとくが、いまさっき、ぼくが金をもっているのに隠していたと非難したね。たとえそうだとしても、ほんのちょっと知り合っただけの仲では、当然のことじゃないか。それにいまのきみの行動からして、ぼくの処置は正しかった。そうだろう」

「ドタバタするなよ」

と、ドラマルシュがロビンソンに言った。ロビンソンはべつに何もしていなかった。それからカールに言った。

「自分が正しいと言い張るなら、そうするがいい。そんなにまっ正直なおかたなら、どうしてホテルへ行きたいのか、その理由もちゃんとうかがおう」

ドラマルシュが詰め寄ってきたので、カールはやむなくトランクをまたいで後退した。ドラマルシュはトランクを押しのけ、さらに一歩すすんだ。その際、草むらに落としたままの白いシャツを踏みつけて、同じ問いをくり返した。

それに答えるように、通りから強い光の懐中電灯をもった男が現われた。ホテルの給仕だった。カールを見るなり声をかけてきた。

「半時間もかかった。道の両側の繁みをずっと探していました。さきほどお貸しした籠を至急返してほしいと、調理主任さんから言いつかってきたんです」

「ここにある」

と、カールが言った。興奮のあまり声がふるえていた。ドラマルシュとロビンソンは、ちゃんとした人に向かうと、いつもするとおり、かしこまって引き下がった。給仕は籠を手にとると、言葉をつづけた。

「それからあのかたのおっしゃるには、やはりホテルで泊まったほうがよくはないか、とのことです。お仲間をつれてきたいのなら、かまわない。ベッドは確保ずみです。いまは夜も暖かいが、ここの草むらは蛇がいるので、万一のこともありますからね」

「ご親切を受けることにします」

カールは、かたわらの二人の反応をうかがった。ロビンソンはぼんやりと突っ立っていた。ドラマルシュはポケットに両手を入れて、星を見上げていた。カールがむろん、仲間づれでいくと答えるのを待っているらしかった。

「荷物は運びますよ」

と、給仕が言った。

「そうするようにいわれてきました」

「ちょっと待ってください」

カールはうつ向いて、なおもまわりに散らばっているものをトランクに詰めた。

突然、カールが立ち上がった。写真がない。トランクのいちばん上に入れていた。それがどこにも見当たらない。ほかのすべては元どおりなのに、写真だけがないのだ。

「写真が見つからない」

すがるようにドラマルシュに言った。

「どんな写真だ？」

ドラマルシュがたずねた。

「両親の写真」

と、カールが言った。

「写真なんぞ見なかった」

と、ドラマルシュが答えた。

「ロスマンさん、写真などありませんでしたよ」

ロビンソンが口をそえた。

「そんなはずはない」

カールは助けを求めるように給仕に目をやった。

「いちばん上に入れていた。それがない。トランクをいじったりするからだ」

「まちがいないって」

ドラマルシュが言った。

「写真なんぞ入ってなかった」

「トランクの中の何よりも大切なんです」

カールは給仕に訴えた。給仕はまわりの草むらを探しはじめた。

「あれしかない。二つとない」

給仕があきらめて、もどってきた。

「両親の写真は、あれしかないのに」

給仕がはっきりとした口調で言った。

「このお二人のポケットを探す必要がありますね」

「そうだ」

と、カールが言った。

「なんとしても見つけなくちゃあ。でもポケットを探す前に、先に言っておく。いますぐ写真を出してくれたら、このトランク全部をかわりにわたす」

一瞬、だれもが黙りこくった。カールが給仕に言った。

「ポケットの検査のほうがいいらしい。それでも約束する。ポケットに写真が見つかったら、トランクをあげる。ほかに何もないからね」

すぐさま給仕がドラマルシュのポケットを調べにかかった。カールがロビンソンを受けもった。ドラマルシュのほうは手間がかかった。給仕が言うように、同時に二人を調べるほうがいい。さもないと、すきをみて一人が一人に手渡しかねない。カールがロビンソンのポケットに手を入れると、すぐさまカールのネクタイが見つかった。しかし、そのままポケットにのこして、給仕に声をかけた。

「ドラマルシュのポケットに何があっても、取り出さなくていい。写真だけでいいんです。ただ写真だけ」

胸のポケットを探っていたら、ロビンソンの脈打つ胸の厚みに手が触れた。急に仲間に対して不正を働いているような気がして、いそいできりあげた。しょせんは無駄だった。ロビンソンからもドラマルシュからも写真は見つからなかった。

「だめですね」

と、給仕が言った。

「写真を破って、風にとばしたのかもしれない」

と、カールが言った。

「友人だと思っていたのに、隠れてひどいことばかりする。ロビンソンには、悪気はなかったのだろう。あの写真がぼくにとってどんなに大切か、わかってないんだもの。ましてドラマルシュはそんなふうに考えたりしない」

カールはじっと給仕を見つめていた。懐中電灯が小さな円を落としている。まわりのすべて、ドラマルシュもロビンソンも闇の中に沈んでいた。

二人をホテルにつれていくなんて、論外のことだった。給仕はトランクを肩に担ぎあげ、カールは籠を手にとり、二人は歩きだした。通りに出たとき、カールはひと思案するように立ちどまり、それから暗闇に向かってよびかけた。

「おーい、聞こえるか。きみたちのどちらかが写真をもっていて、ホテルに届けてくれたら、約束どおりトランクをあげる。それに、いいね、警察に言ったりしない」

返答はなかった。ただ、きれぎれのことばが聞こえた。ロビンソンが何か言いかけたのを、ドラマルシュがすぐさま口をふさいだらしかった。上の二人の反応を待って、なおもじっとカールは通りに佇んでいた。

少し間をおいて二度叫んだ。

「ぼくはここにいるぞ」

答えはなかった。いちど、小石が上から落ちてきた。偶然かもしれない。あてずっぽうに投げつけてきたのかもしれない。

## V　ホテル・オクシデンタル

ホテルに着くと、すぐに事務室に案内された。調理主任がメモ帳を手にもち、若いタイピストに手紙を口述していた。一語ずつはっきりした発音で、それをタイプライターが、しっかりした音をひびかせて書きとっていく。タイプライターの音のあいまに、おりおり壁の時計のチクタクという音がした。すでに十一時半をすぎていた。

「おわり」

調理主任が言って、メモ帳を閉じた。タイピストは跳び立つようにして立ち上がり、タイプライターに木の蓋をした。そんなお定まりの動作のあいだ、じっとカールから目をはなさない。まだ学校に通っているように見える。エプロンにはとびきり丁寧にアイロンがかけてあって､肩のところで波をつくっている。髪をきちんと整えていた。そういったところと、生まじめな顔のせいで、何やらドキッとさせられる。タイピストはまず調理主任にお辞儀をし、それからカールに一礼して事務室を出ていった。カールはおもわず問いたげな目で調理主任を見つめた。

「気が変わってよかった」

と、彼女が言った。

「お仲間は？」

「べつべつです」

と、カールは答えた。

「きっと明朝早くに出発したいのよ」

調理主任は自分に納得させるように言った。

（こちらも同じく早く出発するものと考えているかもしれないな）

そんなふうにカールは思ったので、打ち消すために言いそえた。

「仲たがいしたので、別れました」

調理主任には、それはうれしい知らせのようだった。

「すると、自由ってわけ？」

「ええ、自由です」

と、カールは答えた。そんなものはこの上なくつまらないものに思えた。

「では、どうかしら、このホテルで働いてみる気はないかしら」

「よろこんで」

と、カールは答えた。

「でも、ぼくは何もできないのです。タイプだって打てない」

「そんなこと、かまわない」

と、調理主任は言った。

「さしあたっては走り使いみたいな仕事ね。よく働いて、よく気がつくと、上にあがれる。あちこちブラつくよりも、一つのところできちんと仕事をするほうが、身に合っているように思うけど、どうかしら」

(伯父もきっとそう言うだろうな)

とカールは思いながら、うなずいた。とたんにこんなに親身になってくれる人に、自分のことは何も告げていないのに気がついた。

「うっかりして自己紹介を忘れていました」

と、カールは言った。

「カール・ロスマンです」

「ドイツ人でしょう?」

「ええ」

カールはうなずいた。

「アメリカに来て、まだ間がないのです」

「出身は?」

「ボヘミアのプラハです」

「やはり、そうだ」

調理主任が英語訛りの強いドイツ語で声をあげ、両手を差しのべそうになった。

「同じ国だわ。わたしの名前はグレーテ・ミッツェルバッハ、ウィーンの生まれ。プラハはよく知っている。

ヴェンツェル広場の《黄金の鵞鳥亭》に半年あまり勤めていた。まあ、なんてことかしら！」

「いつごろですか？」

と、カールがたずねた。

「ずっとずっと前」

「古いほうの《黄金の鵞鳥亭》は二年前に取り壊されました」

「そうでしょうね」

調理主任は遠い昔を思い出すような声で言った。

やおらまた元気になって、カールの手をとった。

「同国人とわかったのだから、ここにいなきゃあダメ、どこにもやりません。ためしにエレベーターボーイはどうかしら。うんと言ってくれたら、これできまったと同じ。少しはアメリカを知ったでしょうから、こういった働き口を見つけるのがらくではないってわかるでしょう。エレベーターボーイは最初の仕事として最高だわ。いろんな客と知り合える。いろんな用をたのまれる。毎日、運をつかむチャンスがあるわけ。ほかのことは、わたしにまかしておいてね」

「よろこんでやります」

少し間をおいてカールが言った。せっかく学校に足かけ五年通ったというのに、たかがエレベーターボーイなどと思うのはバカげている。このアメリカでは、学校で五年間の無駄をしたのを恥じてしかるべきなのだ。それにカールには、エレベーターボーイが気に入っていた。ホテルの華というものだ。

「言葉ができないと困るのではありませんか」

と、カールがたずねた。

「ドイツ語ができるし、英語もきれいだわ。それで十分」

「英語はアメリカに来てから、二か月半かけて習いました」

ただ一つの取り柄なのだから、黙っている手はないのだ。

「それで十分、用が足りる」

と、調理主任が言った。

「わたしなんか、英語のためにとても苦労した。もう三十年も前のことね。昨日が五十歳の誕生日だったのよ」

この年齢にカールがどんな反応をするか、ほほえみながら見守る目つきをした。

「おめでとうございます」

と、カールは言った。

「お祝いはいつもうれしいもの」

調理主任はカールの手をゆさぶった。それからふたたび、少し沈んだ表情になった。お国言葉による古い言い回しを懐かしむようだった。

「あらあら、いつまでも引きとめていられない」

またもや元気よく声を出した。

「さぞかし疲れているでしょう。あとのことは明日に話し合えばいい。同じ国の人と出会って、頭がどうかしていたわ。部屋に案内します」

「ひとつお願いがあります」

テーブルの上の電話に目をやりながら、カールが言った。

「明日、きっと早朝だと思いますが、以前の仲間の一人が写真をもってくるかもしれないのです。とても大事な写真です。そのときには、ぼくの部屋を教えるか、それともぼくを呼び出してくれるように、ことづけをしてくれませんか」

「お安い御用よ」

と、調理主任が言った。

「でも、こちらで受け取らせるだけでいいのじゃないかしら。失礼だけど、どんな写真？」

「両親の写真です」

と、カールは言った。

「とにかく、話すことがあるのです」

調理主任はうなずいて、ポーターの部屋に電話をした。ついてはカールの部屋の番号は、五三六だと言った。

事務室を出て、向かいのドアを開けると、小さな廊下に出た。エレベーターの柵によりかかって、小柄なエレベーターボーイがうたた寝をしていた。

「自分でやりましょう」

調理主任はささやいて、カールを先に乗せた。

「こういう小さな子に十時から十二時までの時間は少しきついのね」

エレベーターがのぼっていくなかで、彼女が言った。

「でも、これがアメリカ流。あの子は半年前に両親といっしょにこちらに来たの。イタリア人ね。いまは仕事ができないみたいで、頰がこけている。勤務中に居眠りをする。ほんとうはもっとしっかり者なの。もう半年、我慢するか、ここでなくてもほかで働いていると、ずっとらくになって、五年もすれば、見違えるほど強い男になっている。そんな例はどっさりあるわ。でも、あなたには無用のこと、もう立派な青年だもの。たしか十七歳だったわね」

「来月になると十六です」

と、カールが答えた。

「なんて若いんだ！」

調理主任が声をあげた。

「だから元気を出すこと！」

最上階の部屋は、たしかに屋根裏にあたり、天井が斜めだったが、二つの明かりをつけると、なんとも快適な感じだった。

「家具におどろかないでね」

と、調理主任が言った。

「これはホテルの部屋でなくて、わたしの住居なの。三つある部屋の一つだから、気にしなくていい。まん中の部屋は閉めてますから、安心していられる。明日には新しい勤めにつくから、自分の部屋がもらえる。お仲間といっしょだったら、従業員の共同部屋にベッドを用意したのだけど、あなたひとりだから、ソファーで休むのだけ我慢してくれたら、この部屋のほうが快適だと思ったの。明日のためにも、ぐっすり眠っておくこと。明日はまだ、仕事はそんなにキツくはないでしょうけど」

「いろいろお世話いただいてうれしいです」

「そうだ、言っとかなくちゃあ」

戸口で彼女が立ちどまった。

「でないと、すぐにまた起こしてしまう」

横手のドアをノックして、声をかけた。

「テレーゼ」

「はい」

さきほどの若いタイピストの声がした。

「明日、わたしを起こしにくるとき、廊下をまわってきてね。この部屋には、お客さまがいるからね。とても疲れている人なの」

そう言いながらカールを見やって、ほほえみかけた。

「いいこと、わかった?」

「はい、わかりました」

ドアごしに声がした。

「では、おやすみ」

「おやすみなさい」

釈明するように、調理主任がカールに言った。

「数年前から、とても寝つきが悪いの。いまの仕事に満足しているから、あれこれ心配しなくてもいいのにね。以前、いろいろ苦労があって不眠に悩まされたから、それを引きずっているの。三時に寝られたら、いいほうね。五時か、遅くとも五時半に仕事場にいなくちゃあならないから、テレーゼに起こしてもらう。もともと神経質だから、気をつけて起こしてもらう必要があるので、テレーゼにたのんであるの。あらあら、また長ばなしになって、早くいかなくちゃあ。では、おやすみ」

重そうなからだにもかかわらず、すばやく部屋を出ていった。

カールは休めるのがうれしかった。いろんなことのあった一日だった。ぐっすり休むのに、これ以上ありがたい部屋はない。たしかに寝室ではなくて居間、むしろ調理主任の私室だった。この夜のために洗面台が運びこんであった。しかし、カールには自分が闖入者ではなく、やさしく世話を受けている感じがした。トランクはきちんと据えてあって、久しぶりに安全この上ないところにある。引出しのついた背の低い戸棚に、大柄なウールの覆いがかけてあって、その上にガラスつきの額に入った何枚かの写真が立てかけてあった。カールは部屋を見てまわりながら、その前で足をとめた。おおかたが古い写真で、娘を写していた。むかしのしゃちこばった服を着ている。小さいが丈のある帽子を斜めにのせ、右手に日傘をもち、正面を向いているが、視線がそれていた。男を写したなかでは、若い兵士の写真がカールの気に入った。軍帽をテーブルに置いて、黒い髪を短く刈り、直立の姿勢で立っている。笑いを押し殺して、誇らかな顔つきだ。軍服のボタンは、あとから金色に塗ってあった。どれもヨーロッパの写真で、たぶん裏に書き入れがあるのだろうが、カールは手を触れたくなかった。ここの写真のように、いつか自分の部屋に両親の写真を飾りたいと思った。

隣の部屋に気をつかって、なるたけ静かに全身を洗ってから、寝椅子で思いきり背のびをした。うとうとしかけたとき、ドアがそっとノックされたような気がした。どの部屋か、すぐにはわからず、偶然の音かもしれないと思った。音がやんだので、カールがまたうとうとしかけると、ふたたび音がした。たしかにノックの音で、タイピストの部屋からノックしている。カールはつま先立って走りより、よそに聞こえないように、小声で言った。

「なにか御用?」

同じく小声で答えが返ってきた。

「ドアを開けてくださらない? 鍵はそちら側に差したままなの」

「いいですとも」

カールは言いそえた。

「でも、先に服を着なくちゃならない」

ちょっと間をおいて、すぐに声がした。

「かまわないわ。そのままベッドで休んでいて。少し待つから」

「わかった」

カールはもどって明かりをつけた。

「床についた」

少し声を強くした。隣の暗い部屋から小柄なタイピストが現われた。事務室にいたときと同じ服装で、あれからずっと眠るつもりはなかったらしい。

「ごめんなさい」

カールの寝床にうつ向くように、背をかがめて立っている。

「このこと、言いつけないでね。すぐに出ていくから。とても疲れているんでしょう」

「それほどでもない」

と、カールは言った。

「やはり服を着てたほうが、よくなかったかな」

首までくるんでいるので、全身をのばしていなくてはならない。夜着をもっていなかった。

「すぐにおいとまするわ」

娘は椅子に手をかけた。

「腰かけていい?」

カールはうなずいた。寝椅子のすぐわきにすわったので、相手を見上げるためにカールは壁ぎわに寄らなくてはならなかった。丸い顔がすべすべしていた。額がひろすぎるように見えるのは、髪形のせいかもしれない。似合っていないスタイルだった。上着はきれいで、よく手入れされていた。左手にハンカチを握りしめている。

「ここに長くいるつもり?」

と、彼女がたずねた。

「まだわからない」

と、カールは答えた。

「たぶん、長くなる」

「それならいいわ」

相手はハンカチで顔を撫でた。

「わたし、ひとりぼっちなの」

「へんだな」

と、カールが言った。

「調理主任さんはとてもやさしかった。従業員って扱いじゃない。血のつながりがあるのだと思っていた」

「そうじゃないわ」

と、娘が言った。

「わたし、テレーゼ・ベルヒトルト。ポンメルンの生まれ」

カールも自己紹介した。娘は名前を聞いて、はじめて他人同士と気がついたように、まじまじとカールを見た。二人とも、しばらく黙っていた。それから彼女が口をひらいた。

「わたし、恩知らずなんかじゃない。あの人がいなかったら、もっとひどいことになっていた。前はこの調理場にいたの。クビになるところだった。仕事が大変だった。とても注文が多いの。ひと月前だけど、同じ調理場の女の子が緊張のあまり倒れてしまって、二週間も病院にいたわ。わたし、強くないの。いろいろ辛いことがあって、発育が遅れたのね。とても十八歳だなんて思えないでしょう。でも、以前よりは丈夫になったわ」

「ここの仕事はきついんだろうな」

と、カールが言った。

「下でエレベーターボーイがよりかかって、うたた寝していた」

「でも、エレベーターボーイはまだいいの」

と、テレーゼが言った。

「チップをもらえるし、調理場のように追いまくられない。わたし、幸運だった。調理主任さんに宴会のサービス係をいわれたの。調理場の女たちが手伝った。ここには調理場だけで五十人も女の子がいるのよ。わたしが調理主任さんの目にとまった。宴会の手配には、わたし、自信がある。それで引き抜かれて、いまは秘書のような仕事をしている。いろんなことを勉強したわ」

「タイプの仕事は多いの?」

と、カールがたずねた。

「どっさりある」

と、娘が言った。

「あなたには、とても想像がつかないわ。わたしが今夜、十一時半まで仕事をしていたのを見たでしょう。特別に今日だけじゃない。それにタイプだけじゃなくて、町へ出かける用も多いの」

「ここは何て町?」

と、カールがたずねた。

「知らなかったの?」

と、テレーゼが言った。

「ラムゼスよ」

「大きな町？」

「とても大きな町。わたし、あまり好きじゃない。もう眠いのじゃない？」

「いや、いや」

と、カールが答えた。

「まだ今夜の用件を聞いてない」

「話し相手がいないの。さみしがり屋じゃないけど、だれかに話を聞いてもらえるとうれしいわ。下のホールのときから気がついていた。調理主任さんがあなたを貯蔵室につれていったとき、わたし、調理主任さんをよびにいった」

「下のホールはひどいところだ」

と、カールが言った。

「わたしはもう慣れた」

と、娘は言った。

「でも、言いたかったのは調理主任さんのこと。わたしの死んだ母親のようにやさしい。でも、自由に話をするには立場がちがいすぎるわ。調理場の女の子たちのなかに、以前は友だちがいたのだけど、ずっと前にやめてしまって、新しい人たちとはなじみがないのね。ときおり、いまの仕事のほうが以前よりもきついんじゃないかと思ったりする。仕事がちゃんとできていないのに、調理主任さんは同情から使ってくれているだけのような気がする。秘書になるには、きちんと学校を出ていなくてはならない。罰あたりな言い方だけど、ときおり、気が変になるんじゃないかと思うわ。あら、どうしよう、こんなこと言ったりして」

彼女は突然、カールの肩をつかんだ。カールは両手を毛布のなかに入れていた。

「こんなこと、調理主任さんに言っちゃあダメよ。お払い箱になりかねない。仕事でかけている迷惑のほかに、さらに手間をかけるなんて、ほんとにひどい話だわ」

「むろん、あの人に話したりしません」

と、カールは答えた。

「ありがとう」

と、娘は言った。

「長く勤めてほしいわ。ここが気に入ったら、力を貸しっこできる。あなたをひと目見たときから、信用できる人だと思った。でもね、わたしって悪い人でしょう、あなたがわたしの代わりに秘書になって、わたしが追っ払われると思ったの。あなたが下の事務室にいるあいだ、わたし、ひとりでいろいろ考えた、あなたが秘書になってもいいと考えた。あなたのほうが能力がありそうだもの。でも町の用はできないだろうから、わたし、クビにはならない。以前より強くなったから、調理場でも十分やっていけると思うの」

「もうきまっています」

と、カールは言った。

「ぼくはエレベーターボーイになって、あなたは秘書のままです。でも、さっきのことをほんの少しでも調理主任さんに言ったら、ぼくも全部バラしますよ。おあいこってものだから」

カールの言い方にテレーゼはとり乱して、やにわにベッドに身を伏せると、顔を毛布に押しつけて泣きだした。

「ぼくは言わない」

と、カールは言った。

「あなたも言っちゃだめですよ」

毛布の下で、それ以上じっとしていられなくて、カールは手をのばすと、彼女の腕をそっと撫でた。言ってやれるようなぴったりの言葉が浮かんでこない。ただ、ここで生きるのは辛いことなのだと考えた。そのうちやっとテレーゼは落ち着いて、泣いたのを自分で恥ずかしがり、感謝の目でカールを見つめ、今夜はぐっすり眠るといい、明朝、ひまがあれば八時にここへ上がってきて、起こしてあげると約束した。

「起こすのが上手なんだってね」

と、カールが言った。

「いくつか得意なことがあるわ」

別れのしるしに手でそっと毛布にさわると、急ぎ足で出ていった。

翌朝、調理主任は、一日かけてラムゼスの町の見物をすすめたが、カールはすぐにも仕事につきたいと言い張った。町の見物はいつでもできる。いま自分にとって、もっとも大事なことは、仕事をはじめること。というのはヨーロッパですでにいちどやりかけたのに、それを愚かなことで中断した。ちゃんとした若者なら、もうとっくにつぎの段階にうつるような齢で、エレベーターボーイからはじめようとしている。

エレベーターボーイとしてはじめることは、まったく正しいことではあるが、うかうかしていられないことも肝に銘じていなくてはならない。このような事情のもとでは、たとえ町を見物しても、まるで楽しくないだろう。ましてやテレーゼがすすめてくれた気晴らしの散歩など論外だった。いまきちんと働いておかなくては、そのうちドラマルシュやロビンソンのようになる。その姿がカールの目にまざまざと浮かんできた。

ホテルの仕立屋のところで、カールは制服の寸法合わせをした。金ボタンや金色の飾り紐がついていて豪勢だが、腕を通すとき、カールは少したじろいだ。ついさきほどまで、べつのエレベーターボーイが着ていたものであって、上着の肩のところが冷たく、ごわついていた。まだ汗が乾ききっていないのだ。カールには胸のあたりが窮屈すぎた。十着あまり着てみたが、どれもどこかがぴったりしない。仕立て直さなくてはならず、それに仕立屋はこまかいことにも厳密で、直されてきた制服を二度まで仕事場につき返したほどだった。それでもまたたくまに整って、カールはエレベーターボーイの出で立ちでそこを出てきた。ズボンはぴったりでもチョッキが窮屈だった。仕立屋の親方は断固として保証したが、カールには胸幅が足りないような気がした。息がつけるかどうか、ついなんども試さないではいられない。

それからカールはボーイ長のところに出頭した。この人の指図のもとに入る。痩せ型で、男ぶりがよく、鼻が大きい。四十代と思われた。ボーイ長は話らしい話もせずに、すぐさまエレベーターボーイをよびよせた。偶然にもカールが昨日見かけた少年で、ジャコモといった。あとから知った名前であって、ボーイ長が英語風に言ったので聞きとれなかった。カールに必要なことを伝授するはずだったが、ひどくビクビクしているうえにあわてており、伝授することといえばごくわずかなはずが、それすら、ろくすっぽ言えないのだった。ジャコモはエレベーターボーイから部屋係の女の手伝いにまわされていて、それはカールのせいだと恨んでいた。はっきり口には出さなかったが、手伝ってみて格下の仕事とわかったらしいのだ。エレベーター係といっても、機械そのものにはかかわりがないのでカールはがっかりした。ボタンを押して動かすだけなのだ。故障すると、ホテルの機械工が修理をする。ジャコモは半年も係をしながら、地下のモーターも、エレベーターの内部も、見てみたいとはいいながら、まだいちども見たことがないのだった。とにかく単調な任務であって、それに半日交替で昼と夜に勤めなくてはならず、ジャコモの言い分によると、立ったまま居眠りでもしないと、とても務まらない。それに対してカールは何も言わなかったが、ジャコモはお得意のうたた寝術のせいで仕事場をなくしたのだと考えた。

割り当てられたエレベーターは最上階用のもので、カールにはありがたかった。財布がふくらんでいる客には用のない階である。上客というのは注文がうるさいものなのだ。エレベーターに慣れる点では同じであって、初心者にはこちらのほうが好都合だった。

一週間して、すっかり自信がついた。カールは担当のエレベーターを、きれいに磨き上げていた。三十基あるなかで、めだってピカピカ光っていた。半日交替の相棒が同じようにしてくれたら、もっときれいになっただろうが、すっかりカールにおぶさっていた。生まれも育ちもアメリカ人で、レネルといい、目の黒い、頬がややこけた感じの気取屋だった。なかなか格好のいい服をもっていて、仕事のない夜は、香水をふりかけて街へ出ていく。夜勤のときにも、ときおりカールに代わりを頼んだ。家族のことでどうしてもというのだが、出で立ちはまるきり逆で、そのことにはあまり気がつかないらしい。カールは平気だったし、出かけるときにレネルが、エレベーターの前でなおも弁解するのが愉快だった。それからレネルは気取った手つきで手袋を引っぱりあげ、廊下を歩いていく。なにしろ先輩であって、代理をするのは先輩への礼儀だろうとカールは思っていた。ずっと代わりをするわけではない。エレベーター係は疲れる仕事であって、とりわけ夕方にかかると気の休まる時がないのだ。

まもなくカールはごく簡単に深々とお辞儀をするすべを学んだ。チップはすばやく収納する。あっというまにチョッキのポケットに消え失せて、いかほどの小銭か誰にもわからない。ご婦人がたには、少し愛想をまじえてドアを開け、あとからゆっくりと乗り込んだ。男たちとちがい、上着や帽子やアクセサリーなどに注意を要する。エレベーターの中では、いちばん目立たない姿勢をとった。ドアにぴったりくっつくようにして客に背を向け、ずっとドアに手を添えておく。着くとただちに開けるのだが、その際、不意に引きあけて客を驚かしてはならない。たまのことだが、肩を叩いて問いかけてくる人がいた。そんなとき、カールは予期していたようにすぐさま向き直り、はっきりと答えた。劇場がはねたあととか、急行列車の到着後など、エレベーターが混み合って、人があふれることがあった。そんなとき、エレベーターボックスの中のワイヤーを引っぱると、少し動きが速くなる。服務規定では禁止されていて、危険でもある。ふだん、カールはそんなことはしないが、下に人があふれているときはかまっていられない。船乗りのように力強くワイヤーを引いた。仲間がみんなしていることを知っていたし、客を取られたくないのである。ホテルにはかなり長逗留の人がいて、ときどきカールにほほえみかけてきた。そんなとき彼は厳粛な面持で応えた。そんな客から手すきのときなど、ちょっとした用事を頼まれることがあった。部屋に忘れものをしてきたといったことだ。カールはすぐさま、なじみのエレベーターで取って返した。部屋には彼がこれまで目にしたことのない品物がまわりにあったり、見慣れない服がかかっていたりした。まるでちがった石鹸の匂い、また香水や、特別のうがい水の匂いがした。客からは曖昧な指示しか受けなかったが、カールはきっと忘れ物を見つけて、すぐさま立ちもどった。もっと大切な用向きを果たしたいのだが、そのためには係があって、自転車やオートバイで御用をつとめている。せいぜいのところ、食堂や娯楽室に案内するのが許された役向きだった。

三日間は夕方六時、つづく三日間は早朝六時に十二時間の勤務が終わる。疲れはてているので、そのままベッドについて、もぐりこむ。エレベーターボーイ専用の共同の寝室だった。調理主任は、カールが最初の夜に思ったほどにはホテルで力がないようで、カールひとりの小部屋を考えてくれたが、すんなりとはいかなかった。忙しいボーイ長に電話で交渉してくれた。それを見てカールのほうから断わった。けっして遠慮ではないと言ったうえで、特別扱いされると同僚の妬みをかいかねないことを説明した。

共同の寝室は安らかさとはほど遠かった。十二時間体制がまちまちで、勤務明け組がそれぞれ食べたり、眠ったり、遊びごとをしたり、内職をしている。共同の寝室はいつもざわついていた。ベッドにもぐりこんで、耳元まで毛布を引きよせていても、起こされてしまうので、大声でどなりつける。その声が、熟睡中の者まで起こしてしまった。ほとんど誰もがパイプをもっていた。唯一の贅沢というもので、カールも一つ手に入れて、愛用しはじめていた。仕事中はむろん、喫えない。その結果、寝室では、寝ているか、パイプをふかしているかになる。ベッドのまわりにパイプの煙がたなびいている。それが寝室いっぱいに充満していて、向こうが見通せないほどだった。夜間は一方の側の明かりだけという決まりだった。それがきちんと守られたら、眠りたい者は——四十ものベッドがあるのだ——暗いところで眠ればいい。遊びたければ明かりのあるところで、サイコロを転がしたり、トランプで興じればいい。眠りたい者が暗いところを借用しても、誰も文句はいわない。

しかし、原則が守られたためしがない。一応、仮眠をとったあと、急にトランプがしたくなると起き出して、頭の上の明かりをつける。隣のベッドでは、しばらくは寝返りを打ったりして我慢しているが、そのうち自分も起き出して明かりをつけ、トランプに加わる。すぐさま、いっせいにパイプをふかす。なかには是非とも眠りたい者がいた。カールもその一人だったが、枕を顔にのせたり、頭から毛布にもぐりこんだりしても、やはり眠れるものではない。夜中にむっくりと起きたのが、仕事の前に街へ出て気晴らしをするつもりらしく、すぐかたわらの水いれで顔を洗い、ペッと口から吐き、やおら革の長靴をはいたりする。アメリカの靴はどれも小ぶりにつくられていて、はくとなるとキュウキュウ音がする。はいたあと、踏みしめて足ならしをする。さらに忘れものがあるような気がして、とどのつまりは隣の枕をもちあげたりする。とっくに起こされていた隣人は、このときを待っていた。わめき声をあげてとびかかる。みんな力をもてあましているし、何かがあると、力ずくに移らずにいられない。真夜中にとび起きたのが、かたわらの床で組んずほぐれつをやらかし、まわりがいっせいに明かりをつけて下着姿で見物している。そのなかで眠れというのがどだい無理なのだ。あるとき、夜のボクシングの最中に、殴られたのが眠っているカールの上に落ちてきた。起こされたカールがまず目にしたのは、その少年の鼻からふき出す鼻血だった。処置をするまもあらばこそ、ベッド全体をまっ赤に染めた。カールは勤務明けの十二時間をずっと眠りたいと思う一方で、仲間の遊びにも加わりたかった。しかし、自分は皆より一歩遅れているのだから、我慢しなくてはと思い返した。眠りの点で厄介な状況にいたのだが、そのことは調理主任にもテレーゼにも言わなかった。誰もが同じ条件なのだし、共同の寝室はエレベーターボーイにはつきもののこと。この職を得たことだけでも感謝しなくてはならないのだ。

昼と夜とそれぞれ三日勤務のあと、週に一日の休みがある。そんなときカールは調理主任のところに顔出しをしたり、テレーゼとちょっぴり話をした。どこか片隅や廊下、まれに部屋を訪ねて、ちょっとした話を交わす。テレーゼが街に買い出しに行くのにつき合ったこともある。何やかや買いつける。カールがテレーゼのバッグをもって、ほとんど小走りで地下鉄の駅にかけつけた。地下鉄はまるで引っぱられたようにすっとんで、たちまち下車。エスカレーターはまだるっこしいので、二人は階段を走り上がった。外に出ると広場から四方に通りがのびていて、どの方面からも人や車が押しよせ、ごった返していた。カールとテレーゼは人ごみをぬって急ぎ、事務所、クリーニング屋、倉庫、商店をまわっていく。電話だけでは用が足せないし、それに大切な注文や苦情は、直接すませたほうがいい。テレーゼにはカールの助けが役立った。ずっと早く用がたせていく。いつもは忙しい商人に無視されて待たされるのだが、カールはまっしぐらに受付にいくと、相手がこちらを向くまで肘で叩いた。人の頭ごしに、はっきりした英語で鋭く叫ぶので、どこでも通じる。たじろいだりせずに近づいて、いさいかまわず用件を告げた。勇気がいったし、抵抗もあったが、自分が有利な立場にいることを知っていた。オクシデンタル・ホテルは何といっても大口であって、どの商人もないがしろにできない。テレーゼは経験をつんできたとはいえ、何ごとにも気が弱いのだ。首尾よくすまして帰ってきたときなど、彼女は幸せそうに笑いながら、いつもいっしょに来てほしいと言うのだった。

カールがラムゼスで過ごした一か月半ばかりのうち、カールはテレーゼの部屋に三度だけ、数時間にわたっていたことがある。調理主任の部屋の一つで、むろん、いちばん小さい部屋だった。ちょっとした家具が窓のまわりにあるだけだったが、共同部屋の体験から、カールにはここでこそ安らげると思ったし、テレーゼにも、カールにこの小部屋が気に入っていることがすぐにわかった。テレーゼは何も隠さなかった。最初の夜に打ち明け話をしたからには、何も隠すことはない。テレーゼは私生児で、父親は建築の現場監督だった。ポンメルンからテレーゼの母親とテレーゼをアメリカへ呼びよせたが、それで義務を果したつもりになったのか、それともやつれた妻と弱々しげな子供ではなく、もっとほかのことを期待していたのか、そのあとすぐに、何もいわずにカナダに行ってしまった。手紙ひとつ寄こさず、何の知らせもなかった。無理もないかもしれない。ニューヨーク東部の巨大な貧民街では、人の行方など、まるきりつかみようがないのである。

あるとき、テレーゼが――カールはかたわらに立って窓から通りをながめていた――母親の死のことを話した。冬の夜だった。母につれられ――そのときテレーゼは五歳ぐらいだったのだろう――たがいに包みをかかえて寝ぐらを探していた。はじめ母親はテレーゼの手を引いていたが、その夜は吹雪いていて、前へ進むのも容易でない。手がしびれ、はなればなれになったが、母はうしろを振り向かない。テレーゼは必死に母親の上着の裾をつかんでいた。テレーゼはなんどもよろけ、倒れもしたが、母はまるで気がふれたように歩きつづける。ニューヨークの長い、まっすぐな通りでの吹雪に会うとなると、ひどいものだ！　カールはまだニューヨークの冬を体験していなかった。風がまともに吹きつけてくる。グルグルまわって、目をあけていられない。たえまなく風が雪をたたきつけてくる。走るようにしても、ちっとも前に進まない。子供は大人とくらべて、ちょっぴり有利だった。地面を這うようにしていけるし、それに子供は何だっておもしろがるものなのだ。そのときテレーゼは母親のことがよくわかっていなかった。いい子でいさえいれば、きっといいことがあると思っていた。頑是ない子供であって、母親の切ない死のことなど、まるでわかっていなかった。母はそのとき、まる二日間というもの仕事にあぶれていて、小銭すらもっていなかった。その日、何ひとつ口にせずに歩きまわっていた。包みにはボロが入っているだけ。念じるような気持で、捨てずに持ち歩いていたのだろう。翌日には建築現場の仕事にありつける見込みがあったが、母はなんどとなくテレーゼに言った。せっかくの仕事だがダメになるかもしれない。もう死ぬほど疲れている。その朝、通りで血を吐いて、通行人を驚かした。ただ一つの願いは、どこか暖かいところで、休むことだった。それがこの日、どこにも見つけられない。しばらく吹雪よけに休んでいたところからは、管理人に追い出された。狭い、凍りついたような廊下を進み、階段を上がり下りした。中庭を通り、どの家といわず戸を叩いたが、どこも開けてくれない。声もかけてくれない。通る人ごとにたのみまわった。一度か二度、母は息を切らして冷たい石段にうずくまり、テレーゼを招きよせ、いやがるのをかまわず痛いほどキスをした。それがあとで、最後のキスだったと気がついた。目の見えない虫けらみたいだったのだろう。そんなこともわかっていなかった。開いたドアの前を通りすぎることもあった。しめった空気が流れてきて、火事のときのような煙が立ちこめていた。戸口に姿が現われ、ドアいっぱいに立ちはだかった。つぎにはそっけなく断わられた。いま思い返すとテレーゼには思い当たるのだ。はじめこそ母はほんとうにどこかで宿りを求めていたが、真夜中をすぎてからは、誰に声をかけることもしなかった。にもかかわらず夜明けまで、ほんの少し休んでは、またもや歩きつづけた。門が開いていて、鍵のかかっていないドアには、人の気配があり、誰かしらがいた。歩くといっても、ろくに前へ進まない。ほんとうのところは這いまわっているようなものだった。真夜中から朝の五時まで、二十軒の家の戸を叩いたのか、二軒だったのか、それとも一軒だったのか、テレーゼは覚えていない。土地を効率よく使うために、廊下がどこも同じにつくってあった。同じところをグルグルまわっているのだった。テレーゼがかすかに覚えているところでは、やっとたどりついた戸口を過ぎると、また同じ戸口があって、その前に倒れこんだ。子供にとっては、むろん辛いだけで、わけがわからない。母に引っぱられたり、また逆に引っぱったりした。どこからもいたわりの声などかけられなかった。ただひとつだけ子供ごころにわかったことは、母がどこかへ行ってしまいたがっていることだった。だからしっかり握っていた。母の手を握っているときも、もう一方の手で上着の裾をつかんでいた。ときどき叫んだ。置いてきぼりはいやなのだ。ドタドタと階段を上がっていく人、姿は見えないが角の向こうから下りてくる人、小路のドアの前で口論していたのが、もつれ合って部屋にころがりこんだりした。酔っぱらいが低い声でわめきながらうろついていた。そんな連中からすり抜けた。夜ふけであって、誰も他人にかまわず、誰もうるさいことはいわないので、共同の宿泊所にまぎれこむこともできただろう。そんな施設の前を通りすぎた。テレーゼにはわからなかった。母はもはや休もうとはしないのだ。夜明けがきた。美しい冬の朝のはじまり。二人は塀に寄りかかっていた。そこでたぶん、少し眠ったのだろう。目を開けたまま立っていただけかもしれない。テレーゼは自分の包みを失くしていた。不注意のお仕置きに、母はぶつと言った。しかし、ぶたれた覚えはない。何も感じなかった。それからまた歩きだした。通りに人の姿が見えてきた。塀ぞいにいくと、一つの橋にきた。母は片手で手すりの浮彫りを撫でるようにして進み、ついに——あのときは夢中だった、いまとなっては呑みこめないのだが——母が翌日の仕事場といっていた建築現場にきていた。母は待っていろとも、どこかに行けとも言わなかった。テレーゼはそれを待つ指示だととった。いちばん、そうしたかったからだ。レンガの山にすわりこんだ。母が包みをひらき、色あざやかな布切れをとり出して、スカーフの上から巻きつけるのをながめていた。もう疲れはてていて、母の手助けもできない。ふつうは現場の事務所に向かうか、誰かに声をかけるものだが、母はまるで与えられた仕事を知っているかのように、梯子を登りだした。下働きの者は、いつもは下で石灰をこねたり、レンガを手渡したりといった単純な仕事をするものだ。だから母が賃金のいい仕事にありついたのだと思って、半分がたウトウトしながら、うれしそうにながめていた。建物はまだ一階分ができただけだった。しかし、骨組みは高く組み上げられていた。板が打ちつけてないので、青空がのぞいている。レンガ職人がレンガを積んでいた。母は巧みにすり抜けていく。なぜか誰も声をかけない。母は用心深く板仕切りに手をのばした。テレーゼは夢うつつのなかで、母親の身軽さにびっくりした。母がこちらを、やさしく見つめているような気がした。レンガが積んであるところがあって、そこが行きどまりらしかった。母はかまわず上にあがった。とたんによろけ、レンガを越えて下に落ちた。つづいてレンガが崩れた。両脚をのばして倒れている母親の姿だった。さらに間を置いて大きな板が外れ、音をたてて落下してきた。ポンメルンから持ってきた格子模様のスカートをはいていた。折れた板がかぶさるようにのっていた。まわりから走り寄る人々がいた。上の現場から、怒ったようなどなり声がした。

テレーゼが話し終えたとき、ずいぶん夜がふけていた。いつもはそうではないのに、きちんとくわしく話した。板の打ちつけてない骨組みといった何でもないところで、急に涙を流して、言葉をつまらせた。そのとき起きたことを十年たってもまざまざと覚えていた。工事現場で見たのが母親の最後の思い出であって、やはり言い足りない気がして、話し終わったあと、もういちどそのことにもどりかけたが、喉をつまらせ、両手に顔を伏せたまま、ひとことも言わなかった。

もっと楽しいひとときもあった。はじめて小部屋を訪ねたときだが、カールは商業通信文の入門書を見つけ、たのんで貸してもらった。ついてはカールが入門書のなかの課題をやってきて、テレーゼがそれを検討するということになった。カールは毎夜、両耳に綿をつめ、共同部屋のベッドを転々としながら、入門書で勉強した。少し前に調理主任にたのまれて備品調べをしたのだが、きちんと調べあげたリストを渡したところ、お礼に万年筆をもらった。その万年筆で小型のノートに課題をすませた。仲間の邪魔だては、英語のこまごましたことをたずねることで封じることができた。あまり問われてうるさくてかなわず、カールを敬遠しだしたからである。カールには、仲間たちが現況に満足しきっているのが不思議でならなかった。一時しのぎの職なのだ——二十歳をすぎると自動的にお払い箱になる——それを何とも思っていないようで、将来のことに頭を悩まさない。読むものといったら推理小説で、汚ならしく頁がバラけてきたのをベッドからベッドへ回し合っていた。

会うとテレーゼが、やけにこまかく課題を訂正した。カールはニューヨークの教授を証人にひいたりしたが、エレベーター仲間の英語と同じように、テレーゼは自説をゆずらなかった。カールの手から万年筆をとると、あやふやな個所を断固として線で消した。カールにはテレーゼ以外に頼れる人はいなかったが、曖昧なところは二重に消して、テレーゼの消したところを改めて検討した。調理主任の目にとまることがあって、彼女はテレーゼに軍配をあげた。だからといって正しさの証明ではない。テレーゼは彼女の秘書なのだ。そのうち折り合いがついて、お茶とケーキになった。カールは問われるままにヨーロッパのことを話した。たえず質問がくるので、なんども話が中断した。調理主任の驚きぶりからして、すべてが短い期間に大きく変化したことをカールは知った。自分が去ってからも変わりつづけているはずで、いまも変化しているだろう。

カールがラムゼスにきてひと月ほどたったころ、ある夜、レネルが通りすがりに、ホテルの前でドラマルシュという男に話しかけられ、カールのことを訊かれたと言った。レネルには言ってはならないわけなどなかったので、カールがエレベーターボーイをしていること、調理主任に目をかけられているので、そのうちほかの職に引き上げられるはず、といったことを、ありのまま話したという。ドラマルシュが用心深くレネルに探《さぐ》りを入れたことはあきらかだった。夜、いっしょに食事をしようなどと言ったそうだ。

「一切かかわりたくない」

と、カールが言った。

「あいつには気をつけろ。してやられる」

「おれが?」

とレネルは言うと、胸をそらして、急ぎ足で立ち去った。ホテル中で、レネルはいちばんの洒落者なのだ。誰が言いだしたのかわからないが、噂がひろまっていた。かなり前からホテルに滞在中の某夫人から、エレベーターの中でキスされたというのだ。品のいい、とりすました女で、少しもそんなことをしそうに見えない。ゆっくりとした軽い足どりで、やわらかいショールをつけ、からだにぴったりの服を着ている。噂を知っている者は、彼女が前を通ると、目で追った。部屋は二階で、レネルの担当ではないが、ほかのエレベーターがふさがっていれば、どれを使ってもいいのである。誰も拒めない。そのため、くだんの女性がときおり、カールとレネルのエレベーターに乗ってきた。たしかにレネルの当番のときにかぎられる。

偶然だったのかもしれないが、誰も偶然とは思わず、ドアが閉じてエレベーターが動き出すと、仲間たち全員に押し殺したようなざわめきが生じ、はてはボーイ長が乗り出してくるまでになった。その女のせいか、それとも噂のせいかはわからなかったが、レネルはすっかり変わってしまって、ずっとお高くとまりだした。掃除もすっかりカールまかせで、カールにもいろいろ言い分があるのだが、共同の寝室にも姿を見せない。仲間からこんなにはなれてしまったのは、レネルひとりだった。みんなはともかくも仕事のことでは団体をつくっていて、ホテル側からも認められていたのである。

カールはそんなことを思い出し、またドラマルシュのことを考え、いつもどおりに仕事をすませた。真夜中ちかく、ちいさな気晴らしが舞いこんだ。テレーゼはときおり贈り物で驚かせるのだが、このたびは大きなリンゴとチョコレートをもってきた。二人はしばらく話をした。客がきて中断しても、べつに支障はない。ドラマルシュのことが話題になった。カールがこれまでテレーゼに話したことから、彼女にはドラマルシュが危険な人物のように思えているらしかった。しかし、カールは実際のところ、単なる一人のルンペンとみなしており、不運つづきで身をもち崩しただけで、危険な人物などとは思っていなかった。テレーゼは気をもんで、ながながとしゃべったあげく、ドラマルシュとはひとことも口をきかないことを誓わせた。すでに真夜中をすぎていたので、カールがなんども部屋に帰るように言ったが、テレーゼはぐずぐずしている。職場をはなれてもカールが部屋につれもどそうとすると、やっと承知した。

「どうしてよけいな心配をするんだ」

と、カールが言った。

「心配で眠れないというのなら、約束する。やむをえないことのほかは、ドラマルシュとは口をきかない」

そのあとドッと客がきた。隣のエレベーターの担当がべつの仕事に使われていて、カールが両方を見なくてはならない。苛立ちの声が上がった。婦人づれの紳士がステッキでカールを軽くつついて、せき立てた。無用の警告というものだ。隣のエレベーターに担当がいないとわかれば、カールのほうに移ってくればいいのに、そうしないであいかわらず並んでいる。ノブに手をかけたり、勝手に乗りこんだりする。エレベーターボーイの服務規定に厳しく注意されていたことだ。やむなくカールは二つを往き来して上がったり下がったりした。するべきことをきちんと果たしているという気がしない。三時ちかくに、カールが少し親しくしている年寄りの荷物係が、何か用をたのみにきたが、二つのエレベーターの前に列ができているありさまなので、とても聞いてはいられなかった。やっと隣の担当がもどってきてホッとした。ふたことみこと、非難のことばを投げかけたが、きっと彼のせいではなかったのだろう。四時をすぎて、ひと息ついた。カールはぐったりとそばの手すりにもたれ、ゆっくりとリンゴを食べた。最初のひと齧りで、強い香りがたちのぼった。目の下に貯蔵室の大きな窓が並び、明かり窓ごしにバナナの房がのぞいていた。暗闇のなかでなおうっすらと浮いて見えた。

## Ⅵ　ロビンソン事件

そのとき、肩を叩かれた。カールはすぐさま客だと思って、あわててリンゴをポケットに押しこみ、ちらりと目をやってからエレベーターの方へ向かいかけた。

「ロスマン君、久しぶりだ」

その男が言った。

「おれだ、ロビンソンだ」

「変わりましたね」

カールは首をかしげた。

「このところ調子がいい」

ロビンソンはそう言うと、自分の服に目をやった。生地はいいのだろうが、いくつもしわがよっていて、むしろみすぼらしく見えた。いちばん目立つのは、あきらかにはじめて身につけた白いチョッキで、四つの小さなポケットに黒い縁どりがしてあった。これ見よがしに胸を突き出した。

「高かったでしょう」

前にもっていたきれいな服をカールは思い出した。レネルにもひけをとらない代物だったが、あのたちの悪い二人組が売ってしまった。

「そうとも。ほとんど毎日、買い物をしている。このチョッキはどうだ」

「いいですね」

と、カールは言った。

「このポケットは本物じゃない、見せかけだ」

わざわざカールの手をとって、さわらせようとしたが、カールは一歩下がった。ロビンソンの口元から、ひどい酒の匂いがした。

「また飲んでいる」

カールは手すりにもどった。

「そんなに多くじゃない」

ロビンソンはその口の下で、先ほどの満足した調子とは矛盾することをつけ加えた。

「ほかにこの世で何のたのしみがある?」

いちど上にのぼる用があって話が中断した。カールが下りてくると、電話がかかっていた。すぐにホテルづきの医者を呼んでくること、八階の女性が失神の発作を起こした。その使いに出ているあいだ、カールはひそかに、ロビンソンが立ち去っているのを望んでいた。いっしょにいるところを見られたくなかったし、テレーゼとの約束もある。しかし、ロビンソンは同じところに、酔っぱらった人間におなじみのしゃちこばった姿勢で突っ立っていた。ホテルの幹部が黒いモーニングにシルクハットの正装でそばを通ったが、幸いにもロビンソンにはとくに注意を払わなかった。

「おれたちのところにもどらないか。とても調子がいいんだ」

ロビンソンは誘いかけるようにカールを見つめた。

「きみが招いてくれるの。それともドラマルシュなの？」

「おれ、ならびにドラマルシュだ。われわれは一体だからな」

と、ロビンソンが言った。

「ならば言っとくけれど、ドラマルシュにも同じことを言ってほしい。はっきりとキリをつけたわけではないが、たしかに別れたんだ。きみたち二人は、ほかの誰よりもぼくを苦しめた。これ以上は邪魔立てしないでもらいたい」

「おれたちは仲間だろう」

酔っぱらいに特有の涙を浮かべてロビンソンが言った。

「ドラマルシュも悪かったと言っている。おれたちはいまブルネルダといっしょなんだ。とびきりの歌手だ」

つけ加えてロビンソンは高い調子で歌をがなり立てようとした。すんでのところでカールが差しとめた。

「やめてくれ。ここをどこだと思っているの？」

「ロスマン君」

ロビンソンは少しばかり恐縮の身ぶりをした。

「きみは友人だ。言いたいことは何だって言っていい。ここでいいポストについている。小銭を融通してくれないか」

「飲んでしまうだけでしょう」

と、カールが言った。

「ポケットに酒瓶を入れてるね。いまぼくがいなかったすきに飲んだんだ。さっきはまだしっかりしていたのに」

「気つけ薬さ、それだけ」

と、謝るようにロビンソンが言った。

「手は貸したくない」

カールが言った。

「金をくれ」

ロビンソンが目をむいて言った。

「さてはドラマルシュに金をとってこいといわれたんだな。よし、わかった、金はわたす。しかし、ここからすぐに立ちのいて、二度と来ないという条件つきだ。何か伝えたいことがあれば、手紙を寄こせばいい。ホテル・オクシデンタル、エレベーターボーイ、カール・ロスマン、これだけで届く。くり返すが、ここには来ないでもらいたい。勤務についているんだから、人に会っているひまがない。条件をのむのか、のまないのか、どうなんです?」

カールは胸のポケットに手をやった。今夜のチップはなかったものと思えばいい。ロビンソンはただうなずくだけで、大きく息をついた。カールはその意味がわからず、もういちどたずねた。

「いったい、どうなんだ?」

ロビンソンが招きよせる手つきをした。それから吐くような身ぶりをして言った。

「気分が悪い」

「たいへんだ」

カールはとびあがった。両手でロビンソンを手すりのところへ引っぱった。

ロビンソンの口からあふれたものが下の吹き抜けに落ちていった。吐きながらもがいて、カールにしがみついてきた。

「おまえはなんて親切なんだ」

と、ロビンソンが言った。

「もう大丈夫だ」

なおも吐きながら、そんなことを言った。

「畜生、あいつら、ひどいのを飲ませやがった」

カールは気分が悪いのと不安からその場をはなれ、行ったり来たりしはじめた。エレベーターのわきの隅っこにあたるので人目にはつかないが、誰かに見とがめられたらどうなるか。金持の神経質な客とききたら、ちょっとしたことでもホテルの者をよびつけて苦情を言いたてる。すぐさま全員に雷が落ちるだろう。ホテルの探偵がいつも嗅ぎまわっているというではないか。誰が探偵なのか幹部しか知らない。みんながたがいに疑り合っており、近目のせいかもしれないが、さぐるような目つきをしているそうだ。夜でも修理作業が行なわれていて、誰かが下の倉庫へ出向いていく。採光用の吹き抜けに、とんでもないものを見つけて、カールに電話で、いったい上で何があったのかとたずねるだろう。ロビンソンのことでしらを切ることができるだろうか？　ロビンソンは隠しおおせても、いずれにせよカールが尋問される。すぐにもクビになるにちがいない。エレベーターボーイは全従業員のなかのいちばん下のクラスなのだ。いつでも取り換えがきく。それが友人をつれ込んで、汚物をまきちらした。客が仰天し、荷物をまとめて出ていったとしよう。そんな友人をもち、勤務時間中に訪ねてこさせるようなエレベーターボーイを、そのまま使いつづけるだろうか。当人も酒飲みだと思われるだろう。もっと悪くとられるかもしれない。ホテルそなえつけの酒を友人にふるまって、その結果、シミひとつないホテルに、とんでもないことをしでかした。飲み物をちょろまかすとしたら、それだけで収まらず、客の油断をみすまして、何をするかしれたものではない。ホテル客はいたってのんきであって、トランクを開けたままにしていたり、テーブルに貴重品を出しっぱなしにしているものだ。箱だって開けたまま、鍵をそこいらに無造作に置いていないか。

地下酒場のショウが終わったらしく、客の姿が見えた。カールはすぐさまエレベーターのところにもどった。振り返るのが恐ろしくて、うしろを見なかった。ロビンソンは声をたてない。吐息も聞こえないのが、なおのこと不安だった。客の世話をして、上がったり下がったりしている間にも、気持は上の空で、下に降りてくるたびに、とんでもない事態が頭をかすめた。

そのうち客がとだえた。ロビンソンは隅にうずくまり、顔を膝にうずめるようにしていた。丸くて堅い帽子がずり落ちかけている。

「さあ、早く」

カールは小声で、しかしはっきりと言った。

「金をわたす。急いでくれ。いちばん近い出口があるんだ」

「だめだ、足が立たない」

ロビンソンはちっぽけなハンカチで額を拭った。

「死にそうだ。気分が悪い。ドラマルシュがお上品な店につれていった。あんな酒は大嫌いだ。いつも言っているのに聞いてくれない」

「ここにはいられない」

と、カールが言った。

「立場を考えてよ。見つかったら、きみは罰をくらうし、ぼくはクビになる。そうしたいのか」

「足が立たない」

ロビンソンがまた言った。

「ひと思いにとび下りたいくらいだ」

手すりのあいだから下の吹き抜けを指さした。

「ここにすわっているぶんには我慢できるが、立つのはダメだ。さっき、やってみた」

「じゃあ車を呼ぼう。病院にいくといい」

ロビンソンの脚をゆさぶった。両脚は力なくダラリとのびている。ロビンソンは病院と聞くと何か思い当たることがあるらしく、声をあげて泣き出し、すがるようにカールに手を差し出した。

「しずかに」

カールはロビンソンの手を引き下ろし、エレベーターのところに走った。先ほど代わってやった仲間に、しばらく代理をたのんで、ロビンソンのもとに走りもどると、なおもしゃくりあげて泣いているのを、全力で引っぱり上げて、その耳にささやいた。

「いいね、面倒をみてやる、だからしっかりしてくれ。ほんのしばらくの辛抱だ。ぼくのベッドにつれていく。気分がよくなるまで、そこにいていい。きっとすぐに治るとも。いまはおとなしくするんだ。廊下やあちこちに人がいるし、寝室は共同部屋だ。ちょっとでもへんな目で見られたら万事休すだ。いいね、目をしっかり開けておく。死にそうな病人のようにはつれていけないからね」

「いわれたとおりにする」

と、ロビンソンが言った。

「でも一人じゃ無理だろう。レネルをよんでこないか」

「レネルはいない」

と、カールが答えた。

「そうだ、そうだった」

と、ロビンソンが言った。

「レネルはドラマルシュといっしょだ。二人にいわれて、おれが来たんだ。何だってごちゃごちゃにしている」

わけのわからないひとりごとのあいだにロビンソンを引っぱり出して、無事に角まできた。そこから明かりが弱くなって、共同の寝室につづいている。仲間のエレベーターボーイが小走りでわきを通っていった。なんとか危い目にあわなかった。早朝四時と五時のあいだは、もっとも人出のない時刻なのだ。いまうまくいかなければ、夜明けになると、もとより不可能なことがカールにはわかっていた。

寝室では一方の隅で取っ組み合いか、あるいは何かほかの騒ぎの最中で、手を打ち合わしたり、せわしなく足踏みしたり、掛け声がとびかっていた。ドアに近い側の半分はベッドがまばらに埋まっており、たいていは寝そべったまま天井を見つめている。着換えをしたのや、下着のままの何人かが、ベッドからとび出して、騒ぎのほうに駆けていった。ロビンソンは少しは足が地に着いたようで、誰にも気づかれずに、なんとかレネルのベッドまでたどりついた。ドアに近いうえに、幸いにも空いていた。カールが遠くからたしかめたところでは、自分のベッドに見知らない少年が眠っていた。ベッドに手がとどくやいなや、ロビンソンは──片足をダラリと外に垂らしたまま──すぐに眠りこんだ。カールは毛布を顔のところまで引き上げた。これで少なくともしばらくは心配しなくてもいい。ロビンソンはきっと六時までは目覚めないだろう。そのときにはカールがもどっているし、レネルとも相談できる。幹部が寝室の検査にくることはめったにない。以前は定期的だったのを、数年前に仲間全部ではねのけた。この点では心配はいらない。

カールがエレベーターのところにもどってくると、自分担当のエレベーターも、隣のエレベーターも上に昇っていた。わけがわからないまま落ち着かずに待っていると、カールのエレベーターが先に下りてきて、ついさきほど廊下ですれちがった少年が降りてきた。

「どこに行ってたの、ロスマン」

と、少年がたずねた。

「どうしていなかったの？　なぜ連絡していかなかったの？」

「ちゃんと言ったよ、しばらくたのむって」

ちょうど降りてきた隣のエレベーター係をカールは指さした。

「いちばん忙しいときに二時間も代わりをしてやった」

「助けてもらった」

と、相手の少年が言った。

「でも、それだけではダメなんだ。ほんのしばらくでも持ち場をはなれるときは、事務室のボーイ長に連絡しなくちゃあならない。そのことを知らないの？　そのために電話がある。よろこんでお返しをしたいところだったけど、大変だった。ちょうど四時半の急行列車の客がドッとやってきて、ぼくの方ときみの方とに行列ができたんだ。きみの方を動かして、ぼくの方の客を待たすわけにいかない。それでまずぼくのエレベーターで上にあがった」

二人とも黙ったので、カールが緊張してたずねた。

「それで？」

「そこへやってきたんだ」

隣のエレベーター係の少年が言った。

「ちょうどそこへボーイ長が通りかかって、きみのエレベーターの前の列を見たんだ。すぐにカンカンになって、ぼくに探してこいと言ったが、きみがどこに行くのか、ぼくは聞いていなかった。するとボーイ長が寝室に電話をして、すぐに代理が駆けつけたんだ」

「さっき廊下で出くわしたよ」

と、代わりの少年が言った。カールはうなずいた。

「むろん、すぐに言ったよ」

と、隣のエレベーターの係が話をつづけた。

「きみからたのまれたってことも言った。でも、ボーイ長はそんな言いわけを聞く耳もたないんだ。まだよくあの人を知らないんだな。事務室にくるよう伝えることになっていた。ここにぐずぐずしていないで、すぐにいくといい。きっと許してくれる。ほんの二分ほど留守にしただけなんだ。ぼくにたのんでおいたって言えばいい。でも、先に代わりをしたことは言わないほうがいいよ。ぼくは許可をとっていたから大丈夫だ。とにかく、そういう言い方をすると、かえってまずいんだ」

「持ち場をはなれたのは、はじめてだ」

と、カールが言った。

「誰だってそうだ。でも信じてくれないよ」

と少年は言い、客の姿を見てエレベーターへ走っていった。

カールの代わりをつとめたのは十四歳ぐらいの少年だった。いかにも同情の目でカールを見た。

「よくあるけど、たいてい大目にみてもらえる。ふつうはべつの部署に移されるんだ、こういうことでクビになったのは一人だけだ。言いわけを考えとくといい。急に気分が悪くなったなんて言っちゃあダメだ。笑いとばされるだけだからね。客から至急の用をたのまれたっていうのはどうかな。べつの客に伝言をたのまれて走ったことにする。問われたら、どの人だったか、もう思い出せないって言うんだね」

「そうだね」

と、カールは言った。

「ひどいことにはならないと思うよ」

しかし、カールには逃げ道がないような気がした。かりに持ち場をはなれたことは許してもらえても、共同の寝室にロビンソンがいる。動かぬ証拠というものだ。ボーイ長はきっと、ありきたりのことではなく、厳しく調べさせるだろう。ロビンソンを見つけ出すにちがいない。かかわりのない者を寝室に泊めてはならないとは規則にないが、そもそもありえないことなので規則に入れてないだけなのだ。

カールが事務室のドアを押したとき、ボーイ長は朝の珈琲を飲んでいた。ひと口すすってから、またもやリストに目をやった。ちょうど門衛主任が持参したところで、当人がその場に待機していた。並はずれた大男で、飾りがどっさりついた制服を着ていた。肩や腕からも金の鎖やリボンが下がっていて、なおのこと肩幅が大きく見える。まっ黒な髭をはやしていて、その先をハンガリー人のようにピンとがらせていた。顔をどんなに動かしても髭の形は崩れない。制服が重いので、動くのが大儀らしく、両脚をふんばって、体重を二等分にして突っ立っていた。

カールは勢いよく、走りこむように事務室に入った。ホテルで習い覚えたところであって、ふつうの人は、ゆっくりと落ち着いているのが礼儀だが、エレベーターボーイにはそれは怠惰とされるからだ。それに息せき切ってやってくると、悔悛の情が認められる。ボーイ長はチラリとドアに目をやってから、カールを無視して珈琲に手をのばし、またもや書類を読み出した。カールがとびこんできたので門衛主任は邪魔されたと思ったようだ。ボーイ長に何か内密のことを伝えにきたのか、あるいは頼みごとがあるのか、カールを不快そうにねめつけ、頭をつき出した。ついで狙いどおりにカールと目が合うと、すぐさまボーイ長に顔を向けた。いちど中に入ったからには、ボーイ長の指示なしに事務室を出るのもへんなものだとカールは思った。ボーイ長はあいかわらず書類をじっと見つめている。あいまに菓子をつまみ、さらに書類から目をそらさずに珈琲に砂糖を入れてかきまわした。そのうち書類が一枚、ハラリと床に落ちた。門衛主任は拾い上げるそぶりもしなかった。そんなためにここに来たのではないというのを態度で示したぐあいだ。またその必要もなかった。すぐさまカールが拾い上げて、ボーイ長に渡した。ボーイ長は紙が自然に床から飛びもどったかのように、さもこともなげに受けとった。ちょっとした奉仕も何の助けともならなかった。門衛主任はあいかわらず、険悪な目つきでねめつけている。

しかし、カールは落ち着いてきた。自分のことはボーイ長には、およそ重要ではないらしい。よい兆候というものだ。つまるところ当然のことであって、エレベーターボーイというのは何ものでもなく、何の権限もない。だからしてまた何ものでもありえない。ボーイ長もまた、かつてはエレベーターボーイだった——この人たちは、そのことを誇りにしている——エレベーターボーイの組合をつくった張本人であって、許可なしに持ち場をはなれたこともあったはずだ。そのことは、とやかくいわないにしても、元エレベーターボーイであったからこそ、よけいに規律を厳しくして引きしめるといったことも考えられる。カールはほかに、時のたつのを期待していた。事務室の時計は五時十五分をすぎていた。レネルが帰ってくるころだ。ことによると、すでにもどっているかもしれない。ロビンソンがもどってこないのに気づいただろう。ドラマルシュもレネルも、ホテルからそれほど遠くないところにいる。カールはそう考えていた。さもないとロビンソンが、あんなにふらつく足でここまで来られたはずがない。レネルはきっと自分のベッドにロビンソンがいるのに気づいただろう。すると解決だ。レネルは実務家であって、しかも自分の利害となると、手ぎわがいい。レネルはきっとロビンソンをホテルからつれ出すだろう。ひと眠りしたロビンソンは元気になっているだろうから、なおのこと簡単だ。それにきっと、ドラマルシュがホテルの前に待ち構えていて、ロビンソンを引きとっている。ロビンソンさえいなくなれば、カールはずっと安心してボーイ長に応答できる。ひどい叱責はくらうかもしれないが、それでもって放免される。それからテレーゼと相談して、調理主任にありのままを話すかどうかを決めるとしよう——むずかしいことではない——それがすめば、おおかたのところは何もなかったことになる。

そんなことを考えていると気持が静まった。そこでそっと、夜のうちにもらったチップを数え直した。いつにない実入りと思えたからだ。このときボーイ長が書類から目を上げた。

「フェオドール、もうちょっと待ってくれ」

そう言って書類を机に置いた。それから勢いよく立ち上がり、大声でカールにまくしたてたので、カールはびっくりして、ぼんやりとボーイ長の大きな口を見つめていた。

「おまえは許可なしに持ち場をはなれた。それがどういうことか、わかっているな？　クビだ。言いわけは聞きたくない。事実だけで十分だ。持ち場にいなかった。一度でも大目にみると、つぎには四十人のエレベーターボーイ全員が持ち場をはなれる。五千人の客に階段をのぼらせるのか？」

カールは黙っていた。門衛主任が近づいて、カールのしわのよった上着を、わざとらしく引っぱり下ろした。そうやって服装の乱れにもボーイ長の注意を向けた。

「急に気分が悪くなった、そうなんだな」

ボーイ長が小狡《こずる》そうに言った。カールはじっと相手を見つめ、「いいえ」と答えた。

「気分が悪くなったといったことですらない」

ボーイ長がさらに声を強めてどなった。

「もっと大きな嘘を考え出したのだな。それを言え、どんな言いわけだ?」

「電話で許可をとらなくてはならないことを知らなかったのです」

と、カールは言った。

「よくぞ言ったな」

ボーイ長はカールの首すじをつかみ、ぶら下げるようにして、壁にピンでとめてあるエレベーター運行規定表の前へつれていった。門衛主任も壁のところまでついてきた。

「これだ、読め!」

規定表を指さした。心覚えのためと思ってカールが読んでいると、「声を出せ!」とボーイ長がどなった。

声を出すかわりに、カールはボーイ長を落ち着かせることを願って答えた。

「規定はよく知っています。べつにいただいたので、よく読みました。こういうことになるとは思わなかったので、うっかりしていました。この二か月のあいだ、ぼくはいちども持ち場をはなれたことはありません」

「そのお返しに、仕事場からはなれさせてやろうじゃないか」

そう言うなりボーイ長は机にもどり、書類を手にとって、またもめくりだしたが、つぎには無用の紙束のように机にたたきつけ、顔をまっ赤にして部屋中を行きつ戻りつしはじめた。

「こういう悪ガキのために規定があるんだ。夜のあいだに人さわがせをやらかした」

吐き出すように言った。

「こいつが持ち場をはなれていたとき、どこのどなたが待ちぼうけをくわされたのか、知っているか?」

と、門衛主任に声をかけた。それから一つの名前をあげた。門衛主任は仕事柄、客をことごとく知っている。名前を聞いて、すくみ上がるそぶりをした。すぐさまカールに目をやった。どんなに大変なことをしでかしたのか、あらためて思い知らせるように言った。

「とんでもない！」

カールに向かって、さも思わしげにゆっくりと首を振った。カールはその顔を、せつない思いで見つめ返した。そのものわかりの悪さのせいで、ひどい目にあいそうな気がした。

「おまえはよく知っている」

門衛主任は太い大きな人差指をつき出した。

「玄関を通りすぎるとき、挨拶をしない。おまえひとりだ。何さまと思っている？　玄関を通りすぎる者は、だれであれ挨拶をする。ほかの門衛にどうしようと勝手だが、わしには挨拶してもらおうじゃないか。ときおり気づいていないふりをしていたが、お見通しだった。安心していたらしいが、ズルをしているのはよく見ていた！」

カールに背を向け、肩をそびやかしてボーイ長に歩みよった。ボーイ長はそれにかまわず、朝食を終えると、従業員が配ってきた新聞に目を走らせていた。

「門衛主任さん」

カールのほうから声をかけた。ボーイ長の注意がそれているあいだに、こちらの事柄をはっきりさせたいと思った。非難されたことよりも、相手の敵意のほうが厄介だった。

「ぼくはむろん、挨拶しています。アメリカに来てまだ間がありませんが、ヨーロッパからやってきました。あちらはご承知のとおり、よけいすぎるほどに挨拶するところです。その習慣をいまも持ちつづけています。二か月ほどニューヨークにいたとき、たまたま上流の人々といっしょでしたが、何かあるたびに丁寧すぎるといわれました。そんなぼくが挨拶しないわけがありません。毎日、なんどか挨拶していました。むろん、お目にかかったたびごとじゃありません、日に百回から前を通っていますから」

「いつも挨拶するんだ。例外なしのいつもだ。わしに話しているあいだは、帽子をきちんと手にもってもらおう。なれなれしく話しかけるな。いつも《門衛主任》とよぶんだ」

「いつもですか？」

カールは小声で、いぶかしげにたずねた。やっと思い出したのだが、カールがここに入ってからずっと、門衛主任はいつも険しい、不快そうな目でにらみつけてきた。まだ勤めがきまっていなかった最初の朝、少しせきこんでたずねたことがある。二人の男がたずねてこなかったか、写真か何かをのこしていかなかったか、といったことだ。やにわに問いかけたことを思い出した。

「ズボラをすると、どんな目にあうか、わかっただろう」

門衛主任はまたもやカールにかぶさるように近づくと、自分の仕返しをしてくれる人のように、新聞を読んでいるボーイ長を指さして言った。

「つぎの勤め先では、きちんと門衛に挨拶することだ。オンボロの場末の飲み屋に移ってもだな」

自分がもう勤め口を失っていることにカールは気がついた。ボーイ長がはっきり口にしたし、門衛主任は既成の事実のようにくり返した。たかがエレベーターボーイのことで、わざわざホテルの幹部の承認をとるまでもない。カールが予想していたよりも早くにやってきた。この二か月というもの、しごく熱心に働いた。ほかのだれよりも勤勉だった。しかし、そんなことは決定にあたって何の役にも立たないのだ。ヨーロッパでもそうだし、アメリカでも同じこと。カッとした人の口から洩れたひとことで、すべてが決まる。すぐにまわれ右をして、出ていくのが最良だろう。調理主任やテレーゼには、あとで手紙で事情を述べるとしよう。乱暴なことだが、少なくとも辛い別れ方はなしですませられる。すぐにも荷造りして、そっと出ていく。かりにもう一日いるとしても――ほんの少しでも眠りたかったが――ろくなことはない。事が大げさにひろまって、いろいろ非難される。テレーゼは泣き出すだろう。調理主任も泣く。それを見るのは辛い。それに処罰をくらうことにもなりかねない。その一方で考えが迷った。ここには二手の敵がいて、何を言おうとも、どちらかに誹《そし》られ、悪くとられる。そのためにもカールは口をつぐんでいた。さしあたり、まわりが静かなのがここちよかった。ボーイ長はなおも新聞を読んでいた。門衛主任はテーブルにちらばった書類を番号順に整理していた。ひどい近眼で、ずいぶんと手間どっていた。

ボーイ長はあくびをしながら新聞を下に置いた。カールがまだそこにいることを確かめてから、電話の呼び鈴を鳴らした。なんども「ハロー」と呼びかけたが返事がない。

「だれも出ない」

と、門衛主任に言った。カールには思えたのだが、門衛主任は電話の相手方に特別の関心がありげだった。

「もう六時十五分前ですから、あの人はきっと起きていますよ。もっと強く鳴らしてはどうですか」

と、ボーイ長に言った。

このとき、やにわに先方からかかってきた。

「ボーイ長のイスバリーです」

と、ボーイ長が言った。

「おはようございます、調理主任さん。起こしてしまったでしょう。申しわけないです。ええ、もう五時四十五分です。驚かして、まったくもって申しわけないしだいです。おやすみのときは電話を切っておられますね。つまらないことでしてね、お騒がせするのは心苦しいのです。もちろん、結構ですとも、お待ちしますとも。電話のそばにいますから、どうぞ、どうぞ、かまいませんとも」

門衛主任は緊張したおももちで電話にかがみこんでいる。

「ネグリジェで電話のところへ走ったんだ」

ボーイ長がうす笑いを浮かべて言った。

「起こしたらしい。いつもはタイピストの娘が起こすのだが、今日はどうかしたらしい。起こして悪かった。神経質な人だからな」

「どうして切ったのです?」

「娘のようすを見にいった」

受話器を耳にあてたままボーイ長が言った。このときまた電話が鳴った。

「なるほど、わかりました」

ボーイ長は電話をつづけた。

「驚かして申しわけありません。ちゃんとおやすみにならなくてはなりませんのにね。手みじかに申します。エレベーターボーイのことなんですが、名前は――」

ボーイ長が振り向いた。カールは察知して、すぐさま名前をささやいた。

「そう、たしかカール・ロスマンといいました。あなたが目をかけていらっしゃる。残念ながら、ご好意に応えておりません。勤務時間に許可なく持ち場をはなれたのです。多大の迷惑をかけました。それでクビにしました。どうか了承してください。え？　いえ、そうです、クビです、クビにしました。持ち場をはなれたからです。いえ、これはゆずれません、わたしの権威がかかっていて、ゆずるわけには参りません。一つを許すと、全部が崩れます。エレベーターボーイにはとくに厳しさが必要です。このケースにかぎっては、心苦しいですが、ゆずれませんね。もし残すとなると、こちらの腹わたがどうかなりそうです。あなたのためにも、おいておくわけにいかないのです。ご好意にまったく応えていないのですからね。きっとガッカリなさる。心苦しいしだいです。当人が前におりますから、よけいはっきり申しておきます。クビです、再考の余地なく、よそに移すのもダメ、使えません。ほかにも苦情が出ていまして、門衛主任のフェオドールが訴えているのです、礼儀知らずで厚かましいと言っています。十分な理由があります。あなたはおやさしい。わたしのせいじゃないのです」

このとき門衛主任がかがみこんで、ボーイ長の耳にささやいた。ボーイ長はまず驚いたふうに目をみはり、つづいて早口で話しだした。カールには、はっきりと聞きとれないので、つま先立ちして二歩ばかり近づいた。

「正直申しますと――」

と、ボーイ長が言った。

「あなたにこんなに人を見る目がないとは思いませんでした。あなたの秘蔵っ子のことで、いま知ったのですが、お考えを変えなくてはなりませんよ。いまここで言わなくてはならないのが辛いのですが、あなたが目をかけていらっしゃる優等生はですね、勤務明けのたびに夜遊びに出かけているのですよ。朝帰りです。証人がいます。ちゃんとした証人です。いったい、遊ぶ金をどうやっているのでしょうな。仕事に気持がのらないわけだ。夜の町で何をしているかは言わずにおきます。早いとこクビにするのがいちばんです。渡り者にうかつに目をかけてはいけない見本ですね」

「ボーイ長さん」

カールが叫んだ。誤解があるのだ。それが解ければ、すべてが一気に解決するように思って気持がはずんだ。

「人ちがいです。いまこちらから、ぼくが夜遊びに出かけるといわれたのでしょうが、まるでちがいます。ぼくはほとんど毎晩、共同部屋にいました。ほかのみんなが証人になってくれます。眠れないときは簿記の勉強をしていたのです。寝室から出たことはひと晩もありません。簡単に証明できます。門衛主任さんは、だれかとまちがえているのです。さきほどの挨拶の件も、これでよくわかりました」

「黙れ」

ふつうなら指を立ててくるところだが、門衛主任は握り拳をつき出した。

「だれかとまちがっていると言ったな。まちがいをして門衛主任がつとまるか。イスバリーさん、人ちがいをするようでは主任をおりさせてもらいますぜ。この三十年間、いちどたりとも人ちがいなどしなかった。これまでのボーイ長に確かめていただこう。このガキにかぎって人ちがいをしたときた。このノッペリした顔を見まちがえたりするものか。毎晩、こっそり抜け出していた。このつらを見れば生まれつきの風来坊だと、ひと目でわかる」

「フェオドール、もういい！」

ボーイ長が言った。電話が急に切れたらしい。

「ことは簡単だ。夜遊びのことは、さしあたり関係ない。それを言いだせば、ややこしくなる。やめる前にあらためて再調査などを言い出しかねない、そういうことを言いかねないやつなんだ。四十人のエレベーターボーイを召集して、いちいち聞かなくちゃあならない。ちゃんと覚えているやつなんかいないのだ。ほかの従業員にもことが及んで、ホテル業務が停滞する。とどのつまりは追い出されても、こいつにはいい置き土産ができるというものだ。そんなことはごめんだ。人の好い調理主任をいいようにあしらった。それだけでもひどい話だ。尋問などしたくない。職務怠慢につき即刻クビだ。計算書を出してやるから、それをもって会計へいって、今日までの賃金を受け取れ。まったくのところ、調理主任のことを考えて、おまえにほどこす餞別ってものだ」

電話が鳴り、ボーイ長はサインを中断した。

「またエレベーターボーイか、手を焼かせやがる」

受話器を耳にあてた。すぐさま声を荒げた。

「なんてこった！」

電話から向き直って門衛主任に指示を出した。

「フェオドール、そいつをつかまえておけ。ほかにも話すことがある」

それから電話にもどった。

「よし、すぐに来い！」

門衛主任には、先ほどはできなかったウップンばらしの機会がめぐってきたというものだ。カールの肩ちかくをつかんだ。ふつうのつかみ方なら我慢できるが、ゆるめたと思うと、つぎには強くしめつける。順にしめつけを強くしていく。その並外れた体力のもとでは、とめどなくしめつけられる。カールの目に涙がにじんだ。つかまえておくだけでなく、引っ張りまわせと指示を受けたように、さらに両腕をとってぶら下げ、振りまわした。その間にも半ば問いかけるように同じ言葉をくり返した。

「このおれが人ちがいをしたと言ったな。このおれが人ちがいをしたと言ったな」

名前をベスとかいった少年が、エレベーターボーイの代表をしていた。肥っていて、いつも喘いでいる。その少年がやってきて、門衛主任の注意が少しそれた。カールはひと息ついた。すっかり疲れはてていて、少年のうしろにテレーゼの姿を見たが、目をみはっただけで声が出なかった。テレーゼは血の気のない顔で、服が乱れ、髪も乱れたままだった。まっすぐカールのそばにきて、耳もとでささやいた。

「調理主任さんは知っているの?」

「ボーイ長が電話をした」

と、カールは言った。

「なら、いいわ、安心していい」

テレーゼが目を輝かせた。

「ダメだ」

と、カールは言った。

「きみは知らないんだ。ぼくは憎まれている。ここにいられない。調理主任も納得した。ここなどにいないで、部屋にもどるんだ。あとからお別れにいく」

「ロスマンったら、何を考えてるの。ここにいられるわ。好きなだけいられる。ボーイ長は調理主任さんが好きなの。先だってたまたま知ったのよ。彼女の言うことは何だって聞く。安心していい」

「テレーゼ、たのむから部屋にもどってよ。きみがここにいると、気になってならない。嘘が言いふらされているから、自分を守らなくちゃあならないんだ。できるだけ用心して、主張しなくちゃあならない。それではじめて、いられることになるかもしれない。だからテレーゼ、お願いだから――」

痛みのあまり、口がもつれた。

「こいつが敵だとは思わなかった。しめつけてくる。引っ張りまわす。はなしてくれない」

（へんなことを言ってしまった！）

すぐさまカールは気がついた。女に言うべきことではないのだ。事実、テレーゼはカールがとめるまもあらばこそ、門衛主任に食ってかかった。

「その手をすぐにはなしなさい。痛がっているじゃないの。調理主任が駆けつけてくるわ。ひどいことをしていると、すぐにわかる。はなしなさいよ。いじめるのが楽しいの」

「いわれたことをしているだけでね」

門衛主任はそう言いながら片手でテレーゼを抱きすくめた。もう一方の手は、あいかわらずカールをしめつけていた。痛めつけるだけでなく、自分の腕に、ながらくできなかった思いをとげさせているふうだった。

テレーゼはやっとのことで門衛主任の腕からもがき出た。ボーイ長は、ベスがくどくど話すのを聞いていた。カールのためにテレーゼが、ボーイ長に訴えようとしたとき、調理主任が急ぎ足で入ってきた。

「よかった」

と、テレーゼが叫んだ。この一瞬、テレーゼの声だけが部屋にひびいた。とたんにボーイ長が立ち上がり、ベスをわきに押しのけた。

「わざわざ、いらっしゃった。つまらないことなのです。電話でもそんな感じがしましたが、ほんとうにいらっしゃるとは思わなかった。それにしても、せっかくいらっしゃったのに、事態はもっと悪くなっていましてね。クビにしていいのか、それともつかまえておくべきなのか迷うほどです。ご自分で確かめられるといいですよ」

そういってベスを手招きした。

「先にちょっとロスマンと話しておきたいのです」

調理主任はボーイ長が差し出した椅子に腰を下ろした。

「カール、もっと近くに来なさい」

カールは前に出た。というよりも門衛主任が引きずり出した。

「あなたは手出しをしないで」

調理主任が腹立たしそうに言った。

「人殺しをしたのじゃないのよ」

やっと門衛主任が手をはなした。その際、最後にひとつ、思うさましめつけた。あまり力を入れすぎて、当人の目に涙がにじんだ。

「カール」

調理主任は両手を静かに膝に置き、首をかしげてカールを見た。ちっとも尋問らしくなかった。

「先に言っておきますが、いまもあなたを信頼しています。でもボーイ長も公正な人なのよ。それはわたしが保証します。わたしたち、どちらもほんとうは、あなたにここにいてほしいの」

口をはさまないよう懇願するように、そっとボーイ長に目をやった。ボーイ長は口をつぐんでいた。

「いろいろ言われたかもしれないけれど、それは忘れるの。門衛主任から言われたことも、気にすることはないわ。怒りっぽい人なの。仕事柄、むりもない。でもこの人にも妻や子がいるし、ひとりぼっちの少年をいじめてはならないことは知っている。まわりが手をそえてやらなくちゃあならないこともね」

まわりがしんとした。門衛主任が不服そうにボーイ長を見た。ボーイ長は調理主任を見つめたまま首を振った。エレベーターボーイのベスはボーイ長のうしろで意味もなくにやついていた。テレーゼは安心と心配とが入りまじったようすで、息づかいを抑えていた。

カールはうつ向いていた。うつ向いたままだと、いいようにはとられないし、調理主任もカールの眼差しを求めているのはわかっていたが、じっと足元を見つめていた。両腕がズキズキ痛んだ。みみずばれの上からシャツがはりついている。上着をとって傷口を見せてもよかったのだ。調理主任は親切から言ったのだが、不幸なことにカールには、まさにそのことからも、自分が彼女の親切に値せず、この二か月というもの、労せずして好意を受けていたような気がした。やはり門衛主任のいじめのほうが身に合っているような気持すら覚えた。

「こんなことを言うのも、正直に答えてほしいからなの」

彼女は言葉をつづけた。

「わたしが知っているかぎり、あなたらしくないことをしたようだから」

「すみませんが、医者を呼びにいっていいですか」

ベスが突然、口をはさんだ。丁寧だが、場ちがいな口出しだった。

「あの男、血を出しているんです」

「行け」

ボーイ長が言うと、ベスはとび出していった。ボーイ長が調理主任に言った。

「べつのことがからんでいるのです。門衛主任がとっつかまえていたのは事情がありましてね。下の共同の寝室でのことですが、一つのベッドに、まるきり見知らない男がもぐりこんでいたのです。酔っぱらっていました。起こして、追い出そうとしたところ、そいつが大騒ぎをやらかした。自分はカール・ロスマンの客であって、彼につれられてきたと言い張るのです。手出しをするとタダではおかないとすごみましてね。ロスマンから金を受けとるはずで、ロスマンはそれを取りにいったと言うのです。いいですか、金を約束して、取りにいったと言うのです。ロスマン、きみのことだ」

ボーイ長はカールに言った。ちょうどそのとき、カールはテレーゼを振り返って見ていた。テレーゼは釘づけになったようにしてボーイ長を見つめ、額に落ちかかる髪を撫で上げる仕草をくり返していた。

「ほかにも約束したのではなかったかな。下の男が言うには、ロスマンがもどってきたら、いっしょに女歌手のもとへ夜の訪問をするそうじゃないか。なんて女か聞きとれなかった。下の男ときたら、歌をがなりながら名前を言ったそうだ」

ボーイ長が話をやめた。というのは調理主任がまっさおになり、椅子をうしろに押しやって立ち上がったからだ。

「あとのことは省きましょう」

と、ボーイ長が言った。

「いえ、話して」

調理主任が彼の手をとった。

「全部話してくださいな。それを聞くために来たのですから」

門衛主任が進み出て、はじめからすべてを見通していたかのように、自分の胸をドンと叩いた。

「フェオドール、きみの言ったとおりだ」

ボーイ長にいわれて、やっとうしろに引き下がった。

「話すことはたいしてないのですよ」

と、ボーイ長が言った。

「下の連中のやりそうなことですが、はじめはからかっていたのですね。そのうち喧嘩になった。殴り合いになっては、かないっこありません。男は殴り倒された。どんな傷を負ったかまで聞きませんでしたが、若い連中は手加減をしませんし、酔っぱらいが相手となると、なおさらです」

「そうなの」

調理主任はつぶやいて、椅子の背もたれに手をかけた。それから目を落とした。

「ロスマン、ひとことでもいいから話すの」

テレーゼは調理主任にすり寄った。はじめてカールは目にしたのだが、すがりつくようにもたれかかった。ボーイ長は調理主任のうしろに立ち、小さな、地味なレースの襟が少し曲がっているのを、そっと直した。カールのかたわらの門衛主任が言った。

「どうなんだ？」

「ほんとうです」

きっかけを与えたつもりを装って、カールの背中に突きをくらわした。

背中を突かれて、カールは心ならずも、しどろもどろになった。

「その男を共同の寝室につれていきました」

「それを聞けば十分だ」

門衛主任が代表するようにして言った。調理主任は黙ったままボーイ長を、ついでテレーゼを見た。

「しかたがなかったんです」

カールは言葉をつづけた。

「あの男は以前の仲間で、二か月前に別れたのに、突然やってきたのです。酔っぱらっていて、ひとりでは出ていけなかった」

ボーイ長が調理主任に聞こえよがしに言った。

「つまり、やってきて、それから酔っぱらって、それで出ていけなかったわけだ」

調理主任が肩ごしに何かささやいた。ボーイ長はこの場に不似合いな笑みを浮かべた。承服できないしるしのようだった。テレーゼは——カールは彼女だけを見ていたのだが——顔を調理主任にうずめるようにしている。何も見たくないのだった。カールの説明を完全に了解したのは門衛主任で、なんどもつぶやいた。

「そうとも、飲み仲間は見捨ててはならん」

さらに目くばせしたり、手つきで示したりして納得させようとした。

「ぼくが悪かったんです」

カールはひと息入れた。まわりから励ましの声が出るかと思ったが、それはなかった。

「ぼくが悪かったのは、あの男を共同の寝室につれていったことです。アイルランド人で、ロビンソンといいます。彼が言ったことは酔っぱらってのことで、どれもちがっています」

「金をやるとは言わなかったのか?」

と、ボーイ長がたずねた。

「言いました」

と、カールは答えた。ついうっかり、あるいは動転しているせいか、どれもちがっていると言ってしまった。

「それは言いました。彼がくれと言ったからです。でも、もってくるといったのではなく、夜にもらったチップをやるつもりでした」

証しだてるようにカールはポケットから小銭をとり出して、てのひらにのせた。

「またしても言い逃れをする」

と、ボーイ長が言った。

「いま言ったことが正しいとすると、さきに言ったことはどうなんだ。さきほどは、その男を――ロビンソンの名だって怪しいものだ、アイルランド人にそんな名前は聞いたことがない――その男を共同の寝室につれていったと言った、それだけでもクビにする理由になる。金のことなど言わなかった。不意打ちをくらわしてたずねたら、約束したと言うじゃないか。ああいえばこういう。ちゃんとしたところはどうなんだ。金をもってくるとはいわず、チップをやるといったと言いながら、そのチップはいまも持っている。ほかの金を取りにいくつもりだったのだろう。それでずっと持ち場をはなれていた。自分のトランクから取り出すのは、おまえの自由だが、そうではないと言い張るとすると、それはべつの金だろう。男をこのホテルで酔っぱらわしたことには口を閉ざしているが、そうにちがいない。おまえがいま言ったじゃないか。男はひとりでやってきて、しかし、ひとりでは出ていけなかった。その男も見つかったとき、おまえの客だとどなっていたというぞ。それにしても、まだ二つほどが呑みこめない。おまえが答えなくてはならないことだ。しらを切っても、調べればわかることだ。どうして貯蔵室に入ったんだ。男にやれるほどの金をどこで手に入れた?」

(神さまにすがるしかない)

カールは胸のなかでつぶやいた。そしてボーイ長には答えなかった。それがテレーゼを苦しめるとしてもである。何を言っても、すぐさまべつの意味にとられてしまう。善悪の判断が、すべて相手方にあるのであれば、何を言おうとムダなことだ。

「黙っている」

と、調理主任が言った。

「いちばんいい手だからさ」

と、ボーイ長が答えた。

「つぎの言い逃れを考えている」

と、門衛主任が言った。そして、さきほどカールをしめつけた手で髭を撫でつけた。

テレーゼが泣きじゃくりはじめた。

「泣かないで」

と、調理主任がテレーゼに言った。

「黙っているのだもの、どうすればいいの。つまるところ、わたしがまちがっていたことになる。テレーゼだって、この子に何もしてやりようがないことは、わかるわね」

そんなことが、どうして小娘にわかるだろう。ボーイ長と門衛主任の前で、わざとテレーゼに問いかけたりしてみても、どんな効果があるというのだろう？

「調理主任さん」

カールは気持をふるい起こした。テレーゼに聞かせたいからであって、ただそれだけのためだった。

「ぼくはあなたの恥となるようなことは何もしていません。よく調べてもらえば、ほかの人も気がつくはずです」

「ほかの人だと」

門衛主任がボーイ長を指さした。

「イスバリーさん、あなたのことですぞ」

「そろそろ、きりあげどきですね」

ボーイ長が調理主任に言った。

「六時半だ。できるだけのことはしました。私にケリをつけさせていただこう」

このとき、ジャコモが入ってきた。カールに近寄りかけたが、まわりの雰囲気にたじろいで、その場に立ちつくした。

カールの言葉を聞いてから、調理主任はじっと彼を見つめていた。ボーイ長の言ったことも聞いていないようだった。目をみひらいてカールを見ている。大きな、青い瞳だった。それが年齢と疲れから、少しうるんでいた。立ったまま、前の椅子に手をかけていた。すぐにも言いそうな気配だった。

(カール、よく考えると、何もはっきりしていないし、あなたの言うとおり、よく調べてみなくてはならない。みんなが納得できるようにしましょう。正義がなくてはならないものね)

しかし、そんなふうには言わなかった。しばらく間があった。誰もあえて口をひらかない。ボーイ長の言ったことを確認するように、時計が六時半を告げた。この事務室の時計と同じように、同時にホテル中の時計がいまや六時半を指している。耳のなかで、また予感のなかで、いても立ってもいられない苛立ちが二度の合図を送ってきたかのように、二つ打ちの三十分を告げてきた。

「カール、いいこと、言い逃れをしようとしてもダメ！　正しいことには、きっとそれなりにしっかりしたところがあるものなのに、正直いって、あなたの言い分はそうじゃない。そのことは言っとかなくてはね。わたしがあなたをいちばん信頼していたのだもの。ほら、テレーゼも黙っている」

(黙ってはいない。テレーゼは泣いていた)

調理主任は、急に決断したように話を中断した。

「カール、こちらにおいで」

カールが近寄ると――とたんにうしろで、ボーイ長と門衛主任が何やらせわしなくしゃべりはじめた――彼女はカールを左手で抱きかかえるようにして事務室の奥にすすんだ。テレーゼがしおしおとついてきた。調理主任は二人をともなって、二、三度行きつ戻りつしながら言った。

「調べれば、いくつか、あなたの言ったとおりかもしれない。そのことに、あなたは自信があるようだ。そうでなくては、あんなふうには言えない。あなたは門衛主任に挨拶をしていた。きっとそうだ。わたしなりに門衛主任のことはよく知っている。いいこと、はっきり言いますからね。挨拶のことがそうだとしても、何の助けにもならない。ボーイ長は人をよく見ています。これまでずっといっしょにいて、それはたしかなこと、信頼のできる人なの。その人がはっきりと、あなたの罪を言った。これは覆せない。たぶん、あなたは軽率だったのだわ。それともわたしが見込みちがいをしたのか。でもね――」

言葉を切って、ちらりと背後の同僚を見た。

「でもやはり、あなたがほんとうは、きちんとした若者だと思えてならない」

「やさしくしてはダメですぞ」

ボーイ長が調理主任に目をやって警告した。

「すぐに終わります」

と答えると、調理主任は早口でカールに言った。

「カール、いいこと、ボーイ長が身元調査を言い出さないのをよろこばなくてはね。もしそんなことになったら、あなたのために何かしないではいられなくなる。あなたがその男に、どうやってご馳走してやったのか、表沙汰にすることはないの。友人だなどとあなたは言ったけど、きっとそうじゃない、仲間とは喧嘩別れしてきたと言ったじゃない。そんな人にご馳走したりしないでしょう。いつかの夜、食堂かどこかで知り合っただけの人にちがいない。うっかり気を許したのが悪かった。隠しおおせることじゃないわ。きっと共同の寝室がいやだったのね。それで夜遊びに出たんだ。それがはじまりだった。どうしてそのことを言ってくれなかったの。はじめ、あなた用の部屋を用意していたのに、あなたがいいというから断わった。共同部屋のほうが自由にできると思ってそうしたのかしら。あなた、俸給はわたしの口座に預けたし、チップは毎週きちんともってきた。とすると、遊ぶお金は、どこから手に入れたの。どこからお金をもってきて友人とやらにわたすつもりだったの。それはもちろん、あなただけのこと。ボーイ長にも、わたしは何も言わない。でないと身元調査になりかねないもの。あなた、すぐにもホテルから出たほうがいい。早いほうがいいわ。まっすぐブレンナーさんのペンションに行くの――テレーゼとなんどか行ったはずだ――わたしの一筆があれば、あそこの人はきっとあなたをただで泊めてくれるわ」

調理主任はブラウスのポケットから金色のクレヨンを取り出すと、名刺に何やら書きつけた。そのあいだにも話しつづけた。

「あなたのトランクは、あとから送ってあげる。テレーゼ、すぐにエレベーターボーイの控え室に行って、この人のトランクを荷造りしておいで」

(テレーゼはすぐには動かなかった。辛いのを我慢してきたのであれば、いまや調理主任のおかげで、いいほうに転じたのを、おしまいまで見届けておきたいようだった)

誰かがドアを開きかけたが、顔をのぞかせないまま、すぐに閉めた。ジャコモに用があったにちがいなく、すぐさまジャコモが進み出た。

「ロスマン、きみに伝えたいことがある」

「ちょっと待って」

調理主任は、うなだれたままのカールのポケットに名刺をすべりこませた。

「あなたの俸給は、さしあたりわたしが預かっておきます。信頼していいわ。今日はわたしは動けない。あなたのことをよく考えてみる。明日になったら――今日は暇がないの、このことで時間もとられたし――明日にはブレンナーさんのところに寄って、あなたのために何ができるか、いっしょに考えます。決して見捨てたりしない。今日だって見捨てなかった。先のことは心配しなくていいの。考えなくてはいけないのは、むしろいま起きたこと」

カールの肩を軽く叩いた。それからボーイ長のわきへいった。カールは顔を上げて、ふくよかな女性が、ゆっくりと晴れやかに自分のそばから離れていくのをながめていた。

「よかったわ」

と、テレーゼが言った。テレーゼはわきから離れない。

「こんなにうまくいって、うれしくないの?」

「うれしいよ」

とカールは答え、テレーゼに向かってほほえんだ。しかし、泥棒として追い出されるのに、どうしてうれしいことがあるだろう、とカールは考えた。テレーゼの目はよろこびで輝いていた。カールが何か悪事を犯していようと、いなかろうと、裁きが正しかろうと不正であろうと、また汚辱にまみれていようと、名誉につつまれていようと、ただ逃げられさえすればテレーゼにはどちらでもいいのだ。自分のこととなると、とても神経質で、調理主任のふと洩らしたひとことを、一週間もくよくよと考えたりするというのに、そのテレーゼにしてこうなのだ。カールはわざとたのんでみた。

「ぼくのトランクを、すぐに荷造りして送ってくれる？」

テレーゼはすぐさまカールのたのみごとを、中身を人に見られてはならないからと了解したらしいのだ。カールは驚きのあまり、おもわず首を振らずにいられなかった。ことさらカールから目をそらし、別れの握手もせず、テレーゼはただ耳元でささやいた。

「わかった、カール、すぐに荷造りしておくわ」

そして走り出たのである。

ジャコモはもう待てないといったふうで、じりじりして大声を出した。

「ロスマン、例の男が下で暴れているんだ。手がつけられない。みんなで病院へつれていこうとしているんだが、じたばた騒ぐんだ。きみが決して許さないって言い張る。車を呼んで、住居へ送るつもりだが、車代はきみが払ってくれるね」

「おまえひとりが頼りなんだ」

と、ボーイ長が言った。カールは肩をすくめ、それからジャコモに金を渡した。

「これだけしかない」

ジャコモは小銭を両手でジャラジャラさせながら言った。

「きみも乗っていくの？」

「いいえ、彼はいっしょにいかないわ」

と、調理主任が答えた。

「いいな、ロスマン」

ジャコモが出ていくより早く、ボーイ長が早口で言った。

「この場でクビにする」

まるでわが口から出た告知のように、門衛主任がうなずいた。ボーイ長がつけたした。

「クビの理由は、あえて言わない。さもないと逮捕させなくてはならない」

門衛主任は、かかる温情の理由は委細承知といったふうに、ことさら顔つきを厳しくして調理主任を見た。

「ベスのところへ行って、着換えをしろ。制服を返しておく。すぐに立ち去れ。いいな、すぐにだ」

調理主任は目を閉じた。そうやってカールを慰めるつもりのようだった。別れのお辞儀をしたとき、ボーイ長がそっと調理主任の手をとり、指をからませかけるのをカールは目にとめた。門衛主任は重々しい足どりでカールをドアまでつれていくと、ドアを開けたままにして、背後からどなった。

「十五秒以内に正面玄関から出ていけ。見張っている。いいな」

カールは厄介ごとになりたくなかったので、できるかぎり急いだが、思ったようにいかないのだった。ベスがすぐに見つからなかった。朝食の時間は、あちこちがこみ合っている。それに誰かがカールのズボンを拝借したらしく、ベッドをまわって探さなくてはならなかった。そんなこともあって正面玄関に向かったとき、五分はすぎていた。すぐ前を、四人の紳士が女性一人を囲んで歩いていた。玄関の車に向かうところで、すでにボーイが車のドアをあけ、左手を晴れやかにまっすぐのばして待っていた。そのなかにまぎれて、そっと出ていこうとしたせつな、門衛主任にむんずと腕をつかまれた。紳士にひとこと詫びを言うなり、門衛主任はカールを引きよせた。

「十五秒以内と言ったはずだ」

時刻のくるった時計を見つめるようにして、カールをわきからねめつけた。

「来い、こっちだ」

そう言いながら、大きな門衛室にカールを引っぱりこんだ。カールは以前から、一度入ってみたいと思っていたところだったが、いまや腕ずくで押しこまれ、おずおずと進んだ。ドアのところで振り向いて、門衛主任からすり抜け、逃げ出そうとした。

「こっちだ、中に入れ」

門衛主任はカールのからだを反転させた。

「もうクビになった」

と、カールは言った。だからもはや、誰から指図されることもない。

「おまえをひっつかんでいるかぎり、おまえはここにいるとも」

と、門衛主任が言った。ともかくも、そのとおりのことだった。

抵抗してみても意味のないことをカールは悟った。それにこれ以上、悪いことが起こりようもないのである。まわりはガラス張りで、ロビーを行き交いする人がはっきり見える。カールには、自分も多くの人々のなかにまじりこんでいるような気がする。そもそも門衛室の中には、人々の目から身を隠す片隅すらないかのようなのだ。外の人々はみながみな、とても急いでいるように思えた。腕をのばし、首を傾け、うかがうような目つきで、荷物を手にして、まっしぐらに歩いていく。それでもきっと門衛室に一瞥を投げていく。ガラス壁の中では、客にとってもホテルの従業員にとっても大切な知らせや情報が、たえまなくやりとりされているからだ。さらに門衛室とロビーとが直接つながっていた。二つの大きな引き窓のところに二人の門衛がいて、さまざまなことにわたる用件をさばいていた。多すぎる仕事をかかえた業務であって、カールの知るかぎり、門衛主任は、まんまとこの仕事を免れてきた。二つの窓口係は——外からだと、はっきりとわからないにせよ——一度に少なくとも十人の問い合わせに応じなくてはならない。しかもその十人が、たえず入れかわり、さらに十人がそれぞれちがった国から来たかのように、口にする言葉がちがっている。何人もが同時に問いかけ、そのなかの何人かがたがいにしゃべり合っている。たいていの人は窓口に何かを受けとりに来ていた。預けていく人もいる。そのため、たえず人ごみのなかから、じれったそうに手がのびていた。一人が新聞を受けとったとき、待ちこがれていたせいか、その場で開いたものだから、まわりの顔が隠されたりした。これらすべてを、たった二人で処理しなくてはならない。ふつうのやりとりだけでは足りないので、たえずまくし立てていた。顔いちめんに黒い髭をはやした陰気なほうは、とくにしゃべりづめで、間断なく答えつづけていた。手渡したり受け取ったりしても、手元を見ない。相手の顔も見ない。ひたと目を一点に据えていた。あきらかにエネルギーの節約のためだった。髭が邪魔立てしていて、よく聞きとれない。カールはしばらく、すぐ横に立っていたのだが、ほとんどわからなかった。ことによると英語の発音に似ていたが、まるきりよその言葉だったかもしれない。それに用件があまり短い早口で告げられるので、当の相手が、いぜんとして緊張した顔で見つめていることがあった。しばらくしてやっと自分の用件が処理ずみであるのに気づくのだった。また二人の窓口係は決して問いをくり返してくれとは言わなかった。おおかたは理解がいって、少しはっきりしないところがある程度でも、ほんのわずかに首をかしげ、それでもって返答した。つまり、問いかたが悪いのであって、答える意志のないこと、問うほうが再考して、もっと簡明にまとめること。そのため少なからぬ人が、なおのこと窓口にへばりついていることになった。二人の門衛には、それぞれ一人あて走り使いのボーイがついていた。書類棚に走ったり、さまざまな箱から命じられたものを取ってくる。ホテルのボーイのなかで、もっとも俸給がいいかわりに、もっとも緊張のいる職務だった。門衛よりも、さらに条件が悪かった。というのは窓口では、思案してから指示さえすればいいが、走り使いは、それを呑みこんだ上で走らなくてはならない。もしまちがったものをもってくると、門衛はそれについて指示し直したりしない。テーブルに置かれたものを、ただひと突きで払い落とした。カールが入ってきた直後にあったのだが、門衛の交代は見ものだった。日になんども交代しなくてはならない。だれだって一時間以上は窓口の緊張に耐えられないからだ。交代の時刻がくるとベルが鳴るだけで、すぐさま待機中の二人が横手のドアから入ってくる。それぞれのうしろに使い走りがついている。二人はさしあたり何もしないで窓口のわきに立っていた。そして外の人との用件が、目下どのような段階にあるかを見きわめる。ちょうど潮どきと見てとると、窓口の当番の肩を叩いた。当番はそれまでうしろを振り向きもしなかったが、ただちに了解して席をあけた。なんともすばやい交代劇で、外の人は急に目の前の顔が変わったので、びっくりしてあとずさりするほどだった。席をゆずった二人は伸びをしてから、用意してある洗面器でほてった頭を冷やすのだ。おつきの走り使いはすぐにお役御免とはならず、自分の当番のあいだに床に投げ捨てられたものを拾い上げ、もとのところにもどしておかなくてはならない。

こういったすべてを、カールは目を輝かせてながめていた。ほんのしばらくですべてを見てとったような気がして、軽い頭痛を覚えながら、門衛主任のうしろからついていった。主任にはカールに与えた職場の印象がまんざらでもないらしく、やにわにカールの手を引っぱりあげた。

「どうだ、仕事ぶりがわかったか」

カールはホテルで決して怠けていたわけではないが、このようなこととはまるで知らなかったので、門衛主任が厄介な相手であることを忘れ、黙ったままうなずき、敬意をこめて見上げさえした。それは窓口の当番への評価であって、それがおもしろくなかったのだろう、カールをバカにしたように、またまわりに聞こえるにもかまわずに声をあげた。

「ホテルのなかで、いちばんつまらない仕事だ。一時間もすわっていれば、どんなことを問われるか全部わかって、あとは答える必要がないほどだ。おまえが卑劣で、礼儀知らずでなかったら、嘘をついたり、せびったり、酔っぱらったり、盗んだりしていなければ、窓口にすわらせてやってもよかったんだ。石頭でもできる仕事だからな」

カールはそっくり聞き流した。敬うべきむつかしい仕事を認めるかわりに、嘲られたのに腹が立った。もし窓口にすわらせたら、数分もしないうちにすごすご引き下がらなくてはならないような男によってである。

「手をはなせ」

と、カールが言った。門衛室に対する関心が急速にしぼんでいった。

「もうかかわりたくない」

「それでもつれていく」

やにわにカールを羽がい締めにして、門衛室のもう一方のはしへつれていった。外の人々はこの暴力行為を目にしないのだろうか？　目にしたとしたら、どうして誰ひとりとして足をとめないのか。少なくともガラスを叩いて、自分が外から見ていることを、こちらの男に知らすべきではないのか。乱暴な扱いに再考を促してもいいはずだ。

ロビーから助けを求めるなんてできないことが、カールにはすぐにわかった。門衛主任が紐を引っぱると、すぐさまガラスの壁面がかなり下のほうまで黒いカーテンにつつまれた。こちらの側にも人がいるが、自分の仕事に没頭していて、ほかのことには目も耳も持たない。さらに全員が主任の部下であって、カールを助けるかわりに、むしろ主任に不都合なことを隠すのを手伝うだろう。そこには六人の門衛がいて、電話が六台あった。すぐにわかったが、六台の電話は特有の配置にあって、一人が話を受け、メモをとって隣に手渡すと、すぐさま隣が電話で用件をすすめていく。最新型の電話で、特別のボックスなど必要とせず、ベルの音もささやきのように小さい。話し手も小声で話せば、拡声装置によって相手方には十分大きな声として届いているのだ。三人が電話で話しているのを聞いていると、受話器のなかの出来事を小声で復唱しているようであり、また隣の三人は、ほかの誰にも聞こえない音に押さえつけられたように頭を垂れ、せっせと書き取りをしている。ここでも三人の電話係それぞれに一人のボーイがついていた。三人のボーイは代わるがわる聞き耳を立てて首をつき出し、まるで巨大な黄色い紙の束のなかにねじ込まれたかのように——たえまなくザワザワと頁をめくる音がしている——電話番号を探し出すのだった。カールは実際、目を丸くして見つめないではいられなかった。門衛主任は腰を据え、両手でカールを羽がい締めにして放さない。

「いいな、どうだ」

声をかけて、顔を向けさせるにはこの手にかぎるとでもいうように、カールをゆすり上げた。

「なぜかボーイ長は忘れていた。だから代わりに、とくと教えてやる。ここではいつも、全員がこんなぐあいに務めを果たしているんだ。そうでもしなくては、これだけ大きなホテルが立ちゆくものか。直接の上司ではないと不平をいうかもしれないが、だからこそ、おまえに欠けているものをたたきこんでおく。それに門衛主任は、すべてを統轄しているわけだからな。考えてみろ、すべてのドアを押さえている。この正面玄関にはじまって、三方の玄関と十の通用門、それにいろんな戸口や、ドアのない出入口を含めてだ。そこに出入りするすべての人間を、この目が見張っている。それだけの重責と名誉のお返しに、ほんの少しでも怪しいやつはホテルから一歩も出さない。とりわけおまえは怪しいかぎりだ」

うれしげに両手をもち上げ、勢いよくカールのからだに打ちつけた。鈍い音がして痛みが走った。

「おまえはべつの戸口から、そっと逃げ出すこともできた」

門衛主任は重々しい口調で言葉をつづけた。

「こちらの命令を聞く立場じゃなかったからな。しかし、ひとたびここに来たからには、たっぷり味わわせてやろうじゃないか。それに、きっとここを通ると思っていた。うしろ暗いやつは、わざと自分に危険なところに舞いもどるものだ。ずるいやつは、かえって正面にやって来る。おまえがまさにいい例だ」

「たとえ両手をつかまれていても――」

と、カールは言った。このときはじめて、目の前の大男から立ちのぼる、なんともいえないイヤな臭いに気がついた。

「声はたてられる」

「そのときは、すぐさま口をふさいでやる」

いぜんとして重々しく、しかし、言い返す必要から、少し早口になった。

「それに、どうだな、声を聞きつけて入ってきても、誰がおまえに肩入れをする。ここに主任さまがいらっしゃるのだ。かなわぬ望みというもんだ。それにおまえが制服を着ていたときは、多少とも見られた姿だったが、このザマはどうだ、海の向こうでなくちゃ通用しない」

カールの服をあちこちと引っぱり上げた。五か月前は新調の服だったが、いまや着古しで、あちこちがほつれ、それに何よりもシミだらけだった。それはエレベーター仲間の不注意による。ホテル規定では共同部屋の床をきれいにして、磨いておくことになっていたが、だれも掃除をしたがらない。床にある種の油をとばしておくだけなので、それが衣服掛けにまでとびちるのだ。わきにのけておくこともできたのだが、自分の服が手近にないと、すぐに他人のものを借用する輩《やから》がいて、そのあと、無造作にひっかけておく。それでたっぷり油をひっかぶるはめになった。借用する側も、悪意やしみったれからというのではなく、手近にあるのと、無頓着のせいだった。洒落者のレネルだけは自分の服を大事にして、秘密の場所に隠していた。しかし、そのレネルの服にしても、背中のまん中に赤い丸いシミがついており、見る人が見れば、すぐにこの優雅な若者がエレベーターボーイであることを見抜いただろう。

そんなことを思い出して、カールは自分が十分に苦しんだことに気がついた。それもすべてが無意味な苦しみだった。それというのもエレベーターボーイの仕事は、自分が望んだように、次のもっとよい職場とはつながっていなかった。逆にずっと悪い状態に落ちこんだ。ほとんど牢獄にちかいのだ。大男の主任に捕らえられている。さらにこの男は痛めつけるすべを考えている。それが当の相手であることをつい忘れ、カールは空いたほうの手を額にやって、おもわずひとりごとを言った。

「たとえほんとうに挨拶をしなかったとしても、ただそれだけのことで、どうしてこんなに恨みに思ったりするんだろう!」

「恨みじゃない」

と、相手は言った。

「おまえのポケットを調べるだけだ。何も見つからないのはわかっている。おまえは用心して、くすねたやつを毎日、少しずつ相棒に渡していたにちがいない。それでもやはり、調べずにはおかない」

そう言うなり強引に、カールの上着のポケットに手を突っこんだので、はしが少しほころびた。

「クズばかり」

つかみ出した中身をかきまわした。ホテルの宣伝用カレンダー、簿記入門の課題用紙、上着とズボンのボタンが数個、調理主任の名刺、ある客が荷造りのときに投げてよこした爪磨き、古い手鏡は、たぶん十度に及ぶだろうが、レネルに当番を代わってやった礼に彼がくれたものだ。ほかに小物《こもの》が二、三あった。

「クズばかりだ」

門衛主任はくり返し言ってから、そっくり長椅子の下に投げこんだ。カールの持ち物は、盗んだもの以外、すべて長椅子の下がふさわしいといったぐあいだった。

（これ以上は、いやだ）

と、カールは思った——顔が火のようにほてっていたにちがいない——門衛主任が二つ目のポケットに手をのばして、うっかり欲にかまけたすきに、カールはひとっ跳びして身をひるがえすと、ふらつきながら前の男を電話機に押しつけて戸口へ走った。重くよどんだ空気のなかを、思ったほど身軽でないのをいぶかりながら、それでも門衛主任が厚ぼったい外套のなかでまごついて、やっと立ち上がるより早くとび出した。ホテルの監視態勢は水も洩らさぬわけではないのである。たしかに二、三のところでベルが鳴ったが、何のためやら誰が知ろう。戸口ちかくで従業員が何人もウロウロしていた。さりげなく戸口を見張っているようであって、そうでなくてはウロウロしている理由がわからない。にもかかわらず、カールはこともなく外に出た。しばらくはホテルの歩道を行かねばならない。正面のところには、切れ目なしに車がつらなっていて、通りをふさいでいたからだ。どの車も一寸きざみといった感じで進み、もつれ合うように並んでいた。それぞれがうしろの車に前へと押しやられる。通りに早く出たい歩行者は、歩道のようにして車のあいだに割りこんでいった。運転手やお伴の者だけの車であれ、あるいは要人が乗っていようと頓着しない。しかし、カールには、それが無謀のような気がした。冒険をするには状況をわきまえていなくてはならないのだ。不慣れな身であれば、つい車にぶつかり、運転手といざこざを起こして喧嘩ざたになりかねない。面倒なことにもなる。みすぼらしいなりでホテルから抜け出した人間は用心しなくてはならないのだ。とはいえ車は永遠につながっているわけではなく、それにホテル側にいればいるだけ、よけい怪しい目で見られてしまう。ようやくカールは、一つの通りに曲がりこむために車の流れが淀んだところを見つけた。そこをカール以上にみすぼらしい格好の人々が跳ぶようにして横断していく。カールが踏み出しかけたとき、すぐ近くで名前を呼ばれた。振り返ると、カールのよく知っているエレベーターボーイが二人、墓穴のように見える小さな低い戸口から、苦心して担架を引っぱり出していた。カールにはすぐにわかったが、ロビンソンだった。頭も顔も腕も、ぐるぐる巻きにされていた。ロビンソンは、なんとも妙な手つきで腕をのばした。傷のせいか、それとも何か痛みでもあるのか、あるいはまたカールと出会ってうれしいのか、涙が出てきたのを繃帯ごしに拭おうとしていた。

「ロスマンよう」

なじるような声を出した。

「どうして来てくれなかったんだ。きみが来る前に連れてかれそうになったので、一時間も頑張っていた。こいつらときたら――」

エレベーターボーイの一人の頭をポカリとやった。自分は繃帯に守られて安心だと思っているらしかった。

「まるで悪魔だ。ロスマンよ、きみを訪ねてきたばかりに、ひどい目にあった」

「何をされた?」

エレベーター仲間が笑いながら担架を下ろしたので、カールは近づいた。

「見ればわからあ!」

と、ロビンソンが言った。

「このザマだ。あのまま殴られていたら、きっと一生、手足がどうかなってたぜ。いまも痛くてたまらない。

ここから――ここまで――」

まず頭を起こし、つぎにつま先をつき出した。

「どんなに鼻血が出たか、見せたかったくらいだ。チョッキが血だらけになったので、あそこに捨ててきた。ズボンが破れた。だから下着なんだ」

毛布をもち上げて、カールにのぞきこませた。

「どうなるのかなあ。何か月も寝てなきゃあならない。それで言っとくんだが、きみ以外に面倒みてくれる者はいないんだ。ドラマルシュはあてにできない。きみひとりなんだ。ロスマン、たのんだぞ!」

ロビンソンが手をつき出したので、カールは思わずあとずさりした。その手をロビンソンがつかんだ。

「きみを訪ねてきたせいなんだぜ!」

自分の不幸の原因を刻みつけるように、なんどもくり返した。ロビンソンの訴えが傷の痛みのせいではなく、二日酔いのせいであることにカールはすぐに気がついた。酔っぱらって寝こんだ矢先に叩き起こされ、ボンヤリしているところを、さんざっぱら殴られて、わけがわからないのだ。傷がたいしたことでなさそうなのは、ボロ切れを巻きつけたような繃帯のぐあいからもわかった。エレベーター仲間が面白半分にやらかしたことなのだ。二人は担架の端に立っていて、ときおりケラケラ笑い出した。ぐずぐずとロビンソンにかかずらっているわけにいかない。通行人が急ぎ足でやってくる。なかにはみごとな跳躍をみせてロビンソンの担架を跳びこしていく人もいた。カールの費用で呼んだ車の運転手がせきたてていた。エレベーター仲間が顔をしかめて担架を持ち上げた。ロビンソンはカールの手をつかむと、すがるような声を出した。

「来てくれよ。な、たのむ」

このへんななりでは、むしろ自分こそ暗い車中がありがたい。カールは寄りそって腰を下ろした。ロビンソンが頭をカールにもたせかけてきた。外にのこったエレベーター仲間が窓ごしに手を差しのべてきた。車は急カーブして車道に入りこんだ。ぶつかりそうになったが、つぎにはとめどない車の流れが、突き入ってきた一台をこともなげに呑みこんだ。

車がとまった。かなり離れた郊外の通りらしく、まわりはしんとしていて、歩道のはしに子供がしゃがんで遊んでいた。男がひとり、いろんな古着を肩にひっかつぎ、うかがうように家々の窓を見つめながら何やらどなっていた。車から降りたとき、カールは疲労のあまり気分が悪かった。朝の太陽が足元のアスファルトに照りつけていた。

「ほんとに、ここが住居なの?」

車の中に声をかけた。ロビンソンは車が走っているあいだ眠りこけていたが、このとき曖昧なうなり声をたて、カールが外に運び出してくれるのを待っていた。

「じゃあ役目は終わった。さようなら」

カールはゆるやかな下り坂を歩き出そうとした。

「おい、どういうつもりだ」

ロビンソンはあわてて声をかけ、おもわず立ち上がった。ほんの少々、よろついただけで、ほぼまっすぐ立てるのだ。ロビンソンの回復ぶりを見やりながら、カールが答えた。

「お別れだ」

「そんな格好でか」

「上着はどこかで手に入れる」

カールはうなずきかけると片手をあげ、ほんとうに歩きだした。このとき運転手が呼びかけた。

「少々お待ちを」

間の悪いことに運転手が割増金をいうのだった。ホテルの前で待機していた分をもらっていないという。

「そのとおりだ」

車の中からロビンソンが要求の正当さを保証した。

「きみをずっとあそこで待っていた。もう少し払わなくちゃあ」

「もちろんです」

と、運転手が言った。

「持ってれば払うとも」

むだとは知りながら、カールは両方のポケットをたしかめた。

「おまえさんがたよりだ」

運転手は両脚をひろげて立ちはだかった。

「こちらの病人はどうにもならない」

戸口から鼻のつぶれた若い男が近づいてきて、数歩離れたところで足をとめて聴き耳を立てている。このとき、通りを警官がやってきた。うつ向いた姿勢でパトロールしながら、シャツ姿を目にとめるやいなや立ちどまった。とたんにロビンソンが愚かにも、わざわざ車の窓から声をかけたのだ。

「何でもありません、何でもないのです」

ハエを追うような手つきで警官を追っ払おうというのだ。子供たちは警官をながめていたが、その警官の動きにつれてカールと運転手に目をうつし、バラバラと走って来た。向かいの戸口に年とった女が立っていて、じっと目を据えてながめている。

「ロスマン」

上から声がした。最上階のバルコニーにドラマルシュが立っていた。うっすらと白い雲がたなびいた青空を背にしているので、はっきりとは見きわめられないが、あきらかにナイトガウンを身につけ、オペラグラスで通りをながめていた。すぐわきに赤い日傘がひろげてあって、その下に女がすわっているらしい。

「おーい」

はっきりした声で叫んだ。

「ロビンソンはいるか?」

「いるよ」

カールは負けず劣らず大声をはりあげた。

「ここだ」

ロビンソンが車の中から太い声を出した。

「よし、わかった」

上から声が返ってきた。

「すぐに行く」

ロビンソンは窓から首を出して合図をした。

「いいやつだ」

カールに、また運転手に、さらに警官やまわりの者に聞こえよがしに言った。上のバルコニーからドラマルシュの姿は消えていたが、だれもが同じように見上げていた。日傘の下の女が立ち上がったようだった。まっ赤な服を着ていた。胸元のオペラグラスを手にとって下の通りをながめている。下の者たちはやがて一人、二人と見上げるのをやめた。カールはドラマルシュを待ちながら、戸口から中庭にかけてながめていた。中庭には切れめなしに作業中の人が通っていく。めいめいが重そうにして木箱を運んでいた。運転手は車に近づき、暇を利用して布切れでライトを磨きはじめた。ロビンソンは伸びをして手足を動かしてみた。思いのほか痛みがないので、背をかがめ、足に何重にも巻きつけられた繃帯をほどきにかかった。警官は黒い細い棒をななめにしてもったまま、じっと待っていた。警官特有の我慢づよさであって、パトロールとか偵察のとき、この忍耐力を発揮するものなのだ。鼻のつぶれた青年は戸口の石に腰を据え、両脚をのばした。子供たちはそろそろとカールに近づいてきた。自分たちには目もくれないが、青いシャツ姿なので、ここではいちばん偉いのだと思っているらしかった。

ドラマルシュが降りてくるまでの時間の長さからも、建物の高さがわかろうというものだ。しかも彼はあわててガウンの前を合わせたといった格好で、大急ぎでやってきた。

「やあ、来たか!」

うれしそうに、また威勢よく声を出した。大股の歩調につれて色つきの下着がのぞいた。カールにはドラマルシュがどうしてこの町の大きなアパートにいるのか、また白昼の往来にいるのに、なぜまるきり自分の別荘の庭のようにガウン姿で歩いているのか、合点がいかなかった。ロビンソン同様、ドラマルシュも見違えるように変わっていた。あさ黒い顔をきれいに剃り上げ、おそろしくつるつるで筋肉が剝き出しのような顔は誇らしげで、威風をただよわせさえしている。細めかげんの両眼が光っているのに驚いた。紫色のガウンは、古ぼけていてシミがあり、少し大きすぎたが、その首もとから、絹の黒っぽいネクタイが重々しくのぞいていた。

「それで?」

ドラマルシュはまわりのみんなに問いかけた。警官はやや近寄って、車のボンネットによりかかった。カールは手早く説明した。

「ロビンソンは少し気分が悪いようだけど、がんばれば自分で階段はのぼれる。運転手は割増しをいっている。車代はぼくが払った。じゃあ、これで」

「行くな」

と、ドラマルシュが言った。

「おれもさっき、そういったんだ」

車の中からロビンソンが口をはさんだ。

「でも、おさらばだ」

カールは二、三歩、歩きかけた。ドラマルシュがすぐに追いかけ、うしろから引きもどした。

「行くなといったろ」

「はなしてくれ」

ドラマルシュのような男が相手だと、なかなかすんなりいかないとしても、いざとなれば力ずくでもこの場を離れるつもりだった。すぐ前に警官がいた。運転手もいるし、ふだんならひとけのないはずの通りに、作業グループが往き来していた。ドラマルシュが暴力をふるったら、みんな見すごしていないだろう。こんな男と一つの部屋で二人きりになるのはごめんだが、往来なら話はべつだ。ドラマルシュはもったいぶって運転手に金を払った。思いのほかの金額に運転手はペコペコとお辞儀をした。感謝を示すためかロビンソンに近づいて、車から運び出す手順を話しかけた。注目がそれているのをカールは見定めた。争いにならなければ、そっと立ち去るのをドラマルシュは見逃すだろう。それがやはりいちばんいい。そう思ってカールはまっすぐ車道に入り、できるだけ足早に立ち去ろうとした。子供たちがドラマルシュのまわりに押しよせて、カールが立ち去るのをつげ口した。ドラマルシュ自身は見逃したかもしれないのだが、警官が棒を突き出して叫んだ。

「とまれ！」

棍棒をわきにはさみ、ゆっくりと手帳を取り出した。

「名前は？」

カールはいまはじめて警官に目をやった。頑健そうな男だが、髪はほとんど白くなっている。

「カール・ロスマン」

と、カールは言った。

「ロスマンだな」

警官がくり返した。ただ慎重なせいなのだろうが、はじめてアメリカの警官とかかわりをもつカールには、はやくもそこに嫌疑がかけられているような気がした。また実際にそのようだった。ロビンソンは自分のことに一生懸命だったが、それでも車から手を出して、カールを助けるようドラマルシュに合図した。しかし、ドラマルシュはすげなく首を振り、大きなガウンのポケットに手を入れたまま、黙って突っ立っていた。戸口の石に腰を据えていた青年はドアから出てきた女に、ことの顚末をはじめから話している。子供たちはカールのうしろに半円を描き、じっと警官を見上げていた。

「身分証明書をみせるのだ」

と、警官が言った。形式的に言ってみただけであって、シャツ姿であれば、身分証明書といったたぐいを所持していない公算は大なのだ。だからカールはむしろ、つぎの問いにそなえた。身分証明書を所持していないことを、言いつくろわなくてはならない。だが、つぎの問いは予想とちがっていた。

「持ってないのだな」

やむなく答えなくてはならない。

「ええ、いまはそうです」

「それはまずい」

警官はゆっくりとまわりを見まわし、二本の指で手帳の表紙をつついた。少し間をおいてから口をひらいた。

「どこかに勤めているのか?」

「エレベーターボーイでした」

と、カールは言った。

「もうそうじゃないのだな。いまは何だ」

「新しい仕事を探すところです」

「クビになったばかりか?」

「ええ、一時間前」

「突然、クビか」

「ええ」

カールは詫びるように手を上げた。一部始終をここで話すわけにいかない。たとえ話せたとしても、身に受けた不正を話して、迫ってくる不正を押しとどめるのは絶望的だ。調理主任の善意にも、ボーイ長の判断にも、あれほど自分の正義が無力だったというのに、この往来で社会の正義を期待してみて何になろう。

「上着なしに放り出されたのか?」

警官がたずねた。

「まあ、そうです」

と、カールは答えた。アメリカでもまた、目についたことをわざわざたずねるのが役人の作法なのだ。

(カールのパスポートをつくるとき、無意味な問いをあびせられて、父はなんと立腹したことだろう)

カールは逃げ出したいと強く思った。どこかに隠れて、問いなどには一切耳をかさない。ところが警官はカールがもっとも恐れていたことをたずねた。そんな予感からそわそわして嫌疑をかきたてたらしいのだ。

「どこのホテルに勤めていた？」

カールはうつ向いて答えなかった。この問いには何としても答えたくなかった。警官つきでホテル・オクシデンタルに赴き、そこで尋問されるなんてことは、決してあってはならないことだ。仲間の誰かれとなく巻きぞえをくい、ほんのわずか残っている調理主任の善意も、すっかり消え失せる。ブレンナーのペンションへ行ったはずが、警官にひっとらえられ、シャツ姿、紹介用の名刺もなしにもどってくるなんてことはあってはならない。ボーイ長は、わが意を得たふうにうなずくだろうし、門衛主任はやっとルンペンをとっつかまえたときの神の手を言いだすだろう。

「こいつ、ホテル・オクシデンタルにいたんです」

ドラマルシュが言った。そして警官のわきに寄った。

「ちがう」

カールは叫んでじだんだを踏んだ。

「嘘です」

ドラマルシュは嘲るように、ほかにまだ告げ口することを探すように唇をつき出した。カールが急にいきり立ったので、子供たちはあわててドラマルシュのほうに移って、そちらからカールを見つめた。ロビンソンは車から首をつき出して、じっと聴き耳を立て、しきりに目をしばたいていた。戸口の若い男はことの成りゆきをよろこんで手をたたいた。すると、かたわらの女が静かにさせようと肘でつついた。荷運びの人々は朝食の時間らしく、めいめいが黒い珈琲入りの大ぶりのカップをかかえてやってきて、棒状のパンでかきまわしている。何人かは歩道のはしにすわり、全員が音をたてて珈琲をすすりだした。

「顔見知りなんですね」

警官がドラマルシュにたずねた。

「知りすぎるほどですよ」

と、ドラマルシュが答えた。

「いろいろ親身になってやったのに、お返しはひどいものだ。ちょっと尋問なさっただけで、おおかたはおわかりでしょう」

「がんこそうだ」

と、警官が言った。

「そのとおり」

ドラマルシュが答えた。

「ほかにもいろいろと手がかかるやつですよ」

「そうか」

「そうですとも」

さらにしゃべろうとして、両手をガウンのポケットに入れたまま、からだで大きく裾をふりまわした。

「すばしっこいやつなんですよ。わたしと、ほら、あちらの車にいる友人とが、たまたま出くわしましてね。ひどいありさまで、アメリカのことは何も知っちゃいない。ヨーロッパから来たばかりでした。ていよく追いやられてきたみたいでしたがね。それからあちこちつれ歩いて、手習いをさせてやった、いろんなことを教えてやりました。仕事の口まで見つけてやったんですよ。手はかかったにせよ、なんとかモノになりそうだったのに、その矢先にプイといなくなった。姿を消しちまったんです。理由がなくもないのですが、それについてはあえて申しますまい。そうじゃなかったか?」

ドラマルシュはそう言って、カールのシャツの袖を引っぱった。

「こら、ガキども、うしろに下がれ」

警官が叫んだ。子供たちが押してきたので、ドラマルシュがよろめいたからだ。荷物運びの連中は、これまではあまり関心がなさそうだったが、急に目を光らせて近よってきた。カールの背後につめかけたので、カールはうしろに下がれない。のみならず連中の話し声がのべつ耳についた。まるでわけのわからない言葉で、スラヴ語のまじった英語のようでもあり、話すというよりも、わめき合っていた。

「いや、どうも」

警官はドラマルシュに礼を言った。

「いずれにせよ連行して、オクシデンタル・ホテルに連れもどすとしよう」

するとドラマルシュが言った。

「お願いですが、この若いのを、ひとまずこちらに預けていただけませんか。少し片づけておきたいことがある。きっとこの手でホテルに連れていきます」

「それは困る」

と、警官が答えた。

「こういう者です」

ドラマルシュが名刺を渡した。警官は敬意をこめてながめていたが、おだやかな微笑とともに言った。

「だめです」

これまでカールはドラマルシュを警戒していたが、いまや唯一の救い手になった。何をもくろんで預からせてもらいたがっているのかはわからないが、いずれにせよ、ホテルに連れもどされることに関してなら、警官よりもドラマルシュのほうがなんとかなる。たとえドラマルシュの手でホテルに連れもどされるとしても、警官の同道よりもずっとましだ。とはいえ、さしあたりはドラマルシュにすがるような気配をみせてはならない。それはまた危険きわまる。不安な気持でカールは警官の手を見つめていた。いつなんどき、摑みかかってくるかもしれないのだ。

「どうしてホテルをクビになったのか、少なくともそれをはっきりさせないといけない」

と、警官が言った。ドラマルシュはソッポを向いて、名刺を指先でもみくちゃにしていた。

「クビになってなどいませんよ」

突然、ロビンソンが声をかけてきた。運転手に支えられて車から身を乗り出していた。

「とんでもない。ホテルでは、とてもいいポストについている。寝室では一等のベッドだし、誰を迎えてもかまわない。いろんな仕事をしていて、用向きをたのむにも、ずっと待っていなくちゃならない。ボーイ長にも調理主任にも目をかけられていて、とても信用がある。クビにされっこない。どうしてそんな話になったのですか。クビにされるはずがない。ぼくがホテルでひどい傷をしたので、こちらに送りとどけてくれることになったんです。そのとき上着を着ていなくて、そのままとび出してきた。ぼくの傷がひどくて、上着を取りにもどるひまがなかったんだ」

ドラマルシュが両手をひろげた。警官の早トチリをなじるように、そしてあらためてロビンソンの証言を保証するようにして言った。

「そういうわけです」

「なるほどね」

警官が少し弱気になった。

「とすると、どうしてクビになったふりなどしてたんだろう」

「自分で答えるんだな」

と、ドラマルシュが言った。カールは警官を見つめていた。見知らない人のなかで立往生して、こちらをいぶかしげにながめている。カールは嘘をつきたくなかった。背中にまわした両手を固く握りしめていた。

戸口に監督が現われて、手をたたいて運送人夫たちを仕事にせき立てた。人夫たちはいっせいに珈琲の残りを地面にあけると、ものもいわずノロノロと建物の中へ入っていった。

「あれこれ言い合っていても、どうにもならない」

そう言って警官がカールの腕に手をのばした。カールは思わずあとずさりした。荷運びの連中がいなくなって、そこがあいていた。カールは振り返るやいなや、二、三歩大きく跳びはねてから走り出した。子供たちはワッと叫んでとびのいて、それから両手をあげたまま、少しバラバラとあとを追ってきた。

「そいつをつかまえろ!」

警官は叫びながら長い通りを追いかけてきた。ほとんどひとけのない通りを、一定の間をおいて同じ叫びをあげながら走ってくる。いかにも走り慣れた足の運びだ。あたりが労働者の界隈ということがカールには幸いした。労働者は警官とかかわりをもちたくないのである。カールは車道のまん中を走っていた。そこのほうが邪魔がない。走りながら歩道に目をやった。労働者たちは佇んだまま、ながめているだけだった。

「そいつをつかまえろ！」

警官は走りやすい歩道を選んで、手の棍棒を突き出しながら叫んでいた。カールは心細くなってきた。十字路が近づいてきて、警官が鋭く笛を吹き鳴らしたとき、観念しかかった。パトロール隊がいるにちがいないからだ。カールの強味は唯一、身軽であるということだった。走るというよりもすっころぶ勢いで、ゆるやかな下り坂を突っ走った。睡眠不足のせいで気がちっているのか、ついうっかり無用のジャンプをしてしまうのだ。それに警官はひたすら追いかけるだけでいいが、カールは走るだけでなく、あれこれ逃げ道を考えて、そこから選びとらなくてはならない。さしあたり横に折れこむことは考えていなかった。何があるかわからないし、そのまま派出所にとびこむかもしれないのだ。それよりも見通しのきく通りを走っていくほうがいい。ずっと下って先の橋につづいており、そのあたりは霧と靄につつまれている。そんなふうに思い定め、なおのこと足を速めて、最初の十字路を突っ切ろうとしたとき、すぐ近くの建物の陰になったところに一人の警官が待機しているのに気がついた。身をかがめ、いまにもとびかかる姿勢である。となると横に折れるしか逃げ場がない。そこにさしかかったとき、名前をよばれた──はじめ錯覚のような気がした。走っていると耳もとで、たえず風の音がしていたからだ──もはやためらわず道を曲がった。警官になるたけ不意打ちをくらわすため、直角に折れてとびこんだ。

二歩ばかり入ったときだ――すでに名前をよばれたことは忘れていた。二番目の警官が笛を吹いた。手ごわいと気がついたのだ。十字路のはずれにいた通行人が急ぎ足でこちらに向かいかけたようだった――このとき、小さな戸口から一本の手がのびて、カールを引っぱり、「静かにしていろ」の声とともに暗い廊下に引っぱりこんだ。ドラマルシュだった。息をはずませ、まっ赤な頰で、頭のまわりに髪がはりついていた。ガウンを脇にかかえ、シャツとパンツ姿だった。ドアは建物の入口ではなく、めだたない脇の通路に通じているだけだった。ドラマルシュはすぐさまドアを閉め、錠を下ろした。

「ちょっと待て」

そう言うなり頭を壁に寄せかけて、大きく喘いだ。カールはほとんどその腕に抱かれた格好で、それと知らずドラマルシュの胸に顔を伏せていた。

「お通りになった」

ドラマルシュが聴き耳をたててドアを指さした。二人の警官が走りすぎていった。ひとけのない通りに鉄を石に打ちつけたような足音がひびいていた。

「まいっているな」

と、ドラマルシュが言った。カールはまだ胸が苦しくて、ひとことも声が出せない。ドラマルシュはそっとカールを床にすわらせると、かたわらにひざまずいて、なんどか額をさすりながら、じっとカールを見つめていた。

「もう大丈夫」

カールはやっと口をきいて、よろよろと立ち上がった。

「よし、出よう」

ドラマルシュはガウンを着て、まだ疲れのせいでぐったりしているカールを、うしろから押しやった。ときおり元気づけるためにゆさぶった。

「へばっているんだろう」

と、ドラマルシュが言った。

「おまえは広いところを馬みたいに走ったが、こちらは狭い通路や中庭を這いずってたんだ。因果なことに脚がいい」

誇らかにカールの背中をドンと突いた。

「ときたま警察のやつらと走りっこするのは練習にいい」

「ぼくは走る前から疲れていた」

と、カールが言った。

「言いわけしてもダメだ」

ドラマルシュが答えた。

「おれがいなければ、いまごろは捕まっている」

「そうですね」

と、カールが言った。

「恩にきます」

「そうだとも」

と、ドラマルシュが言った。

二人は長くて狭い通路を抜けていった。黒っぽい、なめらかな石が敷きつめてあって、進むにつれ右や左に階段の入口があったり、やや幅の広い通路がのぞいたりした。大人はほとんどいなくて、子供たちだけがひとけのない階段で遊んでいた。手すりのところで女の子が泣いていた。泣きじゃくって顔が涙で光っていた。ドラマルシュを見るやいなや、口をあけて喘ぐように息をしながら階段を駆け上がり、なんどもキョロキョロして、誰もこないのをたしかめていた。

「さっき、走っていて突き倒したやつだ」

ドラマルシュが笑いながら拳で脅しつけたので、少女はまた泣きながら階段を駆け上がった。

いくつか中庭を通り抜けたが、どこもほとんど人影がなかった。ときおり店の従業員が二輪の荷車を押していた。女がポンプで水を汲んでいた。郵便配達人がゆっくりと通っていった。白い顎ひげの老人がガラス戸の前に脚を組んで、パイプをふかしていた。運送店の前で木箱が下ろされていた。用の終わった馬がゆっくり首を動かしていた。作業服の男がひとり、書類を手にして監督していた。事務室の窓が開いていて、書き物台に向かっていた事務員が、顔を上げ、思案げな面もちで外を見た。ちょうどその前をカールとドラマルシュが通り過ぎた。

「これほど落ち着いたところはまずないぜ」

と、ドラマルシュが言った。

「夕方二、三時間は騒がしいが、昼間はずっと静かだ」

カールはうなずいた。少し静かすぎるような気がした。

「ほかには住めない」

と、ドラマルシュが言った。

「ブルネルダは音がいやなんだ。我慢がならない。ブルネルダを知ってるか？　すぐに引き合わせる。とにかく、なるたけ静かにしていることだ」

ドラマルシュの住居に通じている階段のところにくると、車はすでに去っていた。鼻のつぶれた青年はカールの姿を見ても少しも驚かず、ロビンソンを運び上げたと報告した。ドラマルシュは、相手が召使で当然の義務をはたしたまで、とでもいうように簡単にうなずいた。ドラマルシュに引っぱられたが、カールは少し躊躇して、日当たりのいい往来をながめていた。

「もうすぐだ」

階段を上りながらドラマルシュはなんども言ったが、ちっともたどりつかない。一つの階段を上りきると、またべつの階段があって、ほんのわずかずつ方角がずれている。カールは思わず足をとめた。疲れのせいではなく、その果てしなさに閉口してのことだった。

「ずいぶん高いところだ」

またもや歩きだしたときに、ドラマルシュが言った。

「いいこともある。外に出る気がしない。いつもガウンでいられて気楽なもんだ。こう高いと、訪ねてくるのもいない」

（誰がわざわざやってくるだろう）

と、カールは思った。

閉まったままのドアの前にロビンソンがいた。やっとたどりついたわけだが、階段はまだ終わりではなく、薄暗がりのなかにつづいていて、いったい、どこで行きどまりになるのかわからない。

「こうなると思っていた」

ロビンソンはまだ痛みがあるらしく、小声で言った。

「ドラマルシュが連れてくる！　ロスマン、いいか、ドラマルシュがいないと、どうなってたか！」

ロビンソンは下着のまま立っていた。ホテルからもってきた小さな毛布で、なんとかからだをくるみこもうとしていた。どうして中に入っていかず、人の通るところで滑稽な姿をさらしているのか、わけがわからない。

「寝ているのか？」

と、ドラマルシュがたずねた。

「寝てないと思う」

と、ロビンソンが答えた。

「ここで待っているほうがいいと思った」

「まず寝ているかどうか、たしかめよう」

ドラマルシュが鍵穴の前にうずくまった。あれこれ顔の向きをかえてのぞいてから立ち上がった。

「窓の覆いが下ろしてあって、よくわからない。ソファーにいる。たぶん寝ている」

「病気なの？」

と、カールがたずねた。ドラマルシュが思案にあぐねたように突っ立っていたからだ。すぐにドラマルシュは鋭い口調で問い返した。

「病気だと？」

「こいつ、何も知らないんだ」

ロビンソンが謝るように言った。

いくつかドアをへだてたところで、二人の女が廊下に出てきた。エプロンで手を拭い、ドラマルシュとロビンソンを見た。噂ばなしをしているらしかった。一つのドアから燃えるようなブロンドの髪の女の子がとび出してきて、女たちにまといつき、腕にぶら下がった。

「いやな女どもだ」

ドラマルシュがささやいた。眠っているブルネルダのせいで声をひそめただけのようだった。

「このつぎ、警察に言いつけてやる。黙らせてやる。見るな、見るな」

カールを引っぱった。ブルネルダが起きるのを廊下で待っているだけなら、女たちをながめていても何ら悪いことではない気がしたので、カールはドラマルシュの命令を無視して首を横に振り、さらに女たちに近づこうとした。

「ロスマン、やめろ」

ロビンソンが袖をつかんで引きもどした。ドラマルシュはカールの動きに苛立った上に、小娘が大声で笑ったものだから、腕を振り上げて突進した。とたんに女たちはそれぞれのドアにとびこんだ。ドラマルシュがゆっくりともどってきた。

「ときおり廊下を清めなくてはな」

カールが反抗したことを思い出した。

「ああいうのは許さんぞ。二度としたら思い知らせてやる」

このとき部屋の中から柔らかい、疲れたような口調で問いかける声がした。

「ドラマルシュなの?」

「はい、はい」

ドラマルシュがうれしそうにドアを見つめた。

「入っていいかい?」

「いい」

ドラマルシュはうしろの二人に一瞥をくれてから、そっとドアを開けた。

部屋はまっ暗だった。窓がなくて、バルコニーへのドアがあるだけ。そこに厚ぼったいカーテンが床まで垂れていた。さらに家具やぶら下げた衣服やらが光を遮っていた。空気はムッとしていて、埃っぽい。手のとどかない隅などに埃がたまっているにちがいない。カールが中に入って最初に気づいたのは、窮屈に据えつけられた三つの戸棚だった。

ソファーの上に女が横になっていた。さきほどバルコニーから見下ろしていた女である。まっ赤な服は下のところが少しからまって、床に裾が垂れていた。膝まで足が剝き出しで、白の厚ぼったい靴下をはいていた。履物はつけていなかった。

「ドラマルシュ、とても熱いの」

壁から顔を向け、だるそうに腕を上げた。ドラマルシュはその手をとってキスをした。カールの目には、女の二重顎がよく見えた。顔を動かすと、二重顎もゆれた。

「カーテンを開けたらどうかな」

と、ドラマルシュが言った。

「だめ」

女は目を閉じたまま、やるせなさげに言った。

「もっとひどくなる」

カールは女をよく見るためにソファーの足の方へまわった。女の訴えが不可解だった。とりたてて暑いというのでもないのである。

「いいとも、いいとも、楽にしてやる」

ドラマルシュはおぼつかない調子で言って、女の首もとのボタンを外し、服をひらいた。首と胸元に、下着の黄色っぽいレースがのぞいた。

「だれかいる」

女は突然、カールを指さした。

「どうしてじっと見ているの?」

「すぐにひと働きするんだな」

とカールに言って、わきに押しやり、それからドラマルシュは女をなだめた。

「きみの用向きに少年を連れてきた」

「だれもいらない」

と、女は言った。

「どうして知らない人を住居に入れたの?」

「お小姓役がほしいって、ずっと言ってたじゃないか」

ドラマルシュがひざまずいた。ソファーは大きくて幅もあるが、ほとんどブルネルダひとりで占められていた。

「ドラマルシュったら」

と、女が言った。

「ちっともわかってない、まるでわかってないじゃないの」

「わかってなかったかな」

ドラマルシュが女の顔に両手をそえた。

「いらないというなら、すぐにも追い出す」

「ここにきたのなら、おいといていい」

と、女が答えた。カールは疲れはてていたので、さほど好意的でもないにせよ、女の言葉がうれしかった。ぼんやりした頭で、際限なくのぼってきた階段のことを考えていた。毛布をまきつけて眠っているロビンソンをまたいで、またもや下りていかなくてはならないと思うとたまらなかった。ドラマルシュが腹立たしげに手を振ってとめたが、カールは女に話しかけた。

「ここに少しでもいさせてもらえると、ありがたいです。まる一日、眠っていません。いろんな仕事をして、いろんなことがありました。とても疲れています。自分がどこにいるのかも、まるで知らないのです。二、三時間、眠らせていただけさえしたら、放り出されてもかまいません。すぐに行きます」

「ここにいていいのよ」

と女は言って、皮肉っぽくつけ加えた。

「ほら、場所なら、たっぷりある」

「行っちまうんだ」

と、ドラマルシュが言った。

「いらないからな」

「だめ、ここにいるの」

こんどはまじめに女が言った。ドラマルシュは女の希望に合わせるように言った。

「それじゃ、そこいらで寝てもいい」

「カーテンのところがいいわ。カーテンを破かないように、靴はぬぐの」

ドラマルシュが指さした。ドアと三つの戸棚とのあいだに模様のちがうカーテンがいっしょくたにして積み上げてあった。山のようになったのを整理して、重いカーテンは下、軽いのは上に置き、さらに巻きこんであるレールを木の輪に通していけば、かなりの場がひらけるはずだが、いまはただふわふわした、たよりなげな小山だった。さしあたりカールはそこに横になった。きちんと寝床の準備をするには疲れはてていたし、それに部屋の持ち主に厄介ごとをひきおこすことになりかねない。

うとうと眠りこんだ矢先に大声を耳にしてからだを起こした。ブルネルダがソファーに上半身を起こし、両腕をひろげていた。ドラマルシュが前にひざをつき、抱きとめている。カールは目のやり場がないので、ふたたび寄りかかり、カーテンの中にもぐりこんだ。ここには二日といられない。だからこそ、いまぐっすり眠っておく必要がある。すっきりした頭だと、正しく迅速に決断できる。

ついいまカールはとび起きたとき、疲労のあまり目をカッと見ひらいていたので、それがブルネルダを刺激した。またもやけたたましい声を出した。

「ドラマルシュ、わたし、暑くて我慢がならない。からだが燃えてるみたい。服をぬいで、シャワーをあびたいの。この二人を部屋から追い出して。廊下でも、バルコニーでも、どこでもいい、わたしの目のとどかないところ。自分の住居にいるのに、どうして邪魔をされなくてはならないの。ドラマルシュ、あなただけでいいわ。なんてこと、まだいる！　ご婦人の目の前に下着姿でころがっているなんて、ロビンソンったら、あつかましい。そこの新入りの坊やったら、さっきはジロジロ見ていたくせに、こんどはタヌキ寝入りをしている。ドラマルシュ、さ、早いとこ追い出して。うっとうしいわ。胸をおさえつけられてるみたい。いまわたしが死んだら、この人たちのせいよ」

「すぐに追い出すから、服をぬいでいい」

ドラマルシュはロビンソンのそばに寄ると、その胸に足をのせてゆさぶった。つづいてカールに声をかけた。

「ロスマン、起きろ！　二人ともバルコニーに出るんだ！　よしという前にもどってきたら、ただではすまないからな！　ロビンソン、そら、ぐずぐずするな」

足で踏みつけた。

「ロスマンもだ。さもないと手痛い目にあうぞ」

そう言って音高く手を打ち合わせた。

「まだなの、早くしてよ!」

ブルネルダがソファーの上から叫んだ。まるまる肥ったからだを楽にしようとして、すわったまま両脚をひろげ、それからしきりにうめいたり、わめいたりしながら、やっとのことでうつ向いて、靴下のいちばん上に手をかけて少し引き下げた。抜きとるのは自分ではできず、ドラマルシュが手をかした。ブルネルダが苛立たしげに催促した。

疲れはててボンヤリしたまま、カールは積み上げてあるカーテンから這い下りて、ふらふらとバルコニーのドアに向かった。カーテンの一つが巻きついているのを、そのままうしろに引きずっていた。寝ぼけていたのか、ブルネルダのわきを通るとき、「おやすみなさい」などとつぶやいた。ドラマルシュがバルコニーのドアの前のカーテンを、少しわきに引きあけている。カールはよろけながらドアを出た。すぐうしろからロビンソンがついてきた。やはり眠くてならないらしく、ぶつぶつとひとりごとをつぶやいていた。

「意地悪め! ブルネルダが来ないのなら、バルコニーはごめんだね」

そう言いながら、おとなしくバルコニーへ出てきた。カールが寝椅子に倒れこむと、ロビンソンは、すぐさま床に横になった。

カールが目を覚ましたとき、日が暮れていた。空にすでに星が出て、通りの向かいの高い建物のうしろに月の光が射しかけていた。しばらくあたりをキョロキョロ見まわし、ひんやりした大気をなんどか吸いこんで、ようやくカールは自分がどこにいるのかを思い出した。調理主任の親切なこころ配りや、テレーゼの忠告、それに自分で用心していたはずのこともすべてうっちゃらかして、ドラマルシュのところのバルコニーに転がっている。憎らしい敵のドラマルシュではないか。そいつのカーテンのうしろで、半日がとこ眠りこんでいた。床にはのらくら者のロビンソンが寝そべっている。カールの足を引っぱった。どうやら、そのせいでカールは目が覚めたらしい。

「なんてよく眠るやつだ!」

と、ロビンソンが言った。

「やっぱり若いんだな。どれほど眠ったと思うんだ。もっと眠らせておいてもよかったんだが、ここで寝ころがっているのは退屈だし、それに腹がへった。ちょっと腰をあげてくれないか。そこの椅子の下に食い物を隠しているんだ。パクつきたい。おすそわけしてやる」

カールが立ち上がると、ロビンソンは虫のように這い寄って、腕をのばし、椅子の下から銀色の容器を引っぱり出した。もともと、名刺入れのようだった。そこにまっ黒なソーセージが半分と細身のタバコが数本、蓋はあけてあるが中身がつまっていて油の浮いたサーディンの缶詰、それに小さく砕けてボロボロになった菓子が入っていた。さらに椅子の下からパンの大きなかたまりと香水瓶のようなものが出てきた。瓶の中身は香水ではないらしく、ロビンソンはうれしそうに顔を近づけ、カールを見上げて鼻を鳴らした。

「ロスマン、覚えとくんだ」

サーディンをガツガツ食べながらロビンソンが言った。食べながら手についた油を布で拭っている。ブルネルダがバルコニーに忘れていったスカーフらしかった。

「飢え死にしたくなければ、こんなふうに備蓄をしておくんだ。おれはよけい者なんだ。いつも犬みたいに扱われていると、いずれ自分でも犬のような気がするんだな。おまえがそばにいてくれて、ありがたいや。少なくとも話ができる。ここでは誰もおれとはしゃべってくれない。憎まれている。ブルネルダのせいだ。むろん、いい女だとも。いいか、ロスマン――」

カールを手招きして、耳にささやいた。

「いちどまっ裸のブルネルダを見たことがある。すごいんだ!」

思い出してもたまらないふうで、やにわにロビンソンはカールの足をおさえて殴りはじめた。カールは思わず声をあげた。

「ロビンソン、きみはどうかしている」

その手をつかんで、払いのけた。

「おまえはまだ子供だ」

ロビンソンはそう言うなり、首に紐でぶら下げていたナイフを引っぱり出すと、鞘から出して、キャップをとり、かじかんだソーセージを切った。

「いろんなことを学ばなくちゃあならないぞ。おれたちといれば、ちょうどいい。まあ、すわれよ。食いたいだろう。人が食べるのを見ていると食欲がわくもんだ。飲みたくもないのか。何もいらないのか。あまり話したくもなさそうだな。誰とバルコニーにいるかは問題じゃない。誰かがいればいい。おれはのべつバルコニーに出ている。ブルネルダがおもしろがってそうしたがるんだ。思いつきでね、寒いといったり、暑いといったり、眠いからといったり、髪をすくとか、コルセットをゆるめるとか、コルセットをつけるとか、そのたびにおれはバルコニー行きだ。ブルネルダは言ったとおりをすることもたまにはあるが、たいていは言うだけで、ソファーに寝そべったままなんだ。以前、カーテンを少しあけてのぞいていたら、ドラマルシュに見つかって、笞でひっぱたかれた——ドラマルシュはしたくなかったのだが、ブルネルダが言い張ったものだからね——顔をなんどもぶたれた。笞のあとがついてるだろう。あれ以来、のぞかない。ここでこんなふうに寝ころがって、食い物のことばかし考えている。おとといも、ひとりきりでここにいた。おとといは上等の服を着ていた。おまえのいたあのホテルでダメにしちまった——あの野郎どもめ！　ひとりがあの上等の服をむしりとりやがった！——つまり、おとといはひとりでここにいたんだ。ベランダごしに下を見ていた。すると、なんともせつなくなって、ワンワン泣きだした。そのとき偶然、ブルネルダがやってきた。おれは気づかなかったんだ。赤い服を着ていた——赤がいちばん、似合うんだ——おれをチラッと見て、しばらく黙っていた。それから、《どうして泣いてるの？》と言った。それから服をたぐり上げて、裾でおれの涙を拭った。あのときドラマルシュが声をかけず、ブルネルダがすぐに部屋にもどることもなかったら、つづいてどうかなっていたかもしれない。やっとおれの出番だと思ったね。それでカーテンごしに、部屋に入っていいかとたずねると、ブルネルダはどう言ったと思う？《ダメ》だとさ。《何てことを思いつくの！》なんて言いやがった」

「そんな扱いをされていて、どうしてここに居つづけているの？」

と、カールはたずねた。

「せっかくだが、ロスマン、お門《かど》ちがいのおたずねだ」

ロビンソンが答えた。

「おまえだって、ここに居つづけていると思うぜ、もっと手ひどく扱われてもさ。それにここの扱いは、それほどひどくはないんだ」

「どうして?」

カールは言い返した。

「ぼくならきっと出ていく。今夜にも出ていく。きみたちの世話にはなりたくない」

「いったいどうやって出ていく。今夜にもとはどういうことだ」

ロビンソンは干からびたパンから、まだやわらかいところをえぐり出して、サーディンの缶詰にゆっくりとひたした。

「部屋にも入れてもらえないのに、どうやって出ていくんだ」

「どうして入っちゃあいけないの?」

「合図があるまで、入っちゃあいけない」

ロビンソンは大きな口をあけて、サーディンの油でふくらんだパン切れを落としこみ、そのかたわら、掌を皿にして、したたり落ちる油を受けとめると、そこにのこりのパン切れをなすりつけた。

「だんだん厳重になってきた。はじめは薄いカーテンだった。なかは見えなかったが、夜になると影が見えたんだ。それがブルネルダにはイヤだったらしい。舞台用の外套をカーテンの代用に吊すようになった。もう影だって見えやしない。以前は入っていいかどうか、声をかけてもよかった。事情によっちゃあ、《いい》なんて返事もあった。たぶん、それであまりになんども声をかけちまったんだな、ブルネルダは我慢ならないと言い出した――あんなに肥っているが、神経がこまかいんだな。のべつ頭痛をおこしている。脚は痛風だ――そんなわけで声をかけてはいけないことになった。かわりに入ってもいいときは、テーブルで鈴が鳴らされるんだ。けっこう大きな音がする、眠っていても目が覚めるほどだ。――以前、遊び相手にここで猫を飼っていたんだが、鈴の音に驚いて逃げちまって、あれからついぞ姿を見せない。今日はまだ鈴が鳴らない――鳴ると、入っていいのじゃなくて、入らなくちゃあならないんだ――ずっと鳴らないときは、当分、鳴らないと思っていい」

「わかった」

と、カールは言った。

「でも、それはきみのことであって、ぼくにはあてはまらない。従っている人にだけあてはまることだ」

「どうしてだ?」

ロビンソンがたずねた。

「どうしておまえには、あてはまらない? むろん、おまえだって同じさ。ここでおとなしく鈴が鳴るのを待っているんだ。それから出ていけるかどうか、ためしてみるがいい」

「どうしてここをおさらばしない? ドラマルシュが友人で、つごうがいいからなの? これが人間の生活なの? きみたち、バターフォードへ行くはずじゃなかった? あちらのほうがいいんじゃないの? カリフォルニアに友人がいると言ってたじゃないか。どうしてカリフォルニアに行かないの?」

「そうだなあ」

と、ロビンソンが言った。

「先のことは、誰にもわからない」

ひと息おくと、「わが友ロスマンの健康を祝して」と言うなり、香水瓶を口にあて、ながながと飲んでいた。

「あのとき、おまえに邪険にされた。置いてきぼりをくらわしたじゃないか。おれたちはひどかった。さっぱり仕事がない。ドラマルシュは探そうともしていなかった。おれを使いに出すだけで、こちらは走りまわったが、どこにも仕事にありつけない。ドラマルシュはフラフラしているだけだった。ある夜、女用の財布をもってきた。きれいなやつで、真珠がくっついていた。いまはブルネルダにゆずったと思うがね。手に入る。それではじめたんだ。おれは一計を案じて、戸口で歌うことにした。物乞いをすれば、入り用のものが財布はほとんどカラだった。それでやつが乞食をしようと言いだした。ドラマルシュは運がいいんだ。二番目の家だった。一階の金持の住居をねらって、料理女や召使の前で歌ったんだ。そこへ女がやってきた。建物の持ち主で、つまりそれがブルネルダってわけだ。石段を上がってきたんだが、きっとコルセットをしめすぎていたんだ、あと数段が上がれない。目のさめるような女だったぜ。いいか、ロスマン、まっ白な服で、まっ赤な日傘をもっていた。ペロペロ舐めたいぐらいのものよ、飲みほしたいってものだ、なんともかとも、きれいだった。あんな女はまたとない。いようはずがないってものだ。下女や召使がすっとんできて、石段を運び上げた。おれたちは戸口の右と左にいて敬礼した。ここではよく敬礼するんだ。女はちょっと立ちどまった。息が切れていたんだな。それからのことだが、どうしてああなったのか、自分にもさっぱりわからない。たぶん、腹がへっていたので、頭がどうかしてたんだろう。ブルネルダがすぐ前にいた。目の前だと、なおのことされいで、大きくて、それに特別のコルセットをしてて――戸棚にあるのを見せたいとこだ――そいつをきつくしめていた。そんなわけで、おれがちょいと尻に触れた。ほんのちょっとなんだ、軽くさわっただけなんだが、乞食が金持の女に触れるなんてことは許されない。すぐさまドラマルシュに平手打ちをくらわされたが、それですんだのが御《おん》の字よ。でも、あの平手打ちはきつかった。おもわず両手で頬っぺたを撫でさすった」

「なんてことをしてたんだ」

と、カールが言った。ロビンソンの話に聞きほれていて、床に腰を下ろした。

「それがブルネルダだったの?」

「そうとも」

と、ロビンソンが答えた。

「それがブルネルダだ」

「歌手だって言わなかった?」

と、カールがたずねた。

「むろん、歌手だとも。有名な歌手なんだ」

ロビンソンは舌の上に大きなボンボンのかたまりをころがしていた。頬《ほお》ばろうとすると、口のはしからはみ出してくる。それを指で口の中に押しこんだ。

「あのときはそんなことは知らなかった。金持のご婦人と見えただけだ。彼女は何でもなかったような顔をしていた。きっと何も感じなかったのだと思うね、おれは指の先っぽでさわっただけだったからな。彼女はずっとドラマルシュを見ていた。ドラマルシュも――あいつにはいつものことだが――女の目を見返していた。すると女が言った。《ちょっと、お入りにならない?》そう言って日傘で住居を指して、ドラマルシュに先へ行けって合図したんだ。それから二人が入っていって、召使がうしろからドアを閉めた。みんな、おれを忘れていた。そうながくはかかるまいと思ったので、階段に腰かけてドラマルシュを待っていた。ところがドラマルシュのかわりに、召使が出てきて、スープを皿ごともってきた。《ドラマルシュは忘れていない》と、おれはひとりごとを言った。召使はおれが食べているあいだ、わきに立ったまま、ブルネルダのことをあれこれしゃべった。それでこの出会いが、なかなかのものだとわかってきた。というのは、ブルネルダは亭主と別れたので、ひと財産もっていて、まったく好きなようにできる。亭主ってのはココアをつくる工場をもっていて、まだ女に気があったが、ブルネルダのほうが冷めていた。亭主のほうは、のべつ住居にやってきた。いつも結婚式のようにめかしていた――ほんとうだとも、おれはこの目で見たんだ――召使にたっぷり鼻薬がきかしてあったのに、奥に取りつごうともしない。というのはブルネルダは、相手の顔を見ると、手近のものを投げつけるんでね。いちどなんか、お湯のいっぱい入った湯たんぽをぶつけたんだぜ。亭主はそれで前歯を折っちまった。ロスマンよ、あれを見せたかったな」

「どうしてその男を知ってるの?」

「ときおり、ここにくるからだ」

「ここに?」

カールはびっくりして、手でトンと床をたたいた。

「びっくりするだろうとも」

ロビンソンが言葉をつづけた。

「召使から聞いたとき、おれも驚いた。いいか、ブルネルダが留守のときに、召使に手引きさせて奥の部屋に入り、ちいさな何かを記念にもっていくんだ。かわりにとても高価なものをブルネルダのために置いていく。召使には固く口どめしていたが、なんでもあるとき――召使のはなしだが、ほんとうだと思うね――べらぼうな値段の焼き物をもってきた。ブルネルダは気づいたんだな、すぐに床に放り投げて、こなごなにしちまった。足で踏んづけ、つばを吐いて、ほかにもいろんなことをした。召使はあと始末をするとき吐き気がしたそうだ」

「その男が彼女に何をしたっていうの？」

カールがたずねた。

「それは知らない」

と、ロビンソンが言った。

「でも、とくに何もしなかったと思うよ、少なくとも当人にもまるでわからない。なんどか話したことがあるんだ。毎日、あちらの通りの角でおれを待っている。おれが出かけていって、ブルネルダのことを話すんだ。おれが行かないと半時間がとこは待っていて、それから帰っていく。いい稼ぎになった。ブルネルダのニュースを知らせると、気前よく寄こしたからね。しかし、ドラマルシュに知られてから、やつに渡さなくちゃあならない。それでめったに出かけていかないんだ」

「いったい、その人、何をしてほしいの？」

カールはたずねた。

「どうしたいの？　イヤがられているのはわかっているのに」

「そうなんだな」

ロビンソンは溜息をついてから、タバコに火をつけた。そして腕を大きく振りまわして、煙を上に追いやった。それからキリをつけるようにして言った。

「勝手にしろだ。やっこさん、おれたちみたいにバルコニーに寝ころがっていてもいいとなれば、どんな大金だって出すだろうぜ」

カールは立ち上がり、ベランダに寄りかかって下の通りをながめた。月が昇っていたが、まだ建物の下のほうまでは光が届かない。昼間はひとけがなかったが、いまはとりわけ玄関前に人が押しかけていて、ゆっくりとした歩調で歩いていた。男たちのシャツの袖や、女たちの明るい衣服が暗闇のなかに、ぼんやり浮かび上がっていた。だれも帽子をかぶっていない。まわりのバルコニーに、いつのまにか人が出ていた。ガス灯の下に家族が、いずれもバルコニーの大きさに応じ、小さなテーブルを出したり、椅子だけ並べたりしていた。あるいは部屋から首をつき出していた。男たちは脚をひろげてすわっていた。ある人は両足をベランダからつき出して新聞を読んでいる。新聞のはしが床に垂れていた。あるいはトランプをしていた。見たところは無言だが、音高くトランプをテーブルに打ちつけている。女たちは膝いっぱいに縫い物をのせていた。ときおりチラッと顔を上げて、まわりを見たり、通りを見下ろしたりしていた。隣のバルコニーに、ブロンドの髪の弱々しげな女がいた。しきりにあくびをして、そのたびに、まん丸い目をむき、つくろっている縫い物を口に寄せた。猫の額ほどの小さなバルコニーでも、子供たちが追っかけごっこをして、両親をうるさがらせていた。あちこちの家で蓄音器が鳴っていた。歌やオーケストラが聞こえていた。どれをとくに聞いているのでもないらしく、父親が大声を出し、家族のひとりが駆けこんで、盤をとり換えたりしている。あちこちの窓辺には、じっと佇んだ恋人たちの姿が見えた。カールとちょうど真向かいの窓のところに同じく一組がいた。若い男が若い女を抱きすくめ、乳房に手をそえていた。

「まわりのだれかを知っている?」

と、カールがたずねた。ロビンソンも立ち上がっていた。寒いのか、例の小さな毛布の上にブルネルダの覆い物をからだに巻きつけていた。

「ほとんどひとりも知らない。これが困るところだ」

ロビンソンは耳元にささやくためにカールを引き寄せた。

「そのほかは目下のところ、とりたてて苦情を申し立てることはない。ブルネルダはドラマルシュのために、もっていた全部を売っ払った。全財産をもって、この郊外の住居に引っ越してきた。ドラマルシュだけに打ちこめるし、だれにも邪魔をされないからね。それはドラマルシュの望むところでもあったわけだ」

「使用人はみんなクビにしたの？」

「そのとおり」

ロビンソンがうなずいた。

「こんなところに連れてくるわけにいかない。面倒なやつらなんだ。いちどブルネルダのいる前で、ドラマルシュが召使の一人に平手打ちをくらわせて追い出したことがある。順に出ていって、最後に大物が出ていった。むろん、みんな示し合わせてのことだ。ドアの前で騒ぎ立てるので、ドラマルシュが顔を出した――おれは召使じゃなくて、友人って格だったが、召使といっしょにいたんだ――ドラマルシュが《どういうつもりだ》とたずねると、いちばん年長のイシドールとかいった男が、《あなたにはかかわりはありません。われらの主人は奥さまです》と申し立てた。これからもわかるだろうが、ブルネルダを敬っていたんだ。ところがブルネルダはやつらにまるで気がなくて、ドラマルシュ一本槍だ。そのときはいまほど肥っていなかった。みんなの前でドラマルシュを抱きしめて、キスをして、《ねえ、ドラマルシュ、このお猿たちを追っ払って》と言った。たしかにお猿と言った。召使どものことなんだ。あのときの連中の顔は見ものだった。それからブルネルダはドラマルシュの手をとって、腰につけている財布にさわらせた。ドラマルシュが手をつっこんで、召使たちに支払いをした。ブルネルダは口を開けた財布を腰につけたま ま、かたわらでながめていた。ドラマルシュはなんども手を財布に入れた。数えもしないで金を配っていたね。要求をあらためもしなかった。それから、やつらに言った。《おれと話したくないらしいから、ブルネルダの名において言う。荷造りして、さっさと失せろ》即刻クビになった。裁判所に訴え出たのがいて、ドラマルシュは出頭しなくてはならなかった。しかし、おれはくわしいことは知らない。召使たちがいとまを告げたすぐあと、ドラマルシュがブルネルダに《召使がいなくなったが、いいか》と言ったんだ。するとブルネルダが《でも、ロビンソンがいる》と言った。するとドラマルシュはおれの肩をポンと叩いて言った。《よし、これからはおまえが召使だ》とね。ブルネルダがおれの頬っぺたをつついた。ロスマン、おまえも何かのときに頬っぺたをつついてもらいな。びっくりするほど気持がいいぞ」

「つまりドラマルシュの召使になったんだな」

カールがとりまとめるように言った。

カールの言い方に哀れみを感じとったのだろう、ロビンソンは答えた。

「そうとも、召使だ。でも、そのことは、ほとんど誰も知らないぜ。おまえだってそうじゃないか、しばらくいっしょにいたのに、ちっとも気づいちゃあいなかった。先だっての夜、あのホテルに現われたとき、どんな服を着ていたか、覚えているか。とびきりのやつだった。召使なんてものは、あんな出で立ちはしないもんだ。ただ、実をいうと、あまり外を出歩けない。いつも何かしら用がある。召使なんてものは、そういうものだ。ひとりじゃ、とても用が足りない。もう気がついただろうが、部屋にはやたらと家具がある。どえらい引っ越しのとき売り払えなかったので、いっしょにもってきた。人にやればよかったんだが、ブルネルダがうんと言わなかった。ウンウンいって階段をかつぎあげたんだぜ」

「ひとりで全部?」

カールは声をあげた。

「ほかに誰がいる?」

と、ロビンソンが言った。

「手伝いがひとりきたが、怠け者で、足手まといになっただけだ。ほとんどひとりで運ばなくちゃあならない。ブルネルダは下の自動車のそばに突っ立っているだけだし、ドラマルシュは上で置き場所を考えている。こちらひとりが、のぼったり降りたりだ。二日かかった、まる二日だぜ。どんなにいろんなものが部屋中に詰まっているか、おまえにはわからんさ。どの引出しもぎっしり詰まっている。積み上げたうしろにも、天井まで押しこんである。何人か雇えば、もっとすんなりいったんだが、ブルネルダがいやがった。赤の他人にさわられるのがイヤだというんだ。まかせてもらうのはありがたいが、あれでからだを壊したんだ。からだだけが元手の人間だというのによ。ちょっとでも力をいれると、キリキリ痛むんだ。いいか、ここも、ここも、ここもだ。ホテルのチンピラだって——そうだろう、チンピラだよな——からださえ壊してなければ、簡単にやっつけていた。からだのことは、ここでは話してない、ドラマルシュにも、ブルネルダにも、ひとことも言ってない。からだがつづくかぎり、働くんだ。ダメになったら、ここで横になったきり、おだぶつだ。そのときになってやっと、おれが病気だったたって気がつくだろうが、手遅れだ。働いて働いて、働き死にしたってわかっても、あとの祭だ。そうだよな、ロスマン」

ロビンソンはカールのシャツの袖で涙を拭った。

「寒くないかい？　シャツだけじゃないか」

ちょっと間をおいてロビンソンが言った。

「やめろよ」

と、カールは言った。

「すぐに泣き出す。病気じゃないよ。とても健康そうに見える。ずっとバルコニーなんぞにいるから、よけいなことを思うんだ。ときおり胸がキリキリするんだろう。ぼくだってするよ。誰だってそうだ。誰もかもがきみのように、ちょっとしたことで泣いていたら、みんなバルコニーで泣かなくちゃあならない」

「わかっちゃいないな」

ロビンソンは毛布のはしで目を拭いた。

「家主のおかみさんに調理をたのでいるんだが、そこに下宿している学生がいる。この前、食器を返しにいったら、言ったんだぜ、《ロビンソンさん、あなた病気じゃないんですか》って。おれはここの誰とも口をきくなっていわれてるんだ。それで食器を置いて、黙って出かかると、追いかけてきた。《ほっといて病気をこじらせると、あとが大変ですよ》と言うんだ。それで、どうすればいいか教えてくれと言うと、《それはあなたのことです》と言うなり、まわれ右をした。テーブルを囲んでいた連中がドッと笑った。ここにいるのは、ひどいやつばかしだ。出ていきたいよ」

「きみをバカにした人の言ったことは信じて、ちゃんとした人間の言うことは信じないんだね」

「ほんとに自分がどうなのか、わからないんだ」

ロビンソンはまたもや泣きじゃくった。

「どうすればいいのかが、わかっていないんだ。ここでドラマルシュの用事なんかしていないで、ちゃんとした仕事を見つけなきゃあ。いま話を聞いたし、この目で見たんだ。だからはっきり言える、ここのは仕事じゃない、奴隷じゃないか。誰だって我慢できない。自分はドラマルシュの友人だから、友人を捨てられないと思っているんだろう。でも、それはまちがっている。きみがどんなにみじめな生活をしているか、あいつはまるでわかっちゃいないんだから、ちっとも義務なんか感じることはないんだ」

「ロスマン、するとなんだ、ここの仕事をやめれば、元どおりに元気になるっていうのか？」

「そうだ」

と、カールは答えた。

「たしかに、そうか」

ロビンソンが念を押した。

「たしかに、そうだ」

カールはほほえんだ。

「それならさっそくとりかかろう」

ロビンソンがじっとカールを見た。

「どういうこと？」

カールがたずねた。

「おまえがおれの代わりになる」

ロビンソンが答えた。

「誰がそんなことをきみに言ったの？」

カールがたずねた。

「ずっと前からの計画だった。少し前もその話をした。ブルネルダがおれに食ってかかった、それがきっかけだ。ちゃんと掃除をしていないというんだな。全部きちんとする、とすぐにおれは言った。しかし、実際はむずかしい。このからだでは埃を拭きとるために、隅々まで這いまわるなんてできない。部屋中に家具や道具があって、まん中ですぐに立往生だ。全部きちんと掃除するには、家具をどかさなくてはならない。ひとりでそんなことができるものか。しかも、そっとやらなくちゃならない。ブルネルダはたいてい部屋にいる。音を立てちゃあならないんだ。たしかにきれいにすると約束したが、実際はしなかった。ブルネルダはそのことに気がついて、ドラマルシュに、このままではダメ、手伝いをひとり雇わなくては、と言ったんだ。《ドラマルシュ、言っとくけど、わたしがだらしないなんていわさない》と、そんなふうに言った。《わたしは見てのとおり無理がきかない、ロビンソンでは用が足りない。はじめのころは元気で、どこも目が届いていたけど、このごろはすぐに疲れて、たいてい部屋の隅にすわっている。わたしたちみたいに家具が多いと、掃除がたいへんなのよ》ドラマルシュが打開策を考えた。まるきり知らない人間を雇うわけにいかない。臨時だってダメだ。まわりのみんなが目を光らせている。その点、おまえはよく知った仲だし、レネルの話では、ホテルでいじめられているらしい。それでおれが話をもち出した。ドラマルシュもすぐに賛成した。おまえは以前、やつにひどいことをしたのにだ。おまえの役に立てそうで、おれはうれしかった。うってつけの仕事だぜ。若くて、力があって、手ぎわがいい。おれはダメ男だからな。ただ言っとかなくちゃならないが、ブルネルダのお眼鏡にかなわなくちゃあならない。でないと、どうしようもない。だから、せいぜいつとめて気に入られることだ。ほかのことは力を貸そう」

「ぼくがここで召使になるとしたら、きみはどうする?」

と、カールはたずねた。ロビンソンの言葉に仰天したが、最初のショックは薄らいで、気持が楽になった。ドラマルシュは、とりたてて悪意があってカールを召使にしようというのではないのである――もし悪意あってのことなら、おしゃべりなロビンソンが黙っているはずがない――つまり、そういうしだいであるのなら、今夜にもここからおさらばするまでだ。誰だって無理やり仕事を押しつけたりはできない。ホテルをクビになったあと、飢えから身を守るための仕事があるかどうか、それもなろうことなら見ばえのいいのにつきたいものだと、あれこれ考えた。しかし、いまここにもち出されたおぞましい仕事とくらべれば、ほかのどんな働き口だっていいし、たとえ何にもありつけないとしても、ここにいるよりはましである。カールはそのことをロビンソンにわからせようとはしなかった。これから楽になると思って、心がここにないありさまだ。

「手順を話しておこう」

ロビンソンは肘を手すりについて、話しながら、しきりに手を動かした。

「まず家具を一つ一つ、順に説明する。おまえは勉強してきたたし、きれいな字が書ける。だから全部を一覧表にして書き出すんだ。ずっと前からブルネルダがそのことを言っていた。明日の午前中、もし上天気なら、ブルネルダにたのんでバルコニーに出てもらう。そのあいだ安心して部屋の掃除ができる。いいか、ロスマン、いちばん気をつけることなんだ、ブルネルダの気分をそこねちゃならない。とても耳がいい。歌手だから、きっとよけいに敏感な耳をしているんだ。たとえば、棚のうしろの酒樽を出すとする。重いから、ころがして出してくる。ひどい音がする。なにしろ重いうえに、まわりにいろんなものがあるからね。何やかやに当たるんだ。ブルネルダはソファーでのんびりしているとする。ハエがうるさいので、ハエ取りをしていたりする。全然気にしていないように思うだろう。だからそのまま樽をころがしていく。しばらくは何もない。ところが思ってもみなかったとき、もう音をたてなくなったときにだよ、突然ソファーの上ですわり直して、両手でやたらにソファーをたたくんだ。埃がもうもうと立ちのぼって、姿が見えないほどになる——ここに移ってきて、いちどもソファーを掃除したことがない。いつもブルネルダが寝そべっているからね——それからブルネルダがわめきだす。男みたいな声で、何時間もわめくんだ。歌うのはまわり中から苦情が出て、禁じられているが、わめくのは禁じようがない。それでもこのごろは、めったにわめかなくなった。おれもドラマルシュも、とても注意深くなったからね。それにわめくのはブルネルダにもよくない。いちど気を失った——あいにくドラマルシュは出かけていた——それで隣の学生をよんできた。やつは大きな瓶から何やら液体をブルネルダにひっかけた。それはよかったが、なんともいやな臭いがソファーにしみついた。いまだって鼻を近づけると、臭いがするよ。きっとあの学生は悪だくみをしたんだ。このまわりはそんな連中ばかりだから用心しろよ、だれも心を許しちゃならない」

「つまり、なんだね」

カールが口をはさんだ。

「とても厄介な勤めなんだ。それをすすめてくれるってわけだ」

「心配するなって」

よけいな不安だとでもいうように、ロビンソンは目を閉じたまま首を振った。

「この勤めは、ほかじゃとても望めないようないいことがある。ブルネルダのような女のそばに、いつもいられるじゃないか。ときおりは同じ部屋に寝ていられる。わかるだろう、なんともそいつは乙《おつ》なもんだ。それにたっぷり給金がいただける。金はうなるほどあるんだ。おれはドラマルシュの友人だから給金なしで、外出するときだけ、ブルネルダから小遣いをもらうぐらいだが、おまえはもちろん、いただけるさ。召使なんだからな。まったくの召使なんだからな。さらに言っとくと、おれのおかげで仕事がうんと楽になる。最初は何も手伝わない。休養しなくちゃあならないからな。でも少しよくなったら、頼りにしてくれ。ブルネルダの世話はまかせてもらおう。髪を梳いたり、服を着せたり、ドラマルシュが面倒をみないところをおれがする。おまえはさしあたっては、部屋の掃除だ。買出しと、それとあれこれ住居のことにかかわっていればいい」

「いやだな」

と、カールは言った。

「そんなのはしたくない」

「バカいうな」

ロビンソンが、ぐっと顔を近づけた。

「二度とないことなんだぜ。どこですぐに働き口が見つかるというんだ。おまえを知っている人がいるとでもいうのか。誰もおまえを知っちゃあいないし、おまえは誰も知らない。ドラマルシュとおれにしても、いろんなことをしてきて、世の中を知っている、そんな二人が足を棒にして駆けずりまわっても、仕事ひとつ見つからなかった。甘くみちゃあダメだぜ、とてつもなく大変なんだ」

カールはうなずいた。ロビンソンが理路整然としゃべることに驚いた。しかし、説得はされなかった。とにかく、ここにこのままいてはならないのだし、大きな街にはきっと自分の場があるはずだ。宿には夜どおし人が出入りしている。客の世話をする者が入り用のはずで、その点、自分は経験をつんでいる。すぐにも、どこかにもぐりこめるだろう。向かいの建物の一階が小さなレストランになっていて、音楽が洩れていた。大きな黄色っぽいカーテンが入口に吊してあって、おりおり風に煽られてふくらみ、音をたててはためいていた。そのほかは通りはずっと静かになっていた。たいていのバルコニーは闇に沈み、遠くでちらほら明かりが見えるだけだった。しばらく見つめていると、きっと立ち上がる人がいて部屋へもどっていく。最後に残った男が明かりに手をのばし、チラリと通りに視線をやってからその明かりを消した。

(もう夜だ)

カールはつぶやいた。

(このままここにいると、同じ仲間になってしまう)

部屋へのカーテンを開こうとして向き直った。

「何をするんだ」

ロビンソンがカーテンとの間にわりこんできた。

「ここから出ていく」

と、カールは言った。

「どいてくれ」

「なかにブルネルダがいるんだぞ」

ロビンソンが叫んだ。

「なに考えてんだ」

腕でカールの首を抱きこみ、両脚をカールの脚に巻きつけ、全身をかけて床に引き倒した。カールはエレベーターボーイのあいだに、少し喧嘩の修行をつんでいたので、ロビンソンの顎めがけて拳を突き上げた。しかし、手かげんした、ごく弱い突きだった。ロビンソンは即座に、容赦なく、膝でカールの腹を蹴りあげた。ついで両手で顎をおさえ、大声で泣きわめきはじめたとたん、隣のバルコニーの男が手をたたいて「うるさい」とどなってきた。ロビンソンの突きによる苦痛をこらえるため、カールはしばらくじっとしていた。ただ顔をカーテンに向けていた。あきらかに明かりのない部屋を隠して、カーテンがダラリと垂れていた。部屋に誰かがいるとは思えなかった。ドラマルシュがブルネルダをつれて外出したにちがいない。自由にしていいのだ。番犬さながらのロビンソンは振りすてていけばいい。

このとき、通りの遠くから突き上げるように太鼓とトランペットの音がひびいてきた。大ぜいの声が、やがて一つの叫びになった。カールはまわりを見まわした。どのバルコニーにも人がとび出してきた。カールはゆっくりと起き上がった。からだをまっすぐできないので、ヨロヨロと手すりにもたれかかった。下の歩道を若い人々が大股で、両腕をのばし、片手に帽子をもち、顔をそらして行進していた。車道はまだ人がいない。長い棒に提灯を吊した人がいた。提灯から黄色っぽい煙が出ていた。太鼓方とトランペット組が広い列をつくって明かりのもとにやってきた。その人数の多さにカールは目を丸くした。このとき背後で声がしたので振り返ると、ドラマルシュが重いカーテンを持ち上げていた。つづいて暗い部屋からブルネルダが現われた。まっ赤な服で、肩にレースのショールをはおっていた。黒っぽいナイトキャップをかぶっている。髪は梳いていないようで、丸めたままの髪の毛のはしが下からのぞいていた。手には開いたままの扇子をもっていたが、動かさないで、からだにぴったりと押しつけている。

カールは手すりづたいにわきへ移って、二人のための場をあけた。誰もここにとどまるように無理強いしないだろうし、かりにドラマルシュがそれをしても、ブルネルダはカールの願いどおり、すぐにも放免するだろう。カールの目が怖いと苦情を言ったばかりなのだ。にもかかわらず、カールが一歩ドアに向かいかけると、ブルネルダが目ざとく見つけた。

「坊や、どこへ行くの？」

ドラマルシュににらまれて立ちすくんだとたん、ブルネルダが引っぱり寄せた。

「下の行列を見たくないの？」

そう言うなり、カールを手すりに押しつけた。

「何の行列か知っているの？」

うしろでブルネルダの声がした。押しつけられているのがイヤで、もがき出ようとしたが、どうにもならない。やむなくカールは通りを見下ろした。自分の悲しみの底を見るような気がした。

ドラマルシュは腕組みしてブルネルダのうしろに立っていたが、やおら部屋に駆けこむとオペラグラスをもってきて、ブルネルダに渡した。下では楽隊につづいて行列の本隊が現われた。並はずれて大きな男が、肩に紳士をかついでいる。紳士は山高帽を高々と差し上げて挨拶していた。にぶく光ったはげ頭だけが見えた。そのまわりをプラカードがとり巻いていた。バルコニーからだと白い板しか見えなかった。高々とかつがれた紳士に向かって、まわりからプラカードが差し出される格好で、歩きながらのことなので列が崩れかけ、それがまた立ち直った。紳士をとり囲んだ人の帯は、暗さのなかでわかるかぎり、それほどでもないのだが、しかし、通りを埋めてずっとつづいていた。紳士を支援する人々であって、手拍子を打ち、名前を叫んでいるらしかったが、ごく短い名前で聞きとれない。叫びが歌になっていく。群衆のなかのちょうどいいところに、自動車のヘッドライトを持った人がいて、強い光が両側の家々をゆっくりと照らしていく。カールのいるところは大丈夫だが、下のバルコニーの人々は光をあてられ、あわてて両手で目かくしをした。

ブルネルダにたのまれて、ドラマルシュが隣のバルコニーの人々に、何の催しかとたずねた。カールも少し知りたくなって耳をそば立てた。ドラマルシュは三回たずねたが、返事がない。ドラマルシュは危険なほど身をのり出していた。ブルネルダは隣の連中に苛立って軽く足踏みをしたので、膝がカールの足にぶつかってきた。やっと返事が返ってきたが、すし詰めのバルコニーで、同時にドッと笑いが起きた。すぐさまドラマルシュが大声でどなった。下の騒ぎがなかったら、まわり中が耳にして驚いたはずである。いずれにせよ、あわてたように笑いは消えた。

「明日、地区の判事の選挙がある。肩にのっけているのが候補者だってさ」

ブルネルダのそばへもどると、ドラマルシュはごく落ち着いた声で言った。それから「こん畜生！」と叫んで、ブルネルダの背中を撫でさするようにたたいた。

「まわりで何が起きているのか、もうさっぱりわからない」

「どこかに越したいわ」

ブルネルダが隣人たちをなじるように言った。

「でも引っ越すとなると、手がかかる。それがとても辛抱できない」

大きな溜息をつき、ぼんやりしたまま、もぞもぞとカールのシャツをいじくっている。カールはなるたけそっと、小さなふくらんだ手から逃れようとした。ブルネルダはカールのことではなく、まるきりべつのことに気をとられているらしかった。

しかし、カールはすぐにブルネルダのことを忘れた。下の通りの出来事に気をとられ、肩にのったブルネルダの腕の重さも気にならなくなった。候補者のすぐそばに小さなグループがいて、行進しながら、しきりに身ぶり手ぶりをまじえて話を交わしていた。そのやりとりが重要であるらしく、まわりの人々が聴き耳をたてるような顔つきで首をのばしている。小さなグループの指示で、行列は突然、レストランの前で停止した。リーダーらしい一人が片手をあげて、群衆と候補者に合図をした。群衆は静まり、かつがれた肩の上で候補者がなんどか立ち上がりかけたが、そのたびに腰が落ちてしまう。それでも手にもった山高帽をさかんに打ち振りながら短い演説をした。姿がはっきり見えた。演説のあいだ、車のライトが四方からそそがれたので、明るい星のまん中にいるようだった。

もうこうなると、通りがはっきりしてきた。その候補者の支援者で占められたバルコニーから名前を連呼する声が歌のようにわきあがり、手すりから両手をつき出すと行進に合わせて拍手をしている。その一方で、あちこちから反対の声がとんできた。反対派のバルコニーのほうが多いのだが、何人もの候補者にまたがっているので、反対の声にまとまりがない。これに対して下の候補者の支援者は一つになってヤジり返し、口笛を鳴らした。蓄音器がもち出されてきて、いくつもの歌を奏でている。バルコニー同士で政治的な口論が交わされていた。夜のせいで、よけいに興奮している。たいていは夜着の出で立ちで、それにコートをひっかけていた。女たちは大きな、地味な色のショールを巻きつけている。子供たちは親の注意がそれているのをいいことにして、へっぴり腰でバルコニーの手すりにしがみついていた。眠っていたのが目を覚ましたのだろう、明かりのない部屋から、つぎつぎにやってくる。とりわけ熱っぽくなった連中が反対派めがけて、何やら投げつけた。相手方にとどくこともあるが、おおかたは通りに落ちていく。するとドから怒りの声がわき起こる。まわりの騒ぎがうるさくなってくると、リーダーが太鼓とトランペットに指示を出した。すぐさま勢いよく音楽がわき起こり、建物の屋根までつつみこんで、あらゆる人の声を圧倒した。つづいてやにわに——まったく突然に——音楽がやんだ。通りの群衆には、あきらかに承知ずみのことで、一瞬生じた静けさに乗じて自分たちの党歌をがなり立てた——車のライトのなかに、だれもが口を大きくあけているのがはっきり見えた——われに返った反対派が、あらゆるバルコニーから、また窓という窓から、さきほどより何倍もの大声でがなり返して、下の党派のつかのまの勝利をさらいとった。

「坊や、気に入った?」

ブルネルダが言った。カールの背中にぴったりくっついたまま、オペラグラスであちこちを眺めようとして、右や左にからだをよじらせた。カールはうなずくだけ。かたわらでロビンソンが、ドラマルシュに何やらしきりに告げ口しているのに気がついた。あきらかにカールの仕草のことらしかった。ドラマルシュはとり合わないようすで、左腕でロビンソンを、右腕でブルネルダをかかえこみ、じりじりと脇へにじり寄っていく。

「オペラグラスでのぞいてみない？」

ブルネルダは意味合いをわからせるように、カールの胸をつついた。

「いりません」

と、カールは言った。

「ためしてみたら」

と、ブルネルダがつづけた。

「ずっとよく見える」

「目はいいのです」

と、カールは答えた。

「何だって見えます」

カールには親切よりも、よけいなお世話としか思えなかったが、ブルネルダが執拗にオペラグラスを押しつけてきた。「そら、そら」と歌うように、また脅すようにくり返している。カールは両目にオペラグラスを押しつけられて、何も見えない。

「何も見えません」

と、カールは言った。顔をそむけようとするのだが、ブルネルダがしっかりおさえている。カールの頭がブルネルダの乳房に埋もれたかたちで、どうにも身動きがとれない。

「こんどは見えてくる」

ブルネルダがオペラグラスの調節ねじをまわした。

「やはり何も見えません」

カールはふと、こころならずもロビンソンの代わりをしていることに気がついた。ブルネルダの気まぐれを、一手に引き受けているからだ。

「いつになれば見えるのかしら」

ブルネルダはなおも調節ねじをまわした。カールの顔に荒い息が降ってくる。

「これで、どう?」

「やはり同じで、何も見えない!」

カールが叫んだ。しかし実際は薄ぼんやりであれ、区別がつくまでになっていた。このときブルネルダは何やらドラマルシュに用向きができたらしく、オペラグラスをカールの顔にゆるくあてがったので、カールにはお節介にわずらわされずによく見えた。そのあとブルネルダは気まぐれを起こさず、オペラグラスは自分ひとりで使っていた。

下のレストランから給仕が一人出てきて、戸口のところをせわしなく行きつ戻りつしながらリーダーの注文を受けている。リーダーの男が背のびをして店の奥を見わたした。なるたけたくさんの給仕を呼びよせるためである。外で自由に飲めるように準備をさせているあいだにも、候補者は演説をつづけていた。候補者を肩にのせている大男は、演説がまんべんなく四方に聞こえるように、言葉の切れ目ごとに少しずつ向きを変えていた。候補者は背中を丸めていたが、それでもときおり、やにわに片手を差し上げたり、もう一方の手の山高帽を突き上げたりして、演説にはずみを与えようとしていた。さらにまた一定の間をおいて、両腕を高々とあげた。まわりの群衆だけではなく、すべての人に、建物の最上階の住人にも呼びかけた。しかし、あきらかに一階の者たちにすら、ほとんど聞きとれない。それにたとえ聞きとれるとしても、誰も聞こうとはしていなかった。どの窓辺にも、どのバルコニーにも、少なくとも一人は声高にしゃべりたてる者がいたからだ。その間に給仕が数人がかりで、店内からビリヤード台ほどの大きさの板を持ち出してきた。なみなみと注がれたグラスがところ狭しとのっていた。行列が少しずつ戸口の前を通過するようにリーダーが指示を下した。板の上のグラスには、さらにつぎつぎと注がれていくが、それでもとても足りず、ボーイたちが左右に列をつくって待ちかまえて注いでいく。候補者もむろん、演説をやめて休みをとり、鋭気を養っていた。運び役の大男は人ごみとギラギラした明かりからはなれ、ゆっくりと行きつ戻りつしており、とりわけ熱心な支持者がそばについて、肩車された候補者と言葉を交わしていた。

「ごらんよ」

ブルネルダが言った。

「この子ったら、すっかり見とれている」

やおら両手にカールの顔をはさみ、自分のほうにねじまげて、カールの目をのぞきこんだ。それも一瞬のことで、カールは両手をもぎはなした。しばらくでも放っておいてくれないのが腹立たしかったし、通りに降りていって、すぐそばで見たいとも思った。それでブルネルダのからだを押しのけようともがきながら、声をあげた。

「ここから出してほしい」

「ここにいろ」

ドラマルシュは通りを見つめたまま、顔を上げずに言った。ただカールが出ていくのを遮るように片手をグイとのばした。

「かまわなくていいの」

ブルネルダがドラマルシュの手を払いのけた。

「この子、出ていかないわ」

そう言って、カールをさらに強く手すりに押しつけた。その手から逃れるためには、ブルネルダと取っ組み合いをしなくてはならない。それをやりとげたとしても何になるか。左にはドラマルシュがいる。右にはロビンソンが頑張っている。三方を囲まれて逃げ場がない。

「放り出されないだけでもありがたいと思え」

ブルネルダの腕の下から手をのばして、ロビンソンがカールをつついた。

「放り出す?」

ドラマルシュが言った。

「逃げ出してきた泥棒を放り出したりしない。警察に渡す。おとなしくしていないと、明日の朝すぐに引き渡す」

とたんにカールは、もはや下を見たいとも思わなくなった。ブルネルダに押しつけられているので、やむなく少し手すりから身をのり出した。自分のことが気にかかり、ぼんやりした目で下の人々をながめていた。二十人ほどのグループごとにレストランの前へくると、いっせいにグラスをとりあげ、ついでやおらまわれ右をして候補者に向かって差し上げる。党の名を叫ぶなり、一気に飲みほした。何やらしゃべっているが、上までは届かない。それから台にグラスをもどした。つぎのグループが待ちかねて、うるさく催促している。それまで楽隊はレストランの中で演奏していたが、リーダーの声で表に出てきた。あたりが暗いなかで吹奏楽器だけが光っていた。しかし、演奏のほうは騒音とまじり合ってよく聞こえない。レストランのある側の通りは、いぜんとして人でいっぱいだった。カールが今朝、自動車に乗せられてやってきた方角から続々とやってきて、下手の橋をわたって駆け上がってくる。こういった誘いに男たちは我慢しきれず、バルコニーと窓辺にいるのは女や子供たちだけになった。男たちは戸口のところからひしめき合って出てきた。音楽と飲み物は目的を達したわけで、催しは十分に人を集めた。リーダーが車のライトに左右から照らし出され、指示を出したとたん、音楽がやんだ。つづいてリーダーの口から鋭い口笛が洩れ、大男があわてて支持者の群れのなかに候補者をかつぎこんだ。

レストランの戸口のそばまでくると、小さな円を描いて照らしてくる車のライトのなかで、候補者はまたもや演説をはじめた。しかし、先ほどよりも、さらに厄介なことになっていた。担ぎあげている大男すら一歩も動けない。あたりは人で埋まっていた。まわりを固め、いろいろ手をつくして演説の効果をもりあげていた支持者たちは、いまはもう自分たちの場を確保するだけで精いっぱいで、およそ二十人ばかりがひしとばかりに大男を取り巻いている。その大男にしても演説に合わせて前後左右に動くなど思いもよらない。つぎつぎと、とめどなく人がやってくる。立っているのもやっとのありさまで、しかも反対派がさらに力を増したらしい。担ぎ役の大男はレストランのドアの近くに釘づけになっていたが、それでもなんとか通りの方に出て、前後に少し動きはじめた。候補者はあいかわらず声をはりあげていた。しかし、演説をぶっているのか、助けを求めているのかわからない。それというのも、どうやら反対派の候補者がやってきたらしいのだ。それも一人ではなく何人も現われたらしい。というのは、あちこちで突然、眩しい光がほとばしり、そこには人々に担ぎあげられた男が、拳を突き上げ、歓呼の声をあびながら蒼白い顔で演説をしていた。

「どういうこと？」

カールは息をはずませながら振り向いた。

「坊やが興奮している」

ブルネルダがドラマルシュにささやいた。そしてカールの顔を自分の方に向けようと、顎に手をのばした。カールには我慢がならない。通りの経過を見ていたせいで気が立っていた。烈しく手を振り払ったところ、ブルネルダがうしろに下がった。

「もうたっぷりと見たわ」

ブルネルダが言った。あきらかにカールの反応に気を悪くしていた。

「部屋へ行って、夜の支度をする。ちゃんとしておくの」

手で部屋の方を示した。カールが何時間も前から願っていた方角である。黙って歩き出そうとしたところ、通りからいっせいにガラスの砕け散る音がした。思わずカールは手すりにとびついて、もういちど下をのぞいた。反対派の攻勢が成功したらしい。自動車のライトが通りの経過を浮かび上がらせ、そのおかげで一定の秩序を保っていた。そのライトがことごとく壊されたのだ。候補者とその支援者がぼんやりとした明かりのなかにとりのこされていた。突然の変化のなかで、やにわに闇に沈んだふうで、どこに候補者がいるのかも、すぐにはわからないほどだ。下手の橋の方から歌声がはじまり、それがしだいに盛り上がってきて、なおのこと闇が深まっていくように思えた。

「部屋の支度といったはずよ。聞こえなかった？」

ブルネルダが言った。

「ぐずぐずしないで。あたしは疲れているんだ」

そうつけ加えてから両腕をのばしたので、乳房がなおのこと盛り上がった。ドラマルシュはあいかわらずブルネルダをかかえていて、そのままバルコニーの隅に移動した。あわててロビンソンがついていった。先ほどの食べのこしを、そのままにしていたからだ。

絶好のチャンスを逃す手はない。下を眺めている時ではないのだ。通りのことなら下に降りさえすれば、十分に見られる。上からよりも、ずっとよくわかる。赤味がかった明かりの部屋を、カールはひとっ跳びしてドアの前にきた。だが、錠が下りていて、鍵は抜きとってあった。探さなくてはならない。しかし、この乱雑きわまる部屋で、どうやって見つければいい。しかもカールに許された貴重な時間はごくかぎられている。ほんとうならもう階段に出て、一目散に走り下りているところなのに、鍵を探さなくてはならないなんて！　手あたりしだいに引出しをのぞいた。テーブルの上をかきまわした。いろんな食器や、ナフキンや、手をつけただけの編物が山になっている。肘掛椅子に目がとまった。着古した服がもみくちゃになっている。鍵がありそうに思ったが、やはり見つからない。ソファーを這いまわって、隅から隅まで探したが、へんな臭いがするだけで鍵はなかった。カールは探すのをやめにして、部屋のまん中に突っ立っていた。ブルネルダは腰にいろんなものをぶら下げている。そのなかにあるにちがいない。さんざひっかきまわしたが、みんなむだだった。

思わずカールはナイフを二本ひっつかんで、ドアの隙間に突き入れた。一本は鍵の上、もう一つは鍵の下、ナイフでこじ開けようとしたとたん、当然のことながら、刃が二つに折れた。ナイフそのものが深く食いこめば、それだけしっかりした持ち手になる。両腕を思いきりひろげ、さらに両脚を踏んばり、全力をふりしぼってドアを引いてみた。あえぎながらようすをうかがうと、錠前がきしむような音をたて、はずれる気配がしたので胸がおどった。そっと動かさなくてはならない。そうでないとバルコニーに聞こえてしまう。なるたけゆっくりと、音もなくはずさなくてはならない。カールは目を鍵穴に近づけ、一心不乱に取り組んだ。

「おい、見ろよ」

ドラマルシュの声がした。三人が部屋にいる。カーテンが引きあけてある。カールは足音を聞きもらしたのだ。三人に気づいたとたん、ナイフから手をはなした。説明も弁明もするいとまがなかった。怒りの形相ものすごくドラマルシュがとびかかってきた——ほどけていたガウンの紐が空中に大きく弧をえがいた——カールはあやうく身をかわした。ナイフをドアから引き抜いて、防御用に使ってもよかったが、しかし、そうはしなかった。からだをかがめ、つぎには跳び上がり、幅の広いガウンの襟をつかみ、引っぱりあげ、さらにグイグイ引っぱった。ドラマルシュにはガウンが大きすぎたので、そのまま頭をすっぽりつつみこんだ。ドラマルシュはびっくりしたのだろう、盲めっぽうに殴りかかってきた。カールは顔を守るためにドラマルシュの胸にとびついた。ドラマルシュがカールを抱きこんで背中を殴ってきたが、はじめはたいして効果がなかった。やがて拳がこたえたが、カールは身もだえして我慢した。ますます強烈になってくる。しかし、辛抱するしかない。勝利は目前だ。両手でドラマルシュの頭をつかみ、親指をぴったり相手の目にあてがって、雑多に家具が並んだところへ引っぱり寄せた。さらにつま先でガウンの紐をドラマルシュの足にからませ、引き倒そうとした。

カールは全力でドラマルシュと闘っていた。抵抗が強まってくる。相手のからだがますます強力にはね返ってくるのが感じられた。敵がドラマルシュひとりでないことを忘れていた。ハッとして思い出した。突然、両足が浮いたからだ。ロビンソンがうしろで床に腹這いになり、わめきながらカールの両足をつかんで、左右に引っぱった。やむなくカールが手をはなすと、ドラマルシュがとびすさった。ブルネルダは大きく股をひろげて部屋のまん中で膝をつき、目を輝かせて見つめていた。自分も闘いに加わっているかのようで、大きく息をつき、目を剥き、挑むように両手を突き出していた。ドラマルシュが襟を引き下げた。顔が出て、まわりが見える。となればもちろん、もはや闘いなどではなく、たんなる懲罰である。カールのシャツをつかみ上げ、数歩はなれた戸棚めがけて、いまいましげに顔をそむけたまま、思うさま放り投げた。背中と頭に重い痛みが走った。戸棚とぶつかったせいだったが、カールにはまるでドラマルシュの指先で痛めつけられたような気がした。目の前がちらついて、急に暗くなっていく。その暗がりのなかで、ドラマルシュの声がした。

「野郎めが」

カールは戸棚の前で二つに折れて崩れた。気を失いかけたなかで、「おぼえてろ」といった言葉がちいさく耳に届いた。

意識がもどったとき、まわりはまっ暗だった。夜がふけたようで、バルコニーのカーテンの下から、細い月の光が部屋に射しこんでいた。三人の寝息が聞こえた。ブルネルダの寝息がいちばん大きい。話すときもそうだが、寝ているときも喘ぐのだ。三人がそれぞれ、どこに寝ているのか、さっぱりわからなかった。部屋全体が息づかいであわただしい。まわりをそっと見まわしてから、カールは自分のことを思い出した。それからハッとした。痛みのせいでからだがこわばったように感じていたが、ひどい傷を負っているなどのことはまるで思わなかった。気がつくと頭が重いのだ。顔全体、首、さらにシャツの下の胸が、血でぬれたように湿っぽい。どんな状態かたしかめるために明かりがほしかった。きっと片輪になったんだ。となれば召使にならずにすむが、だからといって何をすればいい。まるで見通しが立たないではないか。入口の道路で見かけた鼻のつぶれた青年が頭をかすめた。カールは思わず両手に顔をうずめていた。

つづいてのろのろとドアの方へ這っていった。指先がブーツに触れた。たどっていくと脚になった。ロビンソンだ。ロビンソン以外に、だれがブーツをつけたまま眠るだろう？　カールを逃がさないため、ドアをふさいで寝るようにいわれたのだ。それにしても、カールの状態を知ってのことなのか？　さしあたりカールは逃げようなどと思っていなかった。明るさが欲しかった。ドアの方がだめとなれば、バルコニーに向かうしかない。

夕方とは、食卓がまるでちがうところにあった。ソファーにはとりわけ用心して近づいたが、驚いたことに空っぽだった。そのかわり部屋のまん中で大きな山に出くわした。衣服や毛布やカーテンやクッションや絨毯を、積み上げて押さえつけたぐあいだ。カールははじめ、夕方にソファーで見かけた小さなかたまりを床に移したのかと思ったが、這いながらつたっていくと、とてもそんなものではなく、トラック一杯分もあるのだ。きっと昼間は戸棚にあったのを夜のために取り出したのだ。カールはまわりを這って移動した。それでわかったが、全体がベッドの形をしていて、その上にドラマルシュとブルネルダが眠っていた。カールはそっと指先でたしかめた。

いまは三人がどこで眠っているかわかったので、カールはいそいでバルコニーに向かい、カーテンから出るなり立ち上がった。そこはまるきりちがう世界だった。ひんやりした夜の大気のなか、月の光を全身にあびながら、カールはバルコニーを行きつ戻りつした。通りを見下ろした。静かだった。レストランでは、まだ音楽が鳴っていたが、音はずっとちいさい。ドアの前の歩道を男が掃いていた。夜のひどい騒ぎのなかで候補者が叫び、その声が聞きわけられなかったものだが、いまでは歩道を掃く箒の音さえ聞こえてくる。

隣のバルコニーで椅子をずらす音がした。すわって勉強している人がいる。若い男で、せわしなく唇を動かして本を読みながら、顎ひげをいじくっている。顔をカールの方に向けてすわり、小さなテーブルに書物をつみ上げ、本の壁にはさまれたぐあいに明かりを置き、その光が眩しいように照らしていた。

「こんばんは」

カールが声をかけた。青年がこちらを見たような気がしたからだ。

だが、そうではなかった。気がついていないらしく、目の上に手をそえて光を遮ってから、誰がやみくもに声をかけてきたのか、たしかめようとした。さらに何も見えないので、隣のバルコニーを照らそうと、やおら明かりを持ち上げた。

「こんばんは」

自分でも声をかけ、しばらくじっと見つめてから、つけ加えた。

「何かご用ですか?」

「おじゃまですか?」

カールがたずねた。

「むろんです」

相手はそう言うなり、電灯をもとのところに置いた。

とりつくしまがなかったが、カールは青年にもっとも近いバルコニーの隅から動かなかった。口をつぐんだまま、じっと見つめていた。青年は本を読みながら、ときおり手早くべつの本を手にとり、開いてはノートに書き入れをした。そのときは驚くほど顔をノートに近づけた。

この人が例の学生だろうか? 勉強しているところをみると、まちがいなさそうだ。カールはふと──もうずっと昔のことになるが──両親といっしょにわが家のテーブルについていたときのことを思い出した。カールが宿題をしているあいだ、父は新聞を読んでいた。あるいは、ある協会の帳簿づけをしたり、手紙を書いていた。母は縫い物をしていて、糸巻きの糸を高く持ち上げたりした。父の邪魔をしないように、カールはノートと筆記用具だけをテーブルに置いていた。父は必要な本を右と左の椅子に並べていた。なんと静かだったことだろう! あの部屋に誰かがくるなんてことはめったになかった。すでに幼いころから、日が暮れると母がドアに鍵をかけるのを見ているのが好きだった。いまやその当人が、よそのドアをナイフでこじ開けようとしていたなんて、母にはとても想像もつかないことだろう。

あのときの勉強は、いったい何だったのか! カールはすべて忘れてしまった。こちらで勉強を再開するとなると、とても大変なことになる。カールはまた思い出した。わが家にいたころ、病気でひと月、休んだことがある──ふだんの勉強にもどるにあたり、どんなに苦労したことだろう──ところでいまといえば、英語の商業通信入門書のほか、まるきり本を読んでいないのだ。

「そこの若い人」

突然、声をかけられた。

「べつのところに移ってもらえませんか。そんなふうに見つめられると、気がちっていけない。せめて夜中の二時には、バルコニーで静かに勉強させてもらいたいじゃないですか。何かご用ですか?」

「お勉強ですか?」

と、カールがたずねた。

「そうですとも」

ムダな時間を利用して、まわりの本を並べ直している。

「では、お邪魔してはいけないです。部屋にもどります、おやすみなさい」

相手は返事すらしなかった。邪魔立てには断固として対処するように、右手を額にそえた。

カーテンの前にきたとたん、カールはどうして自分が外に出てきたかに気がついた。いまどんな状況にいるのか、まるきり忘れていたのだ。頭が重いのはどうしたことだ? 頭に手をやって驚いた。部屋の暗がりで恐れたように血まみれなどにはなっていない。しめっぽい綳帯がターバンのように巻いてある。ロビンソンが応急処置として巻きつけたのだろう。垂れ下がったレースのはしから考えると、ブルネルダの古い下着か何かを裂いたのではあるまいか。ロビンソンがそれをほどくのを忘れていたのだ。気を失っているあいだにうんと汗が出て、それで血まみれのように思ったのだ。

「まだそこにいるんですか?」

青年は声を出してから、まばたきをした。

「すぐにはなれます」

と、カールは答えた。

「ちょっと見ていたいと思ったんです。部屋はまっ暗なんです」

「きみはいったい誰ですか?」

ペンを開いたままの本にのせて、手すりのところにきた。

「なんて名前ですか? どうしてそこの人のところにきたのです? ずっと前からですか? 何が見たかったんです? 顔が見えるように、そこの明かりをつけてください」

カールは言われたとおりにした。その前にドアのカーテンをきっちりしめた。なかに悟られてはならないのだ。

「すみません」

カールはささやくような声で言った。

「ちいさな声ですが我慢してください。なかに聞こえると、また喧嘩しなくちゃならない」

「またというと、もうやっちゃったの?」

「ええ」

カールは言った。

「晩に大喧嘩をしました。まだここにこんなコブがあります」

カールは頭のうしろに手をやった。

「どういうわけで喧嘩をしたの?」

カールがすぐに答えなかったので、青年はつづいて言った。

「そこの人たちのことなら、なんだって打ち明けていい。ぼくはそちらの三人をとても憎んでいる。とりわけマダムは大嫌いでね。きみをぼくにけしかけなかったのが不思議なほどだ。名前はヨーゼフ・メンデル。学生なんだ」

「知っています」

と、カールは答えた。

「聞きました。悪口じゃないんです。たしかブルネルダさんの手当てをした人でしょう?」

「そのとおり」

学生は笑った。

「ソファーはまだ臭っているかな」

「とてもくさいんです」

「それは結構」

学生は髪に手をやった。

「どうしてコブをつくったの?」

「喧嘩のせいです」

どうやって説明すればいいのか、カールは考えた。いちど言葉を切ってから言った。

「お邪魔じゃないんですか?」

「まず第一に、きみはすでに邪魔をした」

と、学生は言った。

「ぼくは神経質なので、もとにもどるのにひまがかかる。きみがバルコニーをうろうろしだしてから、勉強が手につかない。ついで第二、ぼくはいつも三時にひと休みする。だから安心して話したまえ。興味がある」

「簡単なんです」

と、カールは言った。

「ドラマルシュはぼくを召使にしたがっているが、ぼくはそうなりたくない。ぼくは今夜にも出ていきたかったのに、ドラマルシュは出してくれない。ドアに鍵をかけた。ぼくがドアを破ろうとして争いになったのです。出ていけないのがイヤでならないんです」

「ほかに働き口はあるの？」

と、学生がたずねた。

「ありません」

と、カールは答えた。

「ここから出ていければ、それはどうでもいいんです」

「そうかねえ」

学生が言った。

「どうでもいいのかねえ」

二人ともしばらく黙っていた。

「どうしてこれ以上いたくないの？」

と、学生がたずねた。

「ドラマルシュは悪人です」

カールが答えた。

「前から知っていました。いちど一日いっしょに歩いて、別れたのがとてもうれしかったのに、いまになって、どうしてその男の召使ができるでしょうか」

「すべての召使が主人を選ぶにあたって、そのように選り好みができるといいのだが！」

と、学生が言った。ほほえんでいるようだった。

「いいかい、ぼくは昼間はモントリー・デパートの売り場に立っている。その他大勢の売り子ってところでね。モントリーってやつは、むろん悪党だ。つまり、まあ、あまりの低賃金におそろしく腹が立っているだけのことだがね。ぼくの例を参考にするといい」

「昼間は売り子なんですか」

カールが驚いてたずねた。

「それで夜は勉強でしょう」

「ああ」

学生は答えた。

「ほかにしようがない。いろんなことをやってみたが、これがいちばんだ。数年前は昼も夜も学生だけ、そのかわり餓死しかけた。古ぼけた汚ない巣穴で寝起きしていた。あまり身なりがひどいので教室へ出るのに気がひけた。昔のことだ」

「いつ眠るんですか?」

カールは目を丸くして学生を見つめた。

「そいつが問題だ!」

と、学生が言った。

「いずれ学問をすましたら眠るつもりだ。さしあたりはブラック珈琲を飲むとしよう」

からだをかがませると、テーブルの下から大きな瓶を引っぱり出した。まっ黒な珈琲を小さなカップにそそぐと、まるで苦い薬をのむようにして口に流しこんだ。

「けっこうなしろものだ、このブラック珈琲ってやつは」

と、学生が言った。

「手渡せないのが残念だ。味見をさせてあげるんだがね」

「ブラック珈琲は嫌いなんです」

と、カールが言った。

「ご同様だね」

学生が笑った。

「しかし、これがなくては、はじまらない。ブラック珈琲なかりせば、一刻たりともモントリーのところにいないだろうね。のべつモントリーと言っているが、むろん、モントリーはこの世にこのぼくが存在しているなんて夢にも思わないだろう。売り場にいつも、この一瓶をしのばせているんだが、これがないと勤務中に何をしでかすかわからない。とても手ばなせないね。さもないと売り場のうしろにぶっ倒れて、グーグー寝てしまうにちがいない。ほかの連中も知っていて、このぼくを《ブラック様》なんて言いやがる。バカな洒落だが、おかげで出世のさまたげになってきた」

「それでいつ学問が終わるのですか?」

と、カールがたずねた。

「いつだろうねえ」

学生はうなだれ、手すりをはなれると、元のテーブルにもどった。開いたままの本に肘をつき、両手で髪をかきあげた。

「あと一、二年はかかる」

「ぼくも勉強をしたかったんです」

口をつぐんだ学生に対して、カールが言った。示された信頼よりも、いまやもっと大きな信頼で応えていいのだ。

「ほほう」

またも読書にとりかかったのか、ただぼんやりと頁をながめているだけなのか、わからなかった。

「勉強をやめにしたのをよろこぶといい。ぼくがこの数年つづけているのは、しめくくりがつかないだけのことだ。よろこびはほとんどないし、将来の見込みとなれば、もっとない。見通しとなればひどいもんだ!　アメリカというところには、あやしげな博士様がうじゃうじゃいる」

「ぼくは技師になりたかったんです」

学生がすっかり関心をなくしたらしいので、カールは早口で言った。

「だのに、そこの連中の召使にならなくちゃあならないわけか」

学生がちょっと顔を上げて言った。

「辛いことだね」

学生はべつのことを考えて言ったのだろうが、カールには、いいぐあいのような気がしたので、つづいてたずねた。

「もしかしてデパートに、ぼくの働き口はないでしょうか?」

この質問が、ひと思いに学生を本から引きはなした。カールに働き口の口ききをするなんてことは、まるで念頭にないようだった。

「探してみるんだね」

と、学生は言った。

「あるいは探さないほうがいいかもしれない。ぼくにはモントリーでいまの口を見つけたのが、人生最大の成功だった。学問か、勤め口かときかれたら、むろん、勤め口を選ぶとも。この選択が正しいのを実証するために勉強しているようなものなんだ」

「働き口を見つけるのは、そんなにむつかしいのかな」

カールはひとりごとのように言った。

「わかってないんだな」

学生が答えた。

「ここの地区判事になるほうが、モントリーのドアボーイになるよりも簡単だ」

カールは口をつぐんだ。この学生はカールよりもはるかに経験をつんでいる。理由はわからないがドラマルシュを憎んでおり、カールに対しては好意をもっている。その人がドラマルシュから手を切れとはついぞ言わなかった。しかもカールが警察から目をつけられていて、ドラマルシュのところにいるかぎりは、なんとか保護されていることなどまるで知らないのだ。

「夜の騒ぎを見ただろう。あの候補者はロブターというのだが、事情を知らなければ、有力候補だと思うかもしれない。少なくとも見込みがあると考える」

と、カールが言った。

「政治のことは、まるでわかりません」

と、学生が言葉をつづけた。

「いけないね」

「たとえそうだとしても、目があれば耳もある。あの男に支持者がいれば反対派もいることはわかったはずだ。それで言うんだが、あの候補者が当選する見込みはまったくない。たまたまそれを知っている。あの男にくわしいのが同じ住居にいる。能力のない人物じゃない。それどころか、政治的信条と経歴からいって、地区判事にもっともふさわしい。しかし彼が選ばれるとは、誰も思っていない。これ以上ないほど派手に落っこちる。選挙戦になけなしの金をつかって、それで終わりだ」

カールと学生はしばらく黙って見つめ合っていた。学生はほほえみながらうなずくと、疲れた目を手でおさえた。

「そろそろ寝てくれないかね」

と、学生が言った。

「ぼくは勉強しなくてはならない。まだこんなにどっさりあるんだ」

カールに示すために、パラパラと本を半分ばかりめくってみせた。

「では、おやすみなさい」

と言って、カールはお辞儀をした。

「そのうち、遊びにくるといい」

もとの席についてから学生が言った。

「むろん、気が向いたらだ。こちらにはいろんな人がいるからね。夜の九時と十時の間だったらかまわない」

「ドラマルシュのもとにいるほうがいいとお考えなんですね」

カールがたずねた。

「もちろんだ」

学生はすでに書物に顔をうずめていた。その口からの言葉ではなく、どこか深いところから聞こえたようにしてカールの耳にのこっていた。カールはゆっくりとカーテンに向かった。それからもういちど学生に目をやった。いまやじっと動かず、明かりのなかにすわっていた。まわりを闇がとり巻いている。そっと部屋に入った。三人の寝息が一つになって出迎えた。壁をつたってソファーを探した。さぐり当てると、そこがなじみの寝場所のようにカールは大きくのびをした。あの学生はドラマルシュのこと、また当地の事情のこともよく知っている。さらに教養がある。その人が、この家にとどまれと忠告した。さしあたり、あれこれ思い煩うことはない。自分は学生のような高い目的をもっていないのだ。故郷にいても最後まで勉強をやりとげたかどうかわからない。故郷ですらできないことを、こんな見知らぬ国でやれと、だれが要求できるだろう。自分にできる働き口は見つけたいし、働きぶりで認められたい。その気持はさらに強くなったが、さしあたりはドラマルシュの召使を引き受けて、それを足場にして機会を待つとする。この界隈には中くらいか、もっと小さな事務所がどっさりあるようだ。小さなところは人事にあたって、あまりうるさくはいわないだろう。やむをえなければ走り使いでもかまわないが、だからといって自分の事務机にすわるような、ちゃんとした地位がめぐってこないわけでもない。今朝、中庭を通っていて見かけた事務員は、開いた窓からのんびりと外をながめていたが、あのような仕事につけないものでもないのである。カールはホッとして目を閉じた。自分はまだ若いのだし、ドラマルシュもいずれ放免してくれるだろう。このままずっと縛られているわけではない。もし事務職につけたら、ひたすら仕事に専念して、あの学生のように力を分散させないことにしよう。もし必要なら夜だって仕事をする。自分のように事務のイロハも知らない者は、夜まで要求されて当然だ。与えられた勤めのことだけ考える。ほかの人なら沽券《こけん》にかかわるといって断わるような仕事でもかまわない。未来の主任がソファーの前に立ち、はやくもカールの顔に有望株のしるしを読みとっている。

そんなことを思いながらカールは眠りに落ちていった。ブルネルダの大きな溜息が耳ざわりだった。重苦しい夢にうなされて、しきりに寝返りを打っているらしいのだ。

「起きろ、起きろ！」

　カールが目を覚ますやいなや、ロビンソンが声をかけてきた。ドアのカーテンは引いたままだったが、隙間から洩れてくる光のぐあいから、すでに昼に近いらしいことが見てとれた。ロビンソンは重々しげな顔でせわしなく走りまわっていた。タオルを捧げもっていたかとおもうと、つぎにはバケツをもっていく。下着や衣服を運んでいくこともある。カールのそばを通るたびに、顎をしゃくって起きるようにせき立てた。そして手にもっているものを高く掲げて、召使の作法をわきまえていない新入りのおかげで、自分がいかに苦労しているかを示すのだった。

　まもなくカールはロビンソンが誰に仕えているのか了解した。部屋のなかのカールがまだのぞいたことのない一画だったが、二つの戸棚で仕切られたところがあって、そこが晴れやかな入浴の場になっていた。ブルネルダの頭と、むき出しの首と――髪が顔を隠していた――肩が戸棚の上からのぞいていた。ときおりドラマルシュの手がのびて、石けんの泡をとばしながらブルネルダをこすったり洗ったりしている。そのあいだにもドラマルシュからロビンソンへつぎつぎと命令がとんだ。部屋がふさがれているので、ロビンソンは戸棚と衝立のあいだから手渡すように指示されていた。その際、手だけ差し入れて、顔はそむけていること。

「タオルだ、タオルだ！」

ドラマルシュがどなった。先に言われたものをロビンソンがテーブルの下にもぐって探しているときで、あわてて首をつき出したところ、つぎにはすでに指示が変わっている。

「水はどうした。バカ、早くしろ」

戸棚の上に、ドラマルシュの怒った顔がヌッと現われた。カールが見てとったところによると、ふつうなら洗ったり着たりするのに一度だけ必要になるものが、ここでは何度も、とんでもないときに必要とされ、もち出されてくる。小さな電気コンロにバケツがのっていて湯をわかしていた。その重いバケツをロビンソンが両足をふんばって、なんども風呂場へ運んでいく。その仕事ぶりを見ていると、いつも命令を忠実に果たすのでもないようだった。またしてもタオルが要求されたときなど、部屋のまん中に山をなしたなかから下着を一つ取りあげ、くしゃくしゃに丸めて戸棚ごしに放り投げた。

ドラマルシュも苦労していた。たぶん、そのせいでロビンソンに当たりちらしているのだ――頭に血がのぼってカールをすっかり見すごしていた――何をしてもブルネルダの気に入らない。

「もう、いや」

ブルネルダが叫んだ。かかわりのないカールですらビクッとした。

「痛いじゃないの！　あっちへ行って！　こんなに痛いのなら自分で洗う！　ほら、また腕が上がらなくなった。押さえつけられて気持が悪いわ。背中はきっとアザだらけだ。たずねたって、もちろん、しらばっくれている。いいから、ロビンソンに見させるわ。それとも、あの坊やにしようか。でも、やめた、そんなことはしないから、もっとやさしくして、ドラマルシュ、気をつけてほしいの。毎朝、口をすっぱくして言ってるのに、馬の耳に念仏ね。ロビンソン――」

ブルネルダが突然、呼びかけて、レースのついたパンツを頭上にもちあげた。

「助けて、いじめられている。こんなに苦しめといて、洗っているなんていう。ドラマルシュはひどい。ロビンソン、ロビンソン、どこにいるの、聞こえないの？」

カールは指でそっと、ロビンソンに行くように合図をしたが、ロビンソンは委細承知といったように目を伏せたまま首を振った。

「ちがうんだ」

カールの耳に口を寄せてささやいた。

「言ってるとおりじゃないんだ。いちど馬鹿正直に近寄ったが、もうご免だ。二人してひっつかんで、湯桶につっこまれた。あやうく死んじまうところだった。あれ以来、ブルネルダが恥知らずって罵るんだ。それから口ぐせにした。《いっしょにお風呂に入りたいの？》《このつぎ、いつまた覗きにくるの？》なんて言いやがる。なんどもひざまずいて謝ったので、やっとやめてくれた。もうこりごりだ」

ロビンソンがカールの耳にささやいているあいだ、ブルネルダは叫んでいた。

「ロビンソン！　ロビンソン！　どこにいるの？」

だれも手を貸しにいかない、返事もしない――ロビンソンはカールのそばにすわり、二人して黙ったまま戸棚を見上げていた。そこからおりおり、ブルネルダかドラマルシュの顔がのぞいた――それでもブルネルダは叫ぶのをやめず、ドラマルシュに苦情を言いつづけていた。

「だめじゃないの」

と、ブルネルダが叫んだ。

「洗ってないわ、まるで感じない。スポンジはどうしたの。ちゃんと握って、ほら！　うつ向けさえしたら自分で洗う。動けさえしたら洗い方をたたきこむわ。娘のころ両親のところにいたとき、毎朝、コロラド川で泳いでいた。どの娘よりも、わたしがいちばん速かった。それがいまは、こんなありさま。ドラマルシュ、いつになったら洗い方を覚えるの。スポンジでこする、もっと力を入れて。ちっとも感じない。押さえちゃダメといわれたからって、ボーとしてちゃダメ。ほったらかしにして風邪をひかせたいの？

ここからとび出して、走りまわってやる」

おどしただけだった――そもそもブルネルダには、とうていできっこないことである――ドラマルシュがあわてて湯をかけたらしく、大きな水音がした。

「できるじゃないの」

ブルネルダが少しやさしい声で言った。

「ヘマをしても、ほめてあげる、いい子だって言ってあげる」

しばらく静かになった。

「いまキスしてる」

ロビンソンが眉をつり上げた。

「つぎに何をすればいい？」

と、カールがたずねた。ここにとどまると決めたからには、はやく仕事を覚えたかった。ロビンソンは返事をしない。そのままソファーにのこしたまま、カールは部屋のまん中に積み上がったしろものにとりかかった。毎夜、寝床になっているので、へこんだ山になっている。一つ一つ取り出して山を崩していく。すでに何週間もほったらかしであることが見てとれた。

「ドラマルシュ、たいへん」

ブルネルダが言った。

「わたしたちのベッドをこわしている。あれもこれも見なくちゃならない。ちっとも安心させてくれない。あの二人にはもっと厳しくしないと、好き放題をしだすにちがいないわ」

「チビのほうだ。よけいなことをしやがる」

ドラマルシュが言った。風呂場からとび出しかねない口ぶりだったが、カールは片づけをつづけた。幸いにもブルネルダがドラマルシュを引きとめた。

「行かないで、ドラマルシュ、ここにいて。お湯が熱い、疲れた。ここにいて、ドラマルシュ」

このときはじめてカールは、戸棚のうしろからたえまなく湯気が立ち上っているのに気がついた。カールがやらかした悪事に気づいたかのように、ロビンソンがギョッとして手を頰にやった。

「もとどおりにしておけ」

ドラマルシュの声がひびいた。

「風呂のあとにブルネルダがいつも、一時間は休むのを忘れたか。まぬけ野郎め！　いまそちらへ行って思い知らしてやる。おい、ロビンソン、またぼんやりしてたんだろう、何かあれば、おまえの責任だ。

チビをしつけろ。好き勝手をやられてはたまらない。何かさせようとすると役立たずで、何もしなくていいところに、むやみに働きたがる。隅にひっこんで、呼ばれるまで待っていろ」

とたんに事態がガラリと変わった。ブルネルダが湯当たりをしたような疲れた声でささやいたからだ。

「香水、香水をもってきて！」

「香水だ！」

ドラマルシュがどなった。

「早くもってこい」

それはいいとして、どこに香水が置いてあるのか？　カールはロビンソンを見た。ロビンソンはカールを見た。ここでは何であれ自分で探さなくてはならないことに気がついた。香水がどこにあるのか、ロビンソンはまるきり知らない。床に腹這いになると、両手でソファーの下を探しはじめた。埃や髪の毛の丸まったのが転がり出ただけだった。カールは戸口のそばの洗面台用のテーブルへすっとんだが、引出しには古ぼけた英語の小説本や、雑誌や、楽譜があるだけ。ぎっしり詰めこんであって、開けると、こんどは閉まらなくなった。

「香水と言ったのよ」

ブルネルダが溜息をついた。

「いったい、いつまでかかるんだろう。今日中に届くのかしら！」

ブルネルダは苛立っている。ゆっくり、くまなく探すわけにいかない。ザッと見ただけで判断する。洗面具の戸棚にも香水瓶はなかった。古い瓶と薬やオイルの小瓶があるだけで、ほかのものは風呂場へ運んでいるはずだった。食卓の引出しはどうか。食卓へ向かいかけて——カールはひたすら香水のことを考えていた——ロビンソンと烈しくぶつかった。ソファーの下をあきらめ、あてずっぽうでとび出してきたのだ。音をたてて二つの頭がぶつかった。カールは唇をかみしめた。ロビンソンは足をとめ、痛みをやわらげるために大げさな声をあげ、叫びつづけた。

「香水を探さないで喧嘩してる」

ブルネルダが言った。

「なんて役立たずかしら。ドラマルシュ、あたし、このまま死んでしまう」

ガバと立ち上がって、またもや声を張りあげた。

「香水をもってきて！　香水がこないと、ずっとここにいる、夕方までここにいる」

拳で湯を叩いたのだろう、水のとびちる音がした。

食卓の引出しにも見つからなかった。そこにはたしかにお白粉《しろい》や口紅、ヘアブラシ、つけ毛といったブルネルダの化粧用品が入っていた。どれもカビたのが、いっしょくたにつっこまれていた。しかし、香水はなかった。ロビンソンはあいかわらず頭の痛みを訴えながら、隅の箱や容器の蓋を一つ一つあけていた。およそ百個ほどもあって、ロビンソンが引っかきまわすたびに、縫い物や手紙類が床にこぼれ落ちた。それでも見つからないことは、おりおりカールに向かって首を振ったり、肩をすくめてみせることからもあきらかだった。

このときドラマルシュが下着姿のまま風呂場からとび出してきた。ブルネルダはひきつったように泣き叫んでいる。カールとロビンソンは探すのをやめてドラマルシュを見つめた。濡れそぼっていて、顔や髪から水がポタポタ垂れていた。

「ぼやぼやせずに探すんだ」

ドラマルシュがどなった。

「ここだ」

まずカールを指した。

「そこだ」

ロビンソンに命令した。

カールは言われたところを探し、さらにロビンソンが探したあとも念入りに見ていった。香水はやはり見つからない。ロビンソンは忙しく探しながら、横目でドラマルシュをうかがっていた。ドラマルシュは足音高く部屋中を歩きまわっていた。なろうことなら、カールとロビンソンを張りとばしたいのだ。

「ドラマルシュ」

ブルネルダが叫んだ。

「こっちにきて、からだを拭いて。その二人は香水を見つけるかわりに、部屋をめちゃめちゃにしている。探すのをやめさせて。すぐによ！　手をはなして、何にもさわらない！　馬小屋にするつもりよ。やめないと、ドラマルシュ、いいこと、襟首とっておやり。まだ何かしてる、箱が落ちた。拾わなくていい。そのままにして出ていかせるの！　それから錠をして、こっちにきて。お湯のなかにいすぎたわ。足が冷えてきた」

「すぐにいく、ブルネルダ、すぐにいく」

ドラマルシュが叫び返した。カールとロビンソンをドアへつれていくと、追い出す前に、朝食を持ってくることと、どこかで香水を借りてくることを申しわたした。

「部屋がめちゃくちゃで、ゴミだらけじゃないか」

廊下でカールが言った。

「朝食を持ってもどったら、すぐに片づけにかかろう」

「おれがこんなからだでなかったらな」

と、ロビンソンが言った。

「それにしても、ひどいことをしやがる！」

ロビンソンは気を悪くしていた。ブルネルダときたら、すでに何か月も用をつとめてきたロビンソンと、昨日からの新入りとを、まるで区別していないのだ。当然だと思ったのでカールは言った。

「もうちょっと、ちゃんとしないといけないよ」

しかし、あまり追いつめてはならないので、言いそえた。

「一度ですむ。戸棚のうしろに寝床をこしらえるから、そこで一日中、休んでいるといい。自分の世話だけしていたら、すぐに元気になるとも」

「どんなにひどい目にあってきたか、わかっただろう」

ロビンソンは顔をそむけて、さも辛そうな顔をした。

「でも、ゆっくり休養させてくれるかなあ」

「きみさえよければ、ぼくからドラマルシュとブルネルダに話してみる」

「あのブルネルダが承知するだろうか」

ロビンソンが声を張りあげ、カールがとめるまもあらばこそ、いま出てきたばかりのドアを拳で殴りつけた。

二人は調理場に入っていった。かまどの調子が悪いらしく、黒い煙が細い筋をひいて立ち上っている。かまどの前に、カールが昨日、廊下で見かけた女たちのうちの一人が膝をついて、素手で大きな石炭をつかみ、ためつすがめつしながら火にのせていた。年とった女にはいかにも無理な腰つきの姿勢で、女はしきりに溜息をついていた。

「いつもの悪タレだ、きまっている」

ロビンソンを見るやいなや、片手を石炭箱にのせて、大儀そうに立ち上がった。かまどの戸のつまみをエプロンごしにつまんで閉じた。

「午後の四時に朝食を寄こせというのかい」

カールは驚いて調理場の時計を見つめた。

「そこにすわんな」

と、女は言った。

「とても面倒みきれない」

戸口に近いところの小さなベンチにカールを引っぱっていくと、ロビンソンが耳元でささやいた。

「言われるとおりにしとくんだ。ご機嫌をそこねてはならない。なにしろ、この女から部屋を借りている。いつなんどき、追い出されないともかぎらない。部屋を移るわけにいかないのだ。いったい、荷物をどうするね。何よりもブルネルダが運び出せない」

「同じ階ならなんとかならないの？」

と、カールはたずねた。

「引きとり手がいない」

と、ロビンソンが答えた。

「この建物では、おれたちは爪《つま》はじきだ」

二人はおとなしく小さなベンチに腰を下ろして待っていた。女は気ぜわしく二つのテーブルと、洗い場と、かまどのあいだを行ったり来たりしている。その間にこぼれた繰り言によると、娘のぐあいが悪く、そのためひとりで三十人の間借人の世話と食事の面倒をみなくてはならない。それにかまどがどうかなっていて、ちっとも煮えてくれないのだ。二つの大きな鍋でスープを煮ていた。女が味見のスプーンでかきまわし、なんどとなく上から垂らしてみるが、スープはかたまっていない。火が弱いのがいけないらしい。かまどの前に這いつくばるようにして、火ばしで燃えている石炭をつみ直した。調理場いっぱいに煙が立ちこめていて、女は咳きこみ、ときには椅子をつかんだまま、しばらくは咳のしつづめだった。女はまたなんども、今日はもう朝食はやめだと言った。暇もないし、気力もない。カールとロビンソンは朝食を持ち帰らなくてはならず、かといって強制できないので、女の繰り言は聞き流して、ただおとなしくすわっていた。

まわりの椅子や足台の上、テーブルの上や下、さらに部屋の隅にも、間借人の食器が食べたままで重ねてあった。ポットには少しずつミルクや珈琲がのこっている。いくつもの皿にバターの残りが見えた。大きなブリキの缶がころがっており、そこからビスケットが顔を出していた。それらを寄せあつめると朝食になりそうだった。出所を知らなければ、ブルネルダだって文句はいうまい。そんなことを思いながらカールは時計を見た。すでに三十分も待っている。ブルネルダはきっとたけり立って、ドラマルシュに文句をいっているにちがいない。女は咳きこんでいるあいだ、カールに目を据えていたが、このとき言った。

「そこにすわっていても朝食は出ないよ。一時間もすれば、夕食を出してやる」

「おい、ロビンソン」

と、カールが言った。

「朝食は自分たちでつくろう」

「どうやってだね！」

女が首をのばして言った。

「落ち着いてくださいよ」

カールはなだめた。

「どうして朝食を寄こさないんです？　半時間も待ちぼうけとは、ひどいじゃないですか。お代は払っているし、ほかの人より余分に出しているんです。たしかにこんな時間で申しわけないしだいですが、ともかく遅い朝食に慣れっこなので、少しは融通をつけてくださってもいいでしょう。娘さんが病気だそうで、今日はご無理でしょうから、そのかわり自分でそこの残りものからみつくろいます。ちゃんとしたのをいただけないとあれば、しようがない」

女はだれにも愛想を見せる気などなかったし、とりわけこの二人には残り物もやるものかというふぜいだったが、厚かましい両名にはうんざりのようで、盆をつかむと、ロビンソンのまん前に突き出した。ロビンソンはしばらく、顔をしかめていやがっていた。女がひろいあげる残り物を受けるはめになったからだ。女は手ばやく盆の上につみあげた。見たところ汚ならしい食器の山であって、人前にさし出す朝食とはとても思えない。女が二人を追い立てた。罵られたり突つかれたりしかねないので、からだをかがめて戸口へ急ぎながら、カールはロビンソンから盆を受けとった。ロビンソンの手つきが、なんとも危うげであったからだ。

廊下に出て、十分にはなれたところで、カールは盆をもったまま床に腰を下ろした。まず盆をきれいにする。食べ物を整理する。ミルクを一つの容器に集め、あちこちにちらばったバターの残りを一つの皿に盛りつける。つづいては誰かが使った痕跡をなくする。つまり、ナイフとスプーンを磨き、パンの齧りさしを切り落とし、全体を並べかえる。ロビンソンは無用のことだと言った。ふだんの朝食はもっとひどいというのだが、カールはゆずらなかった。むしろロビンソンが汚ない手でよけいな手出しをしないのがありがたかった。おとなしくさせるために、一度かぎりだと断わったうえで、二、三枚のビスケットと、ポットの底のドロリとたまったのを与えた。チョコレートの残りである。

部屋の戸口にきて、すぐさまロビンソンが取っ手に手をかけたとき、カールは引きとめた。入っていいかどうか、たしかでないからだ。

「かまうもんか」

と、ロビンソンが言った。

「いまごろはきっと、ドラマルシュが髪を梳いている」

そのとおりだった。部屋はまだ閉じたままで、カーテンも引いたきりのなかで、ブルネルダが肘掛椅子に大きく脚をひろげてすわり、そのうしろにドラマルシュが顔を近づけ、ブルネルダの短い、おそらくは少しちぢれている髪を梳いていた。ブルネルダは昨日と同じくガウンのような服を着ていたが、色は淡いバラ色で、昨日のものより少し短く、そのため編み目の粗い白の靴下が膝のところまで見えていた。梳くのに手間がかかるので、ブルネルダはじれていた。まっ赤な、厚ぼったい舌を唇のそここにのぞかせている。

「もう、いや！」

ひと声叫んで、からだをよじったりした。ドラマルシュは櫛をもちあげたまま、ブルネルダがすわり直すのを待っていた。

「遅いじゃない」

ブルネルダが二人に言った。それからカールに向かって言いそえた。

「気に入られたいのなら、もっとすばやくしないとダメよ。怠け者で、食いしん坊のロビンソンは手本にならない。自分たちだけで先に食べていたんだ。つぎからは許さないからね」

不当な言いがかりであって、ロビンソンも首を振り、声は出さないながら、唇を突き出して抗議した。カールは、ここでは要するに、ブルネルダの望んでいることを先どりすればいいことを見てとった。そこで背の低い日本の小机を隅から引き出してきて、布をかけ、運んできた食べ物を配置した。元の惨状を知っている者には一応満足のいくものではあれ、文句をつけるとなれば多々つけられるしろものだった。

幸いにもブルネルダは腹をすかしていた。カールが用意しているあいだ、満足げにうなずき、さらに待ちきれず、白い、ふっくらした手をのばしてきて、何であれつかみとって口に運んだ。

「手ぎわがいいじゃない」

もぐもぐと食べながらドラマルシュに言った。ドラマルシュは櫛をブルネルダの髪に差したままにして、かたわらの椅子に腰を下ろした。ドラマルシュも目の前の食べ物に大満足で、二人の手が忙しくいきかいして、ともにガツガツ食べていく。ここでは何よりも量がものをいうことにカールは気がついた。そして調理場の床に、まだ食べられる残り物がちらばっていたことを思い出した。

「はじめてなので、どうすればいいかわからなかったのです。このつぎはもっと上手にやりますよ」

話しているあいだやっと、誰に向かって声をかけたのか気がついた。事柄そのものに、あまりに気をとられていたからだ。ブルネルダは満足げにドラマルシュに向かってうなずきかけ、カールにはご褒美として一握りの菓子をくれた。

# 断片

## (1) ブルネルダの出発

ある朝、カールは病人用の手押車にブルネルダをのせて玄関を出た。カールが考えていたよりは、ずっと遅い出発になってしまった。昼間だと、通りの人にじろじろ見られる。だからまだ暗いうちに出ようと、ブルネルダと話していた。ブルネルダはさらに、大きな灰色の布をかぶっていたいと言った。階段を下りるのにひまがかかった。学生が気持よく手伝ってくれたが、カールよりもずっと力がないことがわかった。ブルネルダはいたって協力的で、ほとんど泣き言をいわず、なるたけ運びやすいように骨を折ってくれた。それでも五段目ごとに運ぶ方も運ばれる方も息つぎのため、休憩をとらずにいられなかった。涼しい朝で、階段には地下室のような空気が流れていたが、カールも学生も汗だくで、休憩のたびにブルネルダがまとっている布で顔を拭いた。ブルネルダはこころよく布のはしを差し出してくれた。そんなわけで二時間かかって、ようやく下に降りたのだ。手押車は宵のうちに用意していた。ブルネルダを持ち上げてのせるのがひと仕事だったが、とにかく上々の首尾といわなくてはならない。車輪が大きいので、押すのにさほど苦労がいらないようなのだ。ただブルネルダの体重で車輪の外れるおそれがあったが、これは用心するしかないだろう。学生が冗談めかして申し出てくれたが、予備の一台をもっていくわけにいかない。その学生とも別れる段になった。これまでの不和はすべて忘れたぐあいで、学生は以前、ブルネルダの心を傷つけて、それが病気を引き起こしたかもしれないことに詫びを述べた。すべてとっくに忘れたこと、とブルネルダは言った。詫びることなど何もない。最後にブルネルダが、記念に一ドルを受けとってほしいと言った。そして、あちこちのポケットを探しはじめた。ブルネルダの日ごろの吝嗇《りんしょく》からすると、およそないことである。学生は大よろこびして、おもわず受け取った一ドル貨幣を空高く投げ上げた。ところが落ちたところがわからなくなり、カールもいっしょに探しまわって、やっと手押車の下で見つけた。学生との別れは、むろん、ごく簡単だった。たがいに握手しながら再会の確約を交わし合った。そのときには一人が――学生はカールだと言い、カールは学生だと言ったが――きっと世に出ている。残念ながらこれまでは叶わなかったことである。つづいてカールは勢いよく手押車の握りをつかみ、門から押し出した。学生はハンカチを振って、いつまでも見送ってくれた。カールはたびたび振り向いて、挨拶がわりにうなずいた。ブルネルダも振り返りたいのだが、それがとても大ごとだった。希望を叶えるため、通りのはしにきたときカールが車を反転させたので、ブルネルダは学生を見ることができた。学生はちぎれるようにハンカチを振った。

もはやぐずぐずしてはいられない、とカールは言った。道は遠いし、予定したよりも、ずっと遅い出発になった。実際、通りには車が走りだしているし、チラホラではあれ職場に向かう人の姿も見える。カールはただそのことを口にしただけだったが、ブルネルダは持ち前の敏感さからべつの意味にとって、灰色の布をすっぽりかぶってしまった。カールは強いてそれをとめなかった。灰色の布で覆われた手押車はたしかにめだつが、しかし、ブルネルダその人よりは、ずっとめだたない。カールは慎重に進んでいった。

角を曲がるときは、つぎの通りを見定めた。さらに用心がいりそうなときは、手押車をとめ、数歩先まわりして偵察した。人がくるとやりすごし、ときにはべつの通りにきりかえた。道すじは先に十分調べていたが、絶対に安全という回り道はなかったし、それにどんなに用心しても、予期しない障害は起こるものだ。そしてまさにそのことが起きた。ゆるやかな上り坂で見通しがよく、人っ子ひとりいなかった。カールが勇んで速足になったところ、戸口の薄暗い隅に警官がいて、何をそんなに手厚くくるんで運んでいるのかとたずねた。鋭くカールをにらんだが、つぎにはつい笑顔をみせた。覆いをつまみ上げたところ、上気したブルネルダの不安そうな顔が現われた。

「これは、これは」

と、警官は言った。

「ジャガイモ袋と思ったのに、ご婦人がいた。どこに行くのですか、お二人は何ものだね?」

ブルネルダはおびえ、絶望的な目つきでカールを見つめた。警官とのことでは、カールには体験が十分にある。さして恐れることはない。

「お嬢さん、ほら、あの書類」

と、カールは言った。

「いただいたあの書類を見せるといいですよ」

「そうね」

とブルネルダは言って探しはじめたが、いかにもおどおどしていて、あらぬ疑いをかき立てかねないのだ。

「お嬢さんね」

警官が皮肉な口調でよびかけた。

「見つからないようですな」

「ありますとも」

カールは落ち着いていた。

「たしかにお持ちなんですが、どこにしまったかお忘れなんです」

カールもいっしょになって探して、やっとブルネルダの背中のところに見つけた。警官は手早く目を通した。

「いろんなお嬢さんがいらっしゃる」

ニヤニヤしながら警官が言った。

「きみがお仕えして運んでいるわけか。ほかに仕事がないのかね」

カールはただ肩をすくめた。いつもながらの警察のよけいなお節介だ。カールが黙っていると、警官が言った。

「では、気をつけて」

軽蔑のこもった口ぶりだった。カールは口をつぐんだまま通りすぎた。警察には軽蔑されるほうが警戒されるよりもずっといい。

すぐまた、もっと厄介ごとになりそうなのと出くわした。ひとりの男が、大きな牛乳缶をのせた手押車を押してきた。カールの車の灰色の布に目をとめると、いかにも知りたげに寄ってきた。同じ道を行くのではないはずなのに、カールが不意に向きをかえても、わきにぴったりついてくる。はじめはまだ、おとなしかった。

「重そうな荷物だな」

そんなことを話しかけてくるだけだった。

「荷造りがやばいぞ。上のほうが落っこちそうだ」

しばらくすると、あからさまに問いかけてきた。

「布の下は何だ？」

「何だっていいだろう」

と、カールは答えた。しかし、なおも目を光らせてくるので、やむなく言った。

「リンゴだ」

「そんなにたくさんか？」

男は目をむいて、なんども「そんなにたくさん」をくり返した。

「実りがよかったのか」

「そういうこと」

と、カールは言った。

カールを信じないのか、それとも怒らせてみたいのか——並んで車を押しながら——いたずらめかして手をのばし、布をつまみかけた。ブルネルダがどんなに気を揉んでいるだろう！　その気持を察して、カールは喧嘩ざたをこらえ、すぐ前の開いた門に目をとめると、やっと着いたというふうに入っていった。

「やれやれ」

と、カールは言った。

「お伴をしていただいてありがとう」

男はポカンと門の前に立って、カールを見送っている。やむなくカールはこともなげに車を押して、最初の中庭を横切った。男は信じたふうだったが、最後の腹いせのつもりか、車を置いてカールのうしろからつま先立ちして近づくと、布をグイと引いたので、あやうくブルネルダの顔がのぞきそうになった。

「リンゴに風を当ててやった」

男はそう言うなり、駆けもどった。カールは聞きすごした。男から解放されればいいことなのだ。さらに車を中庭の隅に押していった。空《から》の箱が積んであった。うらへまわり、布の下のブルネルダに慰めの言葉をかけるつもりだった。ブルネルダは涙ながらに、また真剣な表情で、このまま箱のうしろにいて、暗くなってから動きだそうと言いだした。カールは手を焼いた。あやうくブルネルダの言うままになるところだったが、ちょうどそのとき、箱の山の向こうに誰かがやってきて、空箱を投げ上げた。中庭いっぱいに大きな音がひびいたので、ブルネルダはものも言わずに布を頭からかぶってしまった。すぐさまカールが車を押し出したので、むしろほっとしたようだった。

しだいに人通りが多くなったが、カールが恐れたほど人の注意をひかなかった。運搬の時間を考えちがいしていたようだった。もういちどこんなふうに運ぶことになったら、まっ昼間こそいちばんいい、とブルネルダを説得するだろう。それからはさして手間もかからず、角を曲がると細くて暗い通りに入り、二十五番地の建物が見えてきた。戸口の前に、すが目の管理人が時計を手にして立っていた。

「いつも遅れる」

と、苦情を言った。

「思いどおりにいかない」

と、カールが答えた。

「どこだってそうよ」

と管理人は言った。

「ここでは言いわけは許さん。そのことを忘れるな！」

カールはもはや、こういった言葉には耳を貸すようなことはしない。誰もがやり返して、力を誇示し、弱いのを罵る。慣れさえすれば、お定まりの時鐘のようなものなのだ。ともあれ車を通路に押し入れたとき、予期していたとはいえ、あたりの汚なさに驚いた。よく見ると、納得がいった。通路の石畳はそれなりに掃除されているし、壁の絵も古びていない。つくりものの椰子の木もあって、さして埃をかぶっているわけでもない。にもかかわらず、すべてがべとついたように汚ならしい。たぶん、使い方がひどかったので、もういちど元どおりきれいにするのが不可能になったのだろう。カールはどこであれ、改善できないか考えるのが好きだった。そしてどんなに手のかかることでも、すぐにでも取りかかりたいと思うのだが、ここではいったい、どこから取りかかればいいのか見当がつかない。カールはそっとブルネルダの覆いをとった。

「よくおいでになりました」

とり澄まして管理人が言った。ブルネルダが好印象を与えたことはあきらかだった。ブルネルダもそれに気づいた。利用すべきこともこころえている。カールはほっとしてそれをながめていた。いままでの心配が消え失せた。

(2)

町角でカールはポスターを目にした。それはこう呼びかけていた。

「オクラホマ劇場が要員を募集する！　本日、早朝六時より真夜中まで、クレイトンの競馬場において選考会実施。オクラホマ大劇場が、きみたちを求めているのだ！　本日限り、一度限り！　今回見逃すと二度とない！　われと思う者は来たれ！　条件不問！　芸術家志望者歓迎！　あらゆる人材を求め、生かす劇場なり！　決断する人に幸いあれ！　必ず真夜中までに到来のこと、急げ！　十二時とともに門が閉じ、二度と開かない！　疑う者に災いあれ！　来たれ、クレイトンへ！」

ポスターの前にたくさんの人がいたが、あまり反応がないようだった。ほかにもいろんなポスターが貼ってあって、もはや誰も信用しないのだ。しかも、この一つはとりわけ信用のおけないしろものだった。何より大きな欠陥は報酬がしるされていないことである。ごく簡単なものでも示してあれば、反応はもっとちがっただろう。いちばん人を惹きつけるものが欠けている。だれも芸術家になりたいとは思わなくても、労働には報酬を受けたいものなのだ。

ただカールには、一つの大きな魅力があった。「条件不問」のひとことだ。ということは誰でもよくて、つまり自分でもいい。これまでのことは忘れられて、あらためて問われることがない。うしろ暗いものではなく、ちゃんと公示された仕事に応募していい！　しかも採用を約束している。カールには条件などどうでもよかった。何かたしかなきっかけ、手がかりをつかみたかった。それがここにあるような気がした。ポスターにいわれているのが、たとえホラまじりの嘘っぱちで、オクラホマ大劇場が実際は、しがない旅まわりのサーカスであっても、とにかく人を採用する。それで十分だった。カールはポスターのなかの「条件不問」のところだけをあらためて見つめていた。

はじめカールは歩いてクレイトンへ行こうかと考えたが、せっせと歩いても三時間はかかる。着いたときに、ちょうど人数が補充されてしまったと言われかねない。ポスターによると採用数に制限はないが、人を求めるときは、いつもこの手がつかわれるものなのだ。このたびはやめにするか、それとも乗物で行くか、どちらかしかない。所持金を数えてみた。乗物をつかわなければ一週間はこれでしのげる。てのひらの上でなんども小銭を勘定していると、紳士がひとり目をとめて、カールの肩をたたいた。

「クレイトンでの幸運を祈る」

カールは黙ってうなずくと、また勘定し直した。それから腹をきめ、乗物に必要な分をべつにわけて、地下鉄へ急いだ。

クレイトンで降りるとすぐに、トランペットの音が聞こえてきた。入り乱れていて、たがいに合わせることもなく、ただ吹き鳴らしている。しかし、カールには、それは気にならなかった。むしろオクラホマ劇場が大がかりなものであることを保証していた。駅の建物を出て、前方のつくりをながめたとき、考えていたよりもはるかに大きいことを見てとった。人を採用するだけのことに、どうしてこんなに大仕掛のことをしたのか、わけがわからない。競馬場の入口の前にながながと、低い舞台がしつらえてあって、何百人もの女たちが背中に翼をつけ、白い布を巻きつけた天使の出で立ちで、金色に輝く長いトランペットを吹いていた。舞台に立っているというのではなく、めいめいがさらに台に乗っているのだが、天使の衣装の長い布がかぶさって足元を隠していた。二メートルもあるような高い台で、そのため女たちの姿が巨大に見えた。ただ顔が小さいので、巨大さとそぐわず、それに髪が大きな翼と両脇のあいだにちょっぴりのぞいていて、それがまた不釣り合いなのだ。単調な感じがしないように台の高さが変えてあった。人の背丈ほどのものもあれば、そのかたわらの女たちはグンと高い台にいて、ちょっとした風にも吹き落とされかねないのである。女たちはひとりのこらずトランペットを吹いていた。

聴いている人はあまりいなかった。少年が十人ばかり、舞台の前を行ったり来たりしては、上を見あげていた。台の上の女たちとくらべ、少年たちがよけいに小さく見えた。めいめいであれこれ指さしたりしていたが、なかに入っていって採用されたいというのでもないらしい。ひとりだけ中年の男がいた。少しわきにはなれて立っていた。妻と乳母車の子供とをともなってやってきたところだった。妻は片手を乳母車にかけ、もう一方の手は夫の肩にそえて寄りかかっていた。目の前の光景に驚いていたが、がっかりしていることも見てとれた。仕事の場を見つけにきたのであれば、トランペットの吹奏には当惑してしまうのだ。

カールも同じ気持だった。男のそばに行って、なおしばらくトランペットを聞いていた。それから話しかけた。

「オクラホマ劇場は人を採用するのでしょう？」

「そのはずです」

と、男が言った。

「一時間前からここにいるが、トランペットが鳴っているだけだね。ポスターもなければ募集係もいない。説明にくる人もいやしない」

「もっと集まってくるのを待っているんじゃありませんか。まだ少ししかいませんよ」

と、カールが言った。

「そうかもね」

と、男が言った。二人はしばらく黙っていた。トランペットがうるさくて、よく聞きとれないせいもあった。やがて妻が夫に何やらささやいた。男がうなずくと、すぐに妻のほうがカールに声をかけてきた。

「どこで採用の手続きがあるのか、競馬場までひとっ走りして聞いてきていただけませんか?」

「いいですよ」

と、カールは答えた。

「でも、舞台に上がって、天使たちのあいだを抜けて行かなくちゃあならない」

「厄介ですか」

と、妻が言った。カールにはさほどのことでもないはずで、妻は夫をやりたくないようだった。

「じゃあ、ぼくが行ってきましょう」

カールは承知した。

「ご親切さま」

と、妻が言った。そして夫ともどもカールの手を握った。カールが舞台に上がったとき、少年たちがもっとよく見ようとして近くに集まってきた。最初の採用志願者を歓迎して、女たちがなおも力をこめてトランペットを吹き鳴らしたようだった。カールが台のそばを通りすぎると、トランペットを口からはなし、からだをねじってあとを見送っている。舞台のはしに男がひとりいて、落ち着かないようすでうろうろしている。きっとたずねたら説明してくれるにちがいない。カールがそちらに向かいかけたとき、上から名前をよばれた。

「カール」

と、天使が言った。カールは上を見あげ、うれしい奇遇に気がついて、おもわず笑いかけた。

「ファニー」

カールは叫んで手を差し出した。

「上がってきて」

と、ファニーが叫んだ。

「行っちゃったりしないでしょう」

ファニーが布をひらいたので台が現われ、上がっていく小さな階段がのぞいた。

「上がってもいいの?」

と、カールがたずねた。

「久しぶりに握手したいのに、誰がいけないっていうの」

ファニーが声を張りあげた。そして禁止を言いにくる者をにらみつける仕草をした。カールは階段にとびついた。

「もっと、ゆっくり」

ファニーが叫んだ。

「台が倒れて、二人とも下敷きよ」

カールは首尾よく上にあがった。

「ほら、見て」

再会のよろこびを伝えあってから、ファニーが言った。

「へんな仕事を見つけたでしょう」

「いいじゃないか」

とカールは言って、まわりを見まわした。近くの女たちはカールに気がついていて、クスクス笑っていた。

「きみがいちばん高いんだ」

とカールは言って、ほかの台の低さを示す手つきをした。

「だからすぐに気がついた」

と、ファニーが言った。

「あなたが駅からやってくるのを見ていた。でも、いちばんうしろだから目につかないし、叫ぶわけにもいかない。だから、うんと力をこめて吹いたんだけど、ちっとも気づいてくれない」

「みんな下手くそだ」

と、カールが言った。

「いちど貸してみな」

「どうぞ」

ファニーがトランペットを差し出した。

「みんなと合わせてね。でないと、あたし、クビになる」

カールはトランペットを口にあてた。ただ音を出すだけの安物と思っていたが、手にとってみると、それなりにきちんとしたしろものだった。ほかのトランペットもそうだとすると、せっかくの楽器だのに、手ひどい使い方をしていることになる。カールは大きく息を吸いこむと、まわりの音を乱さないように気をつけながら、どこかの酒場でいちど耳にしたことのある歌を吹き鳴らした。かつての女友だちに会えたし、一番乗りをしてトランペットを吹けるし、まもなく仕事にありつけそうだし、カールは心が躍った。何人かの女たちは吹くのをやめて聴いていた。カールが急に中断すると、半分ばかりの者たちしか吹いていないことがわかった。やがてまた、めったやたらに吹き鳴らしはじめた。

「とても上手だわ」

カールがトランペットを返すと、ファニーが言った。

「トランペット吹きで採《と》ってもらうといい」

「男でもいいの?」

と、カールがたずねた。

「もちろん」

と、ファニーが言った。

「あたしたちが二時間吹くと、つぎは悪魔に扮した男の番になるの。半分がトランペットで、もう半分が太鼓をたたくんだけど、とてもすてきよ。衣装だってお金がかかっている。この服、いいでしょう。翼を見てよ」

自分をしげしげと眺めた。

「どうかな」

と、カールがたずねた。

「ぼくも採用されるかな」

「きっと大丈夫」

と、ファニーが言った。

「世界でいちばん大きな劇場なんだから。またいっしょに働けるといい。問題はどこに配属されるかだわ。同じように採ってもらっても出くわさないかもしれない」

「そんなに大きいの？」

と、カールがたずねた。

「世界でいちばん大きい劇場よ」

ファニーがくり返した。

「あたし、自分で見たわけじゃないけど、まわりの人で、オクラホマに行ったことのある人が教えてくれた、もうどこまでっていえないほど大きいんだって」

「でも、受けにきた人はあまりいないよ」

とカールは言って、下の少年たちと、子づれの夫婦を指さした。

「そうね、そうみたい」

と、ファニーが言った。

「でも、どの町でも人を採るわ。宣伝隊がいて、いつも宣伝にまわっている。そんな宣伝隊がどっさりあるの」

「劇場を開く準備をしているの？」

と、カールがたずねた。

「そうじゃない」

と、ファニーが言った。

「古い劇場だけど、いつも大きくしている」

「それにしては、わからない」

と、カールが言った。

「ぜんぜん人が押しかけてこない」

「そうねえ」

と、ファニーが言った。

「もしかすると」

カールが言葉をつづけた。

「そんな天使や悪魔の仕掛けが、人をよぶよりも、びっくりさせているんじゃないのかな」

「そんなふうに思うの」

と、ファニーが言った。

「でも、そうかもしれない。上の人に言うといい。それで認めてもらえる」

と、カールがたずねた。

「上の人はどこにいる?」

と、カールがたずねた。

「競馬場にいる」

と、ファニーが答えた。

「ゴールぎわの審判席」

「それも変なんだな」

と、カールが言った。

「どうして競馬場で人を採用したりするんだろう」

「だって場所がいるんだもの」

と、ファニーが言い返した。

「どこだってどっさり人が押し寄せるから、広いところを用意しとかなくちゃならない。競馬場は広いからいいの。いつもだったら馬券がやりとりされているところに窓口がつくってあって、二百もの窓口がべつべつになっているって」

「どうしてだろう」

カールが口をはさんだ。

「たいそうな宣伝隊までもっていて、オクラホマ劇場はそんなに収入があるのかな」

「わたしたちの知ったことじゃないわ」

と、ファニーが言った。

「それよりもカール、急がなくちゃあ。あたしもトランペットを吹かなくちゃあならない。なんとしても仕事をもらうのよ。すぐに知らせにきて。あたしが早く知りたがっているのを忘れないでね」

カールに手を差し出した。下りるにあたっての注意を言ってから、ファニーはトランペットを口にあて、カールが下におりるのを見とどけてから吹きはじめた。カールがさきほどのように布で階段を覆うと、ファニーがうなずいた。いろんな窓口のことを考えながら、カールは男に近づいた。男はすでにファニーといっしょのときに気づいていて、カールを待ち受けるように台のそばにいた。

「入りたいのだね」

と、男はたずねた。

「ここの人事主任だ。よくきてくれた」

礼儀正しく会釈した。その場を動かず、小さく足踏みしながら、鎖つきの時計をいじっていた。

「ありがとうございます」

カールが礼を述べた。

「ポスターを見ました。それできたのです」

「結構だ」

と、男は言った。

「残念ながら、今回はあまり効果がなかったようだ」

カールはすぐさま、宣伝の仕方が大げさすぎるので、かえって効果が出ないのではないか、と主任に話そうかと思ったが、そうはしなかった。人事主任は宣伝隊のリーダーではないし、まだ採用されてもいないのに改善を提案するのは、出しゃばりすぎているように思えたからだ。だから、ただこう言った。

「もう一人、希望者がいます。ぼくは先にようすを見にきただけなんです。呼んできていいですか?」

「もちろんだとも」

と、男は言った。

「多ければ多いほどいい」

「奥さんと、乳母車の子供もいるんです。みんな呼んできていいですか?」

「もちろんだ」

カールが疑っているのを、笑っているようだった。

「誰だって入ってもらう」

「すぐにもどってきます」

そう言ってカールは舞台のはしへ走っていった。夫婦者に合図をして、そろってきていいと声をかけ、乳母車を舞台に上げるのを手伝った。かたまってやってきた少年たちがそれを見て、仲間うちで話していたが、それからゆっくり舞台にのぼり、それでもまだ決めかねて、両手をポケットに入れて歩きまわっていたが、最後にはカールと夫婦者のあとについてきた。ちょうどこのとき地下鉄の駅から新しい乗客が降りてきた。舞台の上の天使たちを見て驚き、しきりに手をあげている。仕事を求めてきた人が少しずつふえてきた。カールは早くきたのをよろこんだ。どうやら一番乗りらしい。夫婦者は不安なようすで、いろんなことを言われるのではないかとカールにたずねた。はっきりしたことはわからないが、例外なく全員が採用されそうだから安心していい、とカールは答えた。

人事主任が迎えにやってきた。応募者が多いのがいたく満足のようで、手をこすり、一人ひとりに軽くお辞儀をして挨拶すると、全員を一列に並ばせた。先頭がカールで、つぎが夫婦、つづいてほかの者たち。列をつくるあいだ、少年たちは少しもたついていたが、しばらくして並び終えると、トランペットが吹きやんだのを見はからって主任が口をきった。

「オクラホマ劇場を代表して皆さまを歓迎いたします。はやばやとお越しいただいて、うれしいかぎりです（とはいえ、すでに正午に近かった）、まだこみ合っていないので皆さまの手続きはすぐに終了するでしょう。むろん、身分証明書をおもちでしょうね」

少年たちはすぐにポケットから書類をとり出すと、主任に向かって振りかざした。夫が妻をつつくと、妻が乳母車の羽根ぶとんの下から書類の束を引っぱり出した。カールは何も持っていなかった。採用に都合が悪いだろうか？　そうとも考えられる。しかしカールは体験から知っていた、この種の書類は考え方しだいで何とでもなるのだ。人事主任は列を見わたし、全員が所持していることを確認した。カールは何も持たずに手を上げただけだが、問題なしと考えたらしい。

「よし」

と、主任は言った。そして少年たちには、すでに書類は調査ずみというふうに手で合図した。

「あらためて採用窓口で検査する。ポスターで見られたと思うが、条件は一切不問。しかし、これまで何をしてきたか、どの仕事場がいちばんふさわしく、とりわけ能力を発揮できるか、それは知っておく必要がある」

（劇場なんだからな）

カールは思案して、耳をそば立てた。

「そのためわれわれは――」

主任は言葉をつづけた。

「馬券売場に採用窓口を設置しました。窓口ごとにべつの仕事が割りふってあります。だから皆さんは自分に適したところを申し出られたい。家族のかたは一応、ご主人の採用窓口に回られたい。私が窓口まで案内します。まず身分証明、それから得意分野をおたずねします――簡単に終わります、心配は無用、すぐに採用となって、つぎの指示が出ます――では、さっそくですが、最初の窓口です。そこに書いてあるとおり、技術者部門です。皆さんのなかに技術者はいませんか？」

カールは名のり出た。身分証明書をもたないからには、それを超えるような何か特徴を言わなくてはならないと思ったからだ。それにつねづね技術者になりたかったので、多少とも名のり出る資格がある。カールが名のり出たのを見ると、少年たちは羨ましがって、つぎつぎと名のりをあげ、結局は全員が技術者を申し立てた。人事主任は胸をそらしてから、少年たちに念を押した。

「技術者なんだね？」

とたんに全員がそろそろと手を下ろした。カールは手を下ろさなかった。人事主任はカールを疑わしそうに見た。服装がみすぼらしいし、技術者にしては若すぎる。だが、何も言わなかった。たぶん、応募者を引きつれてきてくれたことを恩に着てのことだろう。少なくとも、そんなふうに思っているふしがあった。差し招くように窓口を示したのでカールは入っていった。人事主任はほかの者たちのところへいった。

技術者採用の事務室には、角ばった台の両側に二人がすわり、目の前にひろげた大きな名簿をつき合わせていた。一人が読みあげると、もう一人が名簿の名前にしるしをつけていく。カールが挨拶をしながら入っていくと、二人はすぐに名簿をわきに押しやり、べつの大きな帳簿を持ち出してきて頁をひらいた。一人はあきらかに書記のようで、カールに声をかけた。

「身分証明書を見せていただこう」

「すみません、持っていないのです」

と、カールは言った。

「所持していない」

書記がもうひとりの人に言って、カールの返答をすぐさま帳簿に書き入れた。

「技師ですか?」

この窓口の主任らしかった。

「まだそうではないんです。でも──」

「わかった」

相手が即座に言った。

「ならば、ここではない。標示をよく見てごらん」

カールは唇を噛んだ。主任はそれを見てとって、言葉をつづけた。

「心配しなくていい。みんなにきてほしいのだ」

仕切りのところでうろうろしている走り使いを手招きした。

「このかたを技術志望の人のための事務室へ案内するんだ」

その男はコックリうなずくと、カールの手をとった。たくさんの小部屋を通っていったが、その一つでは、少年の一人がすでに採用になって、係の人に礼を述べながら握手をしていた。連れていかれたところでもカールが予期したとおり、最初の窓口と同じことが起きた。ただこのたびは、カールが中学を終えていることが判明したので、元中学生のための窓口を指示された。そこの段階でカールがヨーロッパの中学で学んだと述べたので、窓口ちがいを指摘され、ヨーロッパの中学生用に向かうように言われた。それはいちばんはずれにあって、ほかのどれよりも小さいだけでなく、天井も低いのだった。案内役はながながと歩かされたうえに、いろいろ指示されたのを、すべてカールのせいにして腹を立てていた。そしてそこに着くやいなや、指示を待たずにいなくなった。これが最後のよりどころというものだった。その部屋の責任者を見たとき、カールはかつて学んだ学校の先生とそっくりなので、びっくりした。きっといまも故郷の町で教えているにちがいないのだ。すぐにわかったが、似ているのは個々の部分であって、大きな鼻にのっている眼鏡、お飾りのように手入れされたブロンドの頰ひげ、少し丸くなった背中、やにわにとんでくる大きな声といったところである。カールはしばらくぼんやりしていた。幸いにも、ここではあまり気を張る必要がなかった。ほかのどこよりも簡単に進んだからだ。身分証明書がないことはすぐに記帳され、主任から不可解な手ぬかりを注意されたが、ここでは書記がとりしきっていて、すぐに次にうつった。主任が簡単な質問のあと、少し厄介なことを言いかけたとたん、書記がカールに採用を告げた。主任がポカンと口をあけたまま書記のほうを見たが、書記は打ち切りの仕草をして「採用」と言うと、すぐさま帳簿に記入した。書記にはあきらかに、ヨーロッパの中学生であったこと自体が恥ずべきことであって、わざわざそれを申し立てる者を疑う理由はないのである。カールにとって、とりたてて文句をいう筋合のことではないので、礼を述べるつもりで近づいた。その前に名前を問われたので、お礼は口のなかに呑みこんだ。カールはすぐに答えなかった。ほんとうの名前を述べて記入されるのに躊躇があった。ほんのちょっとした働き口でいいから手に入れて、それを満足がいくかたちでつとめてから、はじめて本名を言いたいのだった。いまはともかくイヤだった。しばらく押し黙ってから、ほかに名が思い浮かばなかったので、これまでの最後の仕事のときの通り名を言った。

「ネグロです」

「ネグロだって？」

主任が問い返して、これこそまさに信じられないといったふうに顔をしかめた。書記はさぐるような目つきで、ちょっとカールを見つめてから、くり返した。

「ネグロね」

それを書き入れた。

「ネグロとは書かなかったでしょうね」

主任がただすように言った。

「つまりネグロですよ」

書記は落ち着いて言うと、あとはおまかせするといった手つきをした。主任は大儀そうに立ち上がった。

「あなたはこのオクラホマ劇場に――」

言いさしにしたまま口をつぐんだ。良心に反することはできない。腰を下ろすと、こう言った。

「ネグロは本名じゃない」

書記は眉毛をつり上げた。自分から立ち上がり、カールに言った。

「ならば私から伝えよう。あなたはこのオクラホマ劇場に採用されました。これからわれらの指導者に紹介します」

またも走り使いが呼びこまれ、カールを審判席へと連れていった。

階段のそばに乳母車が置かれていた。ちょうどそのとき、例の夫婦が降りてきた。妻は腕に子供を抱いていた。

「採用されましたか?」

夫が問いかけてきた。先ほどより生きいきしていた。妻も同様で、笑いながら肩ごしにカールを見た。採用されたので、これから御目見えにいくのだとカールが答えると、夫が言った。

「おめでとう。われわれも採用されました。なかなかの事業のようです。でもまだ、はっきりとはわかりかねますね。まあ、なんだってそうですが」

挨拶して別れ、カールは階段にとりつき、ゆっくりとのぼっていった。上はきっと人でいっぱいで、押し分けて入りたくなかったからだ。やがて足をとめて広い競馬場を見わたした。目のとどくかぎり、はるかな森までつづいている。ふと競馬を見たいと思った。アメリカではまだ一度も見たことがない。ヨーロッパでは幼いころに一度つれていってもらったことがある。しかし、やたらに人がいて、前をあけようとしないなかを、母親に手を引かれて通っていったことしか覚えていない。つまりは、まったくいちども競馬を見たことがないのだ。うしろで機械の動く音がしたので振り返ると、競馬のとき、勝ち馬の名が示されるところに、つぎの名前が高々と掲示された。

《商人カルラ、および妻と子》

このように採用された者の名前が事務局に伝達される。

手に鉛筆とノートをもった男たち数人が、口せわしなく話しながら階段を降りてきた。その人々を通すためにカールは手すりにからだを押しつけた。それから場があいたようなので階段をのぼっていった。木の手すりのついたテラスの隅に――全体はちいさな塔の平べったい天井に見えたが――片手を木の手すりにのばして一人の男が腰かけていた。白い、幅の広い絹のリボンが斜めに胸に下がっていて、そこに《オクラホマ劇場第十宣伝隊長》の文字が見えた。そばのちいさなテーブルに電話があった。競馬の判定のときに用いられる装置で、隊長は紹介に先立ち、その電話で応募者ひとりひとりのことを知るらしかった。というのは、カールに何もたずねない前に、かたわらで脚を交叉させて寄りかかり、顎を撫でている人に言ったのだ。

「ネグロ、ヨーロッパの中学出身」

カールは丁寧にお辞儀した。隊長はそれでことがすんだような顔つきで、つぎの者を待つかのように階段を見下ろしたが、誰もこない。それでもう一人の男とカールのやりとりを聞いていたが、たいていは競馬場を見はるかすように目をやって、指で手すりをたたいていた。カールはおもわずその指に見とれた。もうひとりの人とのやりとりに注意を払いつつ、品よくて、それでいて強そうで、動きの速い指を見つめないではいられなかった。

「失業していたんだね」

その人はまずたずねた。ほかの質問も同じで、問いはごく簡単なものだった。簡明で、答えたところを問いただすといったことがない。にもかかわらず、問いに特別の意味を与えるすべをこころえていた。大きな目を据えての話し方や、上半身の傾け方、また返答に対してうつ向きかげんにうなずいて、おりおり声を強めてくり返すことから生じてくるもので、それとはわからないが予感がして、注意深く、慎重になるのだった。カールはときおり、自分が答えたことをとり消して、もっと感心してもらえそうな返答に換えたい気がしたが、そのたびに自制した。そんなふうにふらつくのはいい印象を与えないし、それに返答の効果といったものは計算ができないからだ。さらにもう採用が決まっているらしいので、それを思うと安心だった。

失業していたことを問われて、カールは簡単に「はい」と答えた。

「これまでどこに雇われていたの?」

カールが答えようとすると、すぐさま相手が人差指をつき出して、つけたした。

「いちばん最後の仕事!」

カールはさきの問いを正しく捉えたところだったので、あとのつけたしはつい振り払って返事をした。

「事務所です」

これは本当のことだが、どんなたぐいの事務所なのか重ねて問われると、嘘を言うしかないのである。だがその男はそんなふうには訊かず、もっと簡単で、嘘をつかずに答えられる質問をした。

「満足だった？」

「いいえ」

間をおかず、声をかぶせるようにしてカールは答えた。横目でうかがうと、隊長が軽い笑みを浮かべていた。カールは軽はずみな返答を後悔したが、「いいえ」を叫びたい衝動に駆られたのだ。この前までの最後の仕事を通じて、誰かべつの雇い主が現われて、同じ問いをかけてくれないかと願いつづけていたからだ。カールの返答はべつの難問を招くおそれがあった。どうして満足しなかったのかと問われかねないからである。しかし、その人はべつのことをたずねてきた。

「どんな仕事がいちばん自分に向いていると思う？」

これは罠かもしれない。何のために求められているのか。劇場であって俳優の仕事であるはずだ。そのことはわかっていたが、自分が俳優に向いているとは、どうしても思えそうにないのだ。それでカールは問いをはぐらかして、危険を承知で答えた。

「町でポスターを見かけたんです。そこには、だれでも採用とありました。だから来たんです」

「それはわかっている」

相手は口をつぐんだ。いまの問いの答えを待っているのはあきらかだ。

「採用は舞台のためですね」

自分の置かれている厄介な立場をわかってもらうために、カールは口ごもりながら言った。

「そのとおり」

相手はまたもや口をつぐんだ。

「そのことなんです」

働き口を見つけたことのよろこびがゆらぎかけていた。

「自分が舞台に合うかどうかわかりません。一生懸命やってみます、なんだってやってみます」

その人は振り返り、隊長と二人してうなずき合った。ちゃんと答えたとカールには思えて、元気がもどってきた。顔を上げて、つぎの問いを待った。

「いったい、何を勉強したかったの?」

もっとはっきり問うために——何よりもはっきりした問いかけが問題だ——その人はつけたした。

「ヨーロッパでのこと」

顎から手をはなし、さりげない動きをした。ヨーロッパはずっと遠いところであって、そこで何をしようとしていたにせよ、こちらでは問題にならないことを示したがっているようだった。

「技術者になるつもりでした」

と、カールは答えた。気の進まない返答だった。アメリカでのこれまでの体験にくらべると、かつて技術者になろうとしたことなど、まるで言うに足りないことのような気がしてならない——そもそも、ヨーロッパにいたとしても、はたして技術者になれただろうか?——とはいえ、ほかに答えがみつからない。その人はまじめにとった。何だってまじめにとる人なのだ。

「技術者だね」

つづいて、また言った。

「すぐに技術者にはなれないだろうが、さしあたりは何か、軽い技術的な仕事をするのがいいかもしれんね」

「はい」

これを受ければ俳優ではなく下の裏方にすべり落ちることになるかもしれないが、カールは満足だった。実際、裏方が向いている気がした。それにいまは仕事の種類ではなく、ともかくしっかりした働き口がほしいのだ。そのことがまたも頭をかすめた。

「力仕事でもやれるかな」

と、その人はたずねた。

「もちろんです」

と、カールは言った。そして手招きして、力こぶをつくってみせた。

「ほほう、たいしたものだ」

その人はカールの腕を隊長に指し示した。隊長はほほえみながらうなずき、ゆったりした姿勢のままカールに手を差し出した。

「これで終わった。オクラホマでまた相談するとしよう。わが宣伝隊のためにも、目にものみせてもらいたい！」

カールはお辞儀をした。立ち去りがけに挨拶したかったが、その人は自分の役目は果たしたというふうに顔を上げて展望台をゆっくりと歩いていた。

カールが階段を降りていくと、階段わきの掲示台に文字が出た。

《ネグロ、技術労働者》

すべてが首尾よく終了したので、掲示台に本当の名前が出なくてもかまわない。ここではすべて整然と進行するようになっており、カールが階段を降りてくると、係員が待機していて、カールの腕に腕章をつけた。そこにある文字を読むためにカールは腕を上げてみた。まさしく《技術労働者》とあった。

これからどこへやられるにせよ、すべて首尾よく終わったことを、すぐにもファニーに告げたかった。しかし、係員によると、天使たちは悪魔組とつれだって、すでにつぎの場所へ宣伝隊の先触れとして出発したという。

「残念だな」

と、カールは言った。ここにきてはじめてがっかりしたことだった。

「天使に知り合いがいたんです」

「オクラホマで会えるとも」

と、係員は言った。

「それよりも急ごう。きみが最後だ」

うながされて観客席のうしろに沿って歩いていった。天使が演奏などしないほうが、もっと応募者がやってくるとカールは思っていたが、そうではなかった。観客席に人の姿はなく、ただ子供が数人いるだけで、天使が落としていったらしい白い長い翼を取りっこしていた。一人が両手で持ち上げると、べつの一人がその頭をおさえ、手をのばしてもぎとろうとしている。

カールが子供たちをながめていると、係員は前を見つめたまま進んでいった。

「急いで、急いで。採用まで、ずいぶんひまがかかったですねえ。何かひっかかったのか?」

「どうなんでしょう」

ハッとしてカールは答えた。ただ何かがひっかかったとは思わなかった。どんなにはっきりしたことでも、何かひっかかりを見つける人がいるものなのだ。大きな観客席が目の前にひらけてきた。カールはすぐに係員の言ったことを忘れた。長いベンチに白い布が敷いてあって、採用された者たち全員が競馬場に背を向けてすわり、食事をしていた。みんな楽しげで、興奮していた。カールがそっといちばん端にすわったとき、何人もがコップを持って立ち上がった。一人が第十宣伝隊の隊長への謝辞を述べ、「仕事を求めている人々の父親」と呼びかけた。姿が見えるという者がいた。たしかに審判席はさして遠くなく、二人の影が見えた。全員がコップをそっちに向けた。カールもコップを手にもった。みんなで大声をあげ、おもいおもいの身ぶりをしたが、審判席の二人は気づかない。気づこうとする身ぶりもしない。隊長は先ほどと同じように隅にもたれ、もう一人はそばに立って、手を顎にそえている。

みんな少し失望した。なおも振り返って審判席を見やる人もいたが、そのうち、ご馳走に目を奪われた。カールがはじめて見たような大きな鳥であって、こんがり焼けたのにフォークが突き刺してある。ワインがつぎつぎと運ばれてきた——誰もほとんど気がつかない。皿にうつ向きぱなしになっているあいだに、グラスになみなみとつがれている——おしゃべりに加わりたくない者は、オクラホマ劇場の絵葉書をながめていればいい。テーブルの端からはじまって、手渡しでまわされてきた。あまり見入っている者はいなくて、やがてしんがりのカールに届いた。絵葉書から判断すると、どれもみんな、なかなかのものだった。一つはアメリカ合衆国大統領の桟敷席だった。桟敷席というより舞台のようで、遠くのひらけたところに胸壁のようにそびえている。全体が黄金ずくめで、きれいに鋏で切りとられたような小円柱の間に、歴代の大統領の円いレリーフが並べてあった。その一人は目立ってまっすぐな鼻と、めくれたような唇をしていて、太い眉の下にじっと目を伏せていた。桟敷席のまわりには、わきや上方から光が射し落ちていた。桟敷席の前面を、白い、やわらかな光がみたし、下は色合いゆたかな赤のビロードが覆っていた。紐でむすんだように暗赤色の輝きが射しこんでいる。とても人がすわるところとは思えない。それほど崇高だ。カールは食べながら、皿に立てかけた絵葉書を、ためつすがめつ眺めていた。

ほかの絵葉書のうちの、せめてもう一枚ぐらいは見たかったが、取りに行くのは気が進まなかった。給仕が手で押さえており、順番があるらしかった。カールは顔を上げて、手渡しされてくるのに目をやった。このとき驚いたことに――はじめはわが目が信じられなかった――一方の端ちかくで食事をしている顔に見覚えがあった。ジャコモである。すぐさまカールは走り寄った。

「ジャコモ」

カールは叫んだ。ジャコモはびっくりしたときいつもするように、おびえたような顔をした。食べ物を置いて立ち上がり、ベンチのあいだの狭いところで向きを変え、手で口を拭うと、やにわに顔を輝かせた。そばにすわるように言い、つぎにはカールの席へ行くと言った。話したいことがいっぱいあって、隣同士でいたいのだ。カールは人を押し分けたくなかった。いまはみんな自分の席があり、やがて食事が終わる。それまで動きたくないのである。カールはジャコモのわきに立って、じっとジャコモを見つめていた。なんといろんな思い出があることだ！　調理主任はどうしている？　テレーゼはどうか？　見たところジャコモは少しも変わっていなかった。半年もすれば骨ばったアメリカ人の顔になると調理主任は言ったが、あたっていない。以前と同じようにきゃしゃで、頬も同じように落ちている。丸くふくらんでいたのは、口いっぱいに肉を頬ばっていたからだ。骨をそっと引っぱり出して皿に投げた。ジャコモの腕章によると、俳優ではなく、エレベーターボーイとして採用されている。オクラホマ劇場はいろんな人間を必要としているのだ。

ジャコモにかまけて席からずっと離れていた。カールがもどりかけたとき、人事主任がやってきて、一段高いベンチに立ち、手をたたいてから、短い挨拶をした。たいていの者が立ち上がった。すわったまま皿から顔を上げない者たちも、肩をつつかれて立ち上がった。カールは小走りで席にもどった。

「食事はいかがでしたか」

人事主任が話していた。

「宣伝隊の料理は評判がいいのです。しかし、ここいらで切り上げていただかなくてはなりません、オクラホマ行の列車が五分後にやってきます。長い旅になりますが、すべて準備をしています。旅行の責任者を紹介します。何なりと申しつけてください」

痩せた小柄な男が人事主任と並んでベンチに立った。軽く会釈をすると、すぐに気ぜわしく腕をのばして、集合や整頓、出発の合図をした。しかし、すぐには動き出さなかった。先刻、謝辞を述べた人が、テーブルをたたいて、またもやながながと感謝の演説をはじめたからだ。列車がすぐにくるといわれていたのに——カールは不安になった——その男は委細かまわず話しつづけた。人事主任の注意も聞き流し、運送主任の指示にも従わない。大げさな身ぶりをして、料理をすべて数えあげ、それぞれの感想を述べ、ついでしめくくりに一段と声を張りあげて二人の主任に声をかけた。

「おふたかた、感謝いたしておりますぞ」

二人のほかは、みんなうれしそうに笑った。冗談ではなく、ありのままのことだった。演説のおかげで、駅まで駆け出さなくてはならなかった。さして困ったことではない――カールははじめて気がついた――誰も荷物をもっていないのだ。夫婦者の乳母車が唯一の荷物というものだ。父親が先頭に立って押していく。ゴロゴロと走って、跳びはねる。なんと無一文の、あやしげな人々が、ここに集まったことだ。やさしく受け入れて、保護された！　運送主任が心くばりをしていた。片手を乳母車にそえ、もう一方の手を上げて全員を励ましている。最後尾をせき立て、わきの者に声をかけ、とりわけ足の遅い人には腕を振って、お手本を示してみせた。

駅に着いたとき、列車はすでに入っていた。駅にいた人々がたがいに一行を指さしている。

「全員がオクラホマ劇場の者なんだ」

そんな声が聞こえた。カールが思っていたよりも、劇場はもっとよく知られているらしい。いずれにせよ劇場そのものにカールは心配していなかった。車輛一つが専用にあてられていた。運送主任は車掌よりも熱心に全員をせき立てた。車室ごとに見てまわり、あれこれ指示を出し、最後に自分も乗りこんだ。カールはたまたま窓ぎわにすわれたので、ジャコモを引っぱってきた。二人は並んで腰かけた。心が躍った。こんなに安心した旅はアメリカに来てはじめてのことだった。列車が動き出したとき、二人は窓から手を振った。向かいに席をとった少年たちは、それがおかしいと言って、たがいに相手をつつき合っていた。

二日二晩の旅だった。はじめてカールはアメリカの大きさを実感した。飽きずにずっと窓の外をながめていた。そばにはぴったりとジャコモがいた。向かいの少年たちは、ずっとトランプをしていた。トランプに飽きると、ジャコモに窓の席をゆずってくれた。ジャコモの英語がわかりにくいので、カールが代わりに礼を述べた。同じ車室にいるとそうなるものだが、そのうち、カールは少年たちと親しくなった。とはいえ、親しいというのも困りもので、たとえばトランプが足元に落ちると、向かいの連中が探しながら、親しさをいいことに二人の足を遠慮なくつねりあげる。そのたびにジャコモは叫び声をあげて、両足を宙に浮かせた。カールはおりおり、足を踏みつけてお返しを図ったが、おおかたは黙って我慢した。開いた窓から、しきりに煙が入ってくる。そんな小さな車室で何があろうとも、外の景色とくらべたら、何でもないのだ。

第一日目、列車は山岳地帯を抜けていった。青黒い大きな岩が尾根に向かってつらなっていた。窓から身をのり出して見上げても、頂上は目に届かない。暗くて狭い、裂けたような谷が現われた。その果てを指でたどっていった。幅のある渓谷が流れ下り、盛り上がった川底で大波をつくっていた。無数の泡を立てながら橋の下へと押し寄せる。その上を列車が走っていった。水面近くをかすめたとたん、冷気が顔を撫でた。

# 『失踪者』の読者のために

池内　紀

これまでの「カフカ全集」に『失踪者』は入っていない。そこでは『アメリカ』となっていて、『失踪者』とはかなりちがう。とりわけ終わりのところが随分ちがう。主人公の歳もちがっていて、『失踪者』では十七歳、『アメリカ』では十六歳。同じカフカの小説なのに、どうしてこんなにちがうのだろう?

一つは友人のせいである。いま一つはカフカ自身のせいである。長篇『失踪者』はその名のとおり、本来の姿で世に出るまで、七十年あまり「失踪」していた。

日付までわかっているが、カフカがこの小説を書きはじめたのは一九一二年九月二十六日夜のこと。二か月たらずで「V　ホテル・オクシデンタル」まで書き上げ、「VI　ロビンソン事件」もあらかた終えた。この訳書でいうと、二二三頁までである。

昼間は勤めがあり、小説を書けるのは夜だけ。しかもこの間、二度にわたって出張を命じられ、泊まりがけで出かけた。かぎられた夜の時間に、一気呵成に書いていったことが見てとれる。

当時、カフカは日記帳を創作ノートにもあてていた。日記をつけたあと、創作意欲に駆られたときは、つづけて書いていく。『失踪者』を書きはじめた日付までわかっているのは、そのためである。ためしに前日九月二十五日の日記をあげておくと、こうだった。

「書きたい気持を無理に抑えて、ベッドで何度も寝返りを打つ」

よほど心がはやっていたのだろう。

「頭に血がのぼり、ただもうせわしなく流れていく」

翌二十六日、すぐ小説に入った。だから日記の記述に代わって、こうはじまる
「女中に誘惑され、その女中に子供ができてしまった」

そそっかしい人はカフカ自身のことと思うかもしれない。つぎの一行で小説だとわかる。

「そこで十七歳のカール・ロスマンは貧しい両親の手でアメリカへやられた」

このあとずっと小説がつづき、「I　火夫」の途中で日記帳の頁がなくなってしまった。気持が高まっているので、とぎらせたくなかったのだろう。以前の日記帳の末尾にかなり白い頁があったので、そこへ小説を書き継いだ。

一章目が終わったが、まだ白い頁がある。そこで「II　伯父」に入ったところ、頁が尽きてしまった。やむなく同じ日記帳の余白、日記を書いた残りの白いところに書いていった。そのため長篇『失踪者』の草稿は、日記帳の上や下にうねうねと、まるで奇妙な生き物のようにのびている。

カフカにはこのころ、ベルリンにフェリーツェ・バウアーという恋人がいた。毎日のように便りをする。一日に二通、三通と送ったこともある。

恋人には、自分がいまいちばん熱中していることを話したいものなのだ。当然、カフカは書いている小説のことを報告した。タイトルは『失踪者』といって、六章分まですすんでいる。ところがどうも、そのあとがすんなりいかない——。

フェリーツェは実務型のタイプで、文学などにはあまり関心がなかったようだが、かまわずこまごまと書き送っている。おかげでカフカの最初の長篇小説がどのように進行し、どこで書き悩んだか、そしていつ完成をあきらめたか、といったことまでよくわかる。

書きはじめて二か月あまりから、ペンがすすまなくなった。

「ぼくの小説ではデモがくりひろげられている」

章番号はついていないが、七番目の「車がとまった」ではじまる長いくだり、町の判事選挙にあたり、候補者を支持する人々のデモがあって、主人公カールが一部始終をバルコニーからながめている。

年がかわって一九一三年一月はじめのフェリーツェ宛の手紙。

「二人の人物が夜中の三時に八階の隣合ったバルコニーで語り合っているところだ」

たしかにデモのシーンのあと、カールが隣のバルコニーで本を読んでいた青年と会話をする。一つの章に二か月ちかくかかったことになる。

一月末の手紙では、おとといの夜から「すっかり打ち負かされ」ていて、一行も書いていないという。小説は行方知れずで、もはや「衣服のはしをつかむ」こともできない。

中断はしたが、捨てなかった。あらためて三月に読み直した。全体としては厳しい点をつけたが、第一章だけは「まずまずのでき」、かろうじて合格。

翌一九一四年八月、ふたたび『失踪者』に取り組んで、「起きろ、起きろ！」ではじまる章と、「ブルネルダの出発」とを書き上げた。十月には勤め先から二週間の休みをとって執筆に集中したが「町角でカールはポスターを目にした」ではじまる章を仕上げただけ。

それでもあきらめなかったのは、「二日二晩の旅だった」の書き出しの断片からもうかがえる。一九一五年五月の日記によると、さらにまた読み返したという。必ずしも辛い点ばかりでもなかったようで、「いまの自分には望めない（もはや望めない）力がある」かのようだと述べている。

『失踪者』がどうして『アメリカ』になり、また構成や終章がちがうのか。十七歳の主人公が、なぜ十六歳になったのだろう？

さきに年齢からいうと、カフカは三通りを書いている。日記帳の草稿では十七歳、それをタイプ原稿にしたとき、主人公を十五歳に変更した。そのうちの一章目を独立させ『火夫』のタイトルで小さな本にする際、十六歳にあらためた。

あきらかに作者自身が迷っていた。微妙な違いがあるからだ。十五歳はまだ少年だが、十七歳だと、すでに多少とも大人である。小説全体としては「小さな大人」が主人公だが、第一章を独立した短篇とする場合は「大きな子供」がふさわしい。

カフカの死後、友人マックス・ブロートが遺稿を編纂して本にした。カフカはつねづね、執筆中の小説を友人に話すとき、「ぼくのアメリカ小説」といった言い方をしていたのだろう。恋人には告げていたが、なぜか友人にはタイトルを伏せていた。小説の舞台はアメリカである。ブロートは当然のように『アメリカ』の標題で刊行、『火夫』の単行本が第一章にきたので、そのまま主人公は十六歳になった。

カフカの日記がブロートの目にふれたのは、そののちのこと。フェリーツェへの手紙が世に出たのは、さらにのちになってからである。その時点でブロートは、作者によって最初の長篇に『失踪者』のタイトルが予定されていたことに気づいていた。しかしその後、「カフカ全集」を何度か改訂したが、『アメリカ』のままで押し通した。章名のつけられていない草稿のことも知っていたが、一つを除いて採録しなかった。採用した一つに、自分で「オクラホマの野外劇場」と章名をつけ、最終章とした。小説が完結しているといった印象を与えるためだったと思われる。

はじめはその必要があったにちがいない。ほとんど無名のままに死んだ友人の遺稿である。未完のままでは本にするのが難しい。そのせいだろう、一応の結末のある『審判』が最初に出て、ついで『城』、『アメリカ』はしんがりだった。長篇三作を「孤独の三部作」と名づけ、ゆるやかな連作小説として紹介した。

マックス・ブロートは早くから作家であるとともに、「シオニズム」（パレスティナにユダヤ人国家を再建しようとした民族運動）のメンバーとして活動していた。のちにみずからも「約束の地」パレスティナへ赴いた。この人にとって友人フランツ・カフカは、世に知られざるメシア（救世主）であり、物語は救済で終わらなくてはならない。

そこで「オクラホマの野外劇場」の章名がつけられたのではあるまいか。「野外」をあらわすドイツ語「ナトゥーア」は、同時に「自然」を意味している。カフカは劇場とは書いているが、どこにも野外劇場とは書いていない。ブロートは強引にこの一語を加え、対比的に示したかったのではなかろうか。主人公カール・ロスマンはよるべない遍歴ののち、アメリカの罪深い都市社会から抜け出して、自然な共同体に救いを見出す。オクラホマは約束の地であり、恩寵の場所である。とすればその意味からも、全体のタイトルは『アメリカ』でなくてはならない。

はたしてオクラホマの劇場は、ブロートが願ったような救済の章なのか。往きくれた主人公が、職を求めて競馬場へやってくると、告げられた。

「馬券売場に採用窓口を設置しました」

家族持ちか独身か、技術系か、そうでないか、さらに得意分野によっても窓口がちがう。カールが中学で学んだとわかると、「元中学生の窓口」へ行けといわれ、さらにその窓口で、学んだのがヨーロッパの中学であったとわかり、「ヨーロッパの中学生用の窓口」に向かわなくてはならない。

馬券売場といった場所、また採用人事の仕組にしても、手ひどくパロディ化されている。「救済」の門をくぐるには、お役所式の手間がかかるのだ。

それにブロートは伏せていたが、カフカはさらに書き継いでいた。「二日二晩の旅だった」と書き出され、長い列車の旅がはじまった。その一日目、「暗くて狭い、裂けたような谷」にさしかかり、列車が水面近くをかすめたとき、「冷気」がカールの顔を撫でたという。ねばり強く書き継いできたが、このとき作者もまた、冷気を顔に受けたようにペンを捨てた。

出だしにすでに小説のテーマがはっきりと示されている。カールの乗った船が速度を落としてニューヨーク港に入っていくところ。おなじみの「自由の女神」が立っており、船の甲板からカールがじっと見つめている。

「剣をもった女神が、やおら腕を胸もとにかざしたような気がした」

女神が手にもっているのは松明《たいまつ》であって剣ではない。カフカが書きまちがえたのか？　むろん、そうではないだろう。罪の誘惑にのったあとの判決と追放が予告されている。その入口に立つ女神は自由の火ではなく、「裁きの剣」をもたなくてはならない。

カフカはべつに、自分が行ったこともないアメリカを書こうとしたわけではなかった。小さな大人、いわば「無垢な魂」が投げこまれ、放浪する先が、混沌とした未知の国でありさえすればよかったはずだ。徹底して近代化され、産業化された社会であること。そこからアメリカが選ばれたにすぎない。

「II　伯父」の章に、アメリカで成功したヤーコプ伯父の会社が出てくる。カフカはそれを「一種の代理業、仲介業務」だと述べている。たしかに仲介をするのだが、生産者と消費者、売り手と買い手の仲立ちといったことではない。さまざまな商品と材料を大工場のカルテルに取りついだり、カルテル同士の斡旋をする。貯蔵、流通、販売のすべてにわたって介入し、あらゆる顧客と電話や電信で結ばれている。

カフカはつづいて伯父の会社の電話の状景を述べている。大ホールの眩しい明かりの下に、見わたすかぎりテーブルが並び、全員が頭に鉄のバンドをはめ、両耳にイヤホーンをつけている。手に鉛筆を握り、電話の情報をすばやく書きとめ、ときには問い返す。一つの情報がほかの二人に伝えられ、誤りが入りこまないシステムになっている。ホールに出入りする人は手にもつ書類に目を通しながら、走るように通っていく。

「すごいことをやりとげたようですね」

カールが伯父にささやくと、伯父はこう言って甥との会話を打ち切った。

「こちらではなにしろ、おそろしく事が速くすすむ」

カフカが書こうとしている方向がわかるだろう。電信をコンピューターに取り代えれば、そのまま現代のオフィスになる。いまや「一種の代理業、仲介業務」が都心にビルをそそり立たせ、情報産業の名のもとに社会の動向を握っている。

極端なまでに産業化して、すべてがマネージメントと効率に集約された社会。いち早くカフカにそれが書けたのは、労働者傷害保険協会勤務のサラリーマン生活があってのことだ。おりしもチェコ北部に近代工場が進出していた。書記官カフカは現場に出張する。機械化と効率化が新興企業のモットーだった。そのなかで消耗品として使い捨てられる労働者たちを、すぐ身近に見ていた。

小説では三章目、あらためて「判決」が下され、主人公はふたたび楽園から追放された。Ⅳのタイトルが「ラムゼスへの道」。どこの馬の骨ともつかぬ二人組と職探しの旅がはじまる。ノーテンキな放浪仲間は、システム社会のあぶれ者である。それぞれの名前に気をつけよう。一人はロビンソン、もう一人はドラマルシュ。

ロビンソンは「ロビンソン・クルーソー」でおなじみだ。船が遭難して絶海の孤島に流れついた。これもまた一人の「失踪者」にちがいない。相棒のドラマルシュは、フランス語のド・ラ・マルシュから作ったのではなかろうか。「どこまでも歩いていく《マルシュ》」、そんな行方知れず。名前にかこつけて、作者は楽しい言葉遊びをしている。

カフカが恋人フェリーツェに報告した「デモがくりひろげられている」章は、草稿版で八十四頁に及び、もっとも長い。判事候補者を支援する人々が夜の広場に集まってくる。楽隊が先頭にいて、みるまに広場も通りも群衆で埋めつくされる。

「並はずれて大きな男が、肩に紳士をかついでいる。紳士は山高帽を高々と差し上げて挨拶していた」

群衆が手拍子を打ち、名前を叫ぶ。連呼と口笛、そしてプラカードが打ち振られ、群衆がいっせいに腕を突き上げる。演説のあと、これ見よがしに握手する候補者。自動車のヘッドライトを掲げた人がいて、強い光がゆっくりと大群衆を照らしていく。

ヨーロッパの文学が、もっとも早くアメリカの選挙風景を取り上げたケースではあるまいか。権力と群衆とが演じるお祭り、選挙運動という名目でくりひろげられる巨大なイベント、産業化社会の大セレモニー。未来の予告メッセージとして、カフカがもっとも書きたかったところだろう。それはバルコニーからながめているカールの描写からもうかがえるのだ。

「この子ったら、すっかり見とれている」

かたわらの女にからかわれた。

『失踪者』にあたるドイツ語は、プラハ大学法学部で学んだカフカには、ごく親しい言葉だった。行方を絶ち、法的に失踪を宣告された者を指している。この小説は未完ではないだろう。そもそもが終わりをもたない小説であって、主人公が行きくれたまま中絶するしかない。ヒヤリと頰を撫でた冷気とともに打ち切られた。この上なくテーマに即した、もっとも自然な終わり方ではなかろうか。

## Uブックス「カフカ・コレクション」刊行にあたって

このシリーズは『カフカ小説全集』全六巻（二〇〇〇―二〇〇二年刊）を、あらためて八冊に再編したものである。訳文に多少の手直しをほどこし、新しく各巻に解説をつけた。

白水uブックス　153

カフカ・コレクション　失踪者

著者　フランツ・カフカ
訳者 ©　池内《いけうち》 紀《おさむ》
発行者　川村雅之
発行所　株式会社白水社
東京都千代田区神田小川町 3-24
振替　00190-5-33228　〒 101-0052
電話　(03) 3291-7811（営業部）
(03) 3291-7821（編集部）
http://www.hakusuisha.co.jp

2006 年 4 月 10 日印刷
2006 年 4 月 25 日発行
本文印刷　精興社
表紙印刷　三陽クリエイティヴ
製　本　加瀬製本
Printed in Japan

ISBN 4-560-07153-5

乱丁・落丁本は送料小社負担にてお取り替えいたします。

白水uブックス

# カフカ・コレクション【全8巻】

フランツ・カフカ
池内紀［訳］

変身 ●定価599円
失踪者 ●定価1260円
審判 5月中旬刊
■以降、毎月刊行予定
城
流刑地にて
断食芸人
ノート1 万里の長城
ノート2 掟の問題

定価は5％税込価格です。（2006年4月現在）
重版にあたり価格が変更になることがありますので、ご了承下さい。